KB155820

가상가족놀이

미야베 미유키

가상가족놀이

김선영 옮김

북로드

아마도 나는 호주머니에서
창백하게, 부서진
나비의 잔해를 꺼내리라

사이조 야소의 시, 「나비」 중에서

✉ 발신자 : 가즈미
제 목 : 충격!

성적이 떨어졌어요. 난 정말 노력했다고 믿었는데 채점된 시험지를 보고 깜짝 놀랐어요! 선생님이 교무실로 오라지 뭐예요. 좀 이상하지 않아요? 그렇게 딴청 부리지도 않았단 말이에요. 나보다 훨씬 더 놀면서 딴청만 부리는 애들도 잔뜩 있는데 나만 성적이 떨어지다니, 이상하잖아요. 아버지는 열심히 하면 언젠가 좋은 결과가 나온다고 했지만 그거 거짓말 아니에요? 너무 억울해서 잠도 안 와요.

가즈미가 이번 시험을 앞두고 열심히 공부했다는 건 아버지도 잘 안단
다. 결과가 좋지 못해 안타깝구나. 하지만 열심히 하면 언젠가 좋은 결
과가 나온다는 말은 결코 거짓이 아니야. 가즈미 눈에는 딴청 부리는
것처럼 보이는 친구들도 아무도 보지 않는 곳에서 열심히 공부하는지
도 몰라. 그렇게 생각해보면 안 되겠니? 무엇보다 아버지는 자신의 행
동이 아니라 남과 비교한 결과만 따지는 건 잘못이라고 생각한단다.
교무실로 오라고 했다니, 담임선생님께서 그러셨니? 슬슬 진로 상담도
해야 할 테니 학부모 면담이라면 가급적 아버지가 가고 싶구나. 자세히
말해다오. 너무 실망하지 말고.

1

조용한 노크 소리에 이어 회의실 문이 열렸다. 다케가미 에쓰로(『모방범』에 등장한 형사)는 자리에서 일어섰다. 파이프 의자가 바닥을 긁어 삐걱거리는 소리를 냈다.

"오랜만입니다."

다케가미가 입을 열기도 전에 이시즈 치카코(『크로스 파이어』에 등장한 여형사)가 그렇게 말하며 문 옆에서 정중히 고개를 숙였다. 하지만 고개를 들었을 때는 이미 얼굴에 웃음을 머금고 있었다. 딱딱한 분위기는 조금도 찾아볼 수 없었다.

"15년 만인가요?"

다케가미도 긴 책상을 빙 돌아 치카코 쪽으로 다가가면서 웃는 얼굴로 답했다.

다케가미의 행동에 덩달아 의자에서 일어선 도쿠나가는 그 자리에 서서 흥미로운 시선으로 두 사람을 바라보았다.

도쿠나가와는 대조적으로, 치카코와 함께 회의실에 들어온 젊은 여경은 빈틈없는 자세로 한 걸음 물러났다. 긴장한 눈치다.

"어젯밤, 옛날 일기를 들춰보니 함께 일했던 게 15년하고 8개월 전 일이더군요."

치카코는 복스러운 뺨을 누그러뜨리며 다케가미에게 오른손을 내밀었다. 두 사람은 악수를 나누었다.

"정말 옛날 일이더군요. 하지만 다케가미 씨가 활약하시는 소식을 들으니 정말 기쁘네요. 가족분들도 모두 별고 없으신가요?"

"덕분에 잘 지냅니다. 집사람이 치카코 씨에게 꼭 좀 안부를 전해달라고 하더군요."

치카코는 기쁜 얼굴로 말했다.

"사모님께 배운 감자 오믈렛은 지금도 저희 집 인기 메뉴랍니다."

성실한 여경의 얼굴에도 슬쩍 웃음이 떠올랐다. 치카코는 그녀를 다케가미에게 소개했다.

"스기나미 경찰서 경비과 후치가미 미키에 순경입니다."

미키에 순경은 발뒤꿈치를 딱 붙이며 경례했다.

"후치가미 미키에입니다. 지도 편달 잘 부탁드리겠습니다."

키가 크다. 170센티미터는 되겠다. 군살 하나 없는 체격은 마치 운동선수 같았다.

"사건 후에 도코로다 댁 주변 경비를 강화했을 때 도움을 받았어요. 저하고 함께 숙직한 적도 있고, 가즈미 양하고는 얘기도 자주 나눴습니다. 한때는 등하교도 도와줬죠?"

치카코의 질문에 미키에 순경은 씩씩하게 대답했다.

"예. 며칠뿐이었습니다만."

다케가미가 고개를 끄덕였다.

"잘 부탁합니다. 오늘은 아는 얼굴이 있는 편이 가즈미 양도 마음이 놓일 테니까요."

"예!"

미키에는 기민하게 대답하면서도 다케가미의 정중한 말씨가 뜻밖이었는지 자연스레 수줍은 미소를 띠었다.

다케가미는 미키에와 비슷한 연배의 딸이 있지만 도통 '수줍은 미소'와는 인연이 없는 아이라, 순경의 순진한 모습에 마음이 푸근해졌다.

다 함께 회의실 의자에 편히 앉았다.

"시모지마 경감님은?"

"지금 서장실에 계세요. 가사이 관리관(관할 경찰서에 수사본부가 설치될 때 진두지휘를 맡는 경찰 직책_역주)께서 전화를 하셨다더군요. 독려하시는 걸까요?"

다케가미의 질문에 치카코가 목을 살짝 움츠리며 대답했다.

"그렇겠죠. 가사이 관리관은 처음부터 관대한 눈치였으니 걱정할 필요는 없습니다. 오히려 다치카와 서장이 신경을 곤두세우고 있는 모양이던데."

그러자 도쿠나가가 우스워죽겠다는 듯이 쿡쿡 웃으면서 입을 열었다.

"그럴 만도 하죠. 이런 일은 전대미문이니까요."

"그러는 당신도 제법 의욕이 넘쳤잖아요?"

치카코는 불쾌한 기색도 없이 되받아쳤다. 도쿠나가와 함께 근무한 지 아직 며칠밖에 되지 않았지만 완전히 속을 튼 눈치였다. 15년하고 8개월 사이에 정말 수많은 일을 겪었을 텐데, 다케가미는 치카코의 인품이 젊었을 때와 거의 변하지 않았다고 생각했다. 그러고 보니 본청 방화수사반에 있었을 무렵 그녀의 통칭은 '엄니'였다지 않은가.

"뭐, 재미있을 것 같아서요."

여전히 웃음을 보이며 그렇게 말한 도쿠나가가 갑자기 목을 쏙 움츠렸다.

"이 자리에 어울리지 않는 소리를 했군요. 실례했습니다."

치카코가 미소를 지었다.

"그나저나 밖에서 대기하는 분하고는……."

다케가미가 재빨리 대답했다.

"연락했습니다. 벌써 위치에서 대기하고 있어요."

"다케가미 씨 반에 소속된 분들이라면서요?"

"도리이라고 합니다. 성실한 사람이니 믿어도 됩니다."

회의실 내선전화가 울렸다. 미키에 순경이 쏜살같이 일어나 수화기를 들고 대답하더니 바로 사람들을 돌아보며 말했다.

"시모지마 경감님께서 서장실로 와달라고 하십니다."

다케가미가 두 손으로 무릎을 툭 치며 일어섰다.

"그럼 가실까요? 공연의 주인공에게 인사할 차례로군요."

이 또한 자리에 맞지 않는 발언이었지만 다케가미는 일부러 그런 것이었다. 다른 사람들도 똑같은 심정이었다. 행동은 여유로워도 사실은 모두 긴장하고 있었던 것이다.

2

지금으로부터 22일 전, 4월 27일 밤의 일이다.

스기나미 구 니쿠라 초 3번지 주택가 한 골목에서 몇몇 사람들이 싸우는 것 같다, 여자 비명도 들렸다, 하는 신고가 같은 지역 야마노 초 2번지에 있는 니야마 파출소에 들어왔다. 이것은 110번(일본의 경찰 신고용 전화번호_역주)으로 접수된 신고가 아니라 니야마 파출소 전화번호로 직접 들어온 신고였다.

신고한 사람은 야마노 초 1번지에 사는 후카다 도미코, 52세. 신고할 때 자신의 주소와 성명을 밝혔다. 도미코는 야마노 부인회 대표로 평소 방범 활동 등을 통해 동네 파출소에서 근무하는 순경들과 교류가 있었다. 문제의 전화를 받은 사하시 가즈나리 경장(55세)도 도미코와 안면이 있었고 그 인품을 신뢰하던 터라 신고를 받고 즉시 자전거를 타고 현장에 출동했다.

니쿠라 초와 야마노 초는 동서로 나란히 붙어 있다. 그래서 6년 전 새 파출소 건물이 이곳에 들어섰을 때에도 두 마을에서 한 글자씩 따 니야마 파출소라고 이름을 붙였다. 특히 야마노 초 1번지와 니쿠라 초 3번지는 맞붙어 있다. 두 마을 사이에는 이 일대가 경작지였을 무렵에 만든 것으로 보이는 폭 1미터가 채 안 되는 용수로 하나만 있을 뿐이다.

후카다 도미코의 집은 이 용수로에 붙어 있다. 신고할 때 그녀가 용수로 바로 맞은편, 분양주택 세 채를 짓고 있는 부근에서 사람들의 말다툼 소리를 들었다고 설명했기 때문에 사하시 경장은 그쪽으로 달려갔다. 니야마 파출소에서 현장으로 가려면 야마노 초 1번지 쪽에서 가야 하기 때문에 경장은 도중에 후카다 저택 옆을 지났다. 현관 앞에 있던 도미코가 경장이 탄 자전거가 다가오자 들고 있던 손전등을 휘둘렀다. 경장은 일단 자전거를 세우고 도미코에게 집 안으로 들어가라고 말했다.

"저기, 저쪽이에요."

후카다 도미코는 손전등을 쥔 손으로 파란색 비닐시트를 뒤집어 쓴 공사 현장을 가리켰다. 바로 코앞이었다.

"시끄러운 소리가 나서 창으로 내다봤는데 여자 비명이 들리더니 누가 시트를 걷고 밖으로 나왔어요."

상당히 흥분해 불안한 기색을 보이는 후카다 도미코에게 사하시 경장은 거듭 집 안에 있으라고 지시했다. 그리고 자전거로 용수로를 가로지르는 콘크리트 다리를 건너 비닐시트 바로 옆까지 다가가 바닥에 내려섰다.

야마노 초도 니쿠라 초도 주택지라, 줄줄이 늘어선 집들이 도내의 모든 주택지와 쌍둥이처럼 흡사한 신흥 주택가를 이루고 있었다. 하지만 한편으로는 오랜 역사를 가진 소위 '부농' 지주들이 왕성하게 근교농업을 일으킨 덕에, 농지가 팔려나가 주택지로 전용되는 빈도가 도내 중심지의 다른 지역에 비해 적기도 했다.

그것은 결코 그 땅에 불행한 일은 아니었지만 1990년대 중반쯤 되자 지주의 세대가 바뀌면서 누적된 상속세를 부담하지 못하고 토지를 내놓는 사람들이 늘었다. 그 토지에 개발업자와 중소 주택업자가 진출했다. 전자는 대규모 공동주택을 지어 판매에 나섰고, 후자는 게릴라처럼 소수의 분양주택을 지어 '도내의 단독주택'을 미끼로 선전했다.

위에서 굽어보면 야마노, 니쿠라 지구는 오랜 세월 커다란 조각의 초록빛 농지와, 색색의 지붕과 외벽이 점묘화처럼 옹기종기 모인 작은 조각의 주택지가 어우러져 도내에서는 보기 드문 컬러 지도를 형성하고 있었다. 최근 그 거대한 초록빛 농지가 하나, 또 하나 사라지고 작은 조각이 그 자리를 메워갔다. 하지만 과거의 그림자를 찾아볼 수 없을 정도로 침체된 경기의 영향으로 새로 파고들려는 작은 조각은 옛날부터 있던 조각들만큼 색색의 점으로 밀집되지는 않았다. 약간 적적하리만치 점과 점 사이가 허전했다.

파란 비닐시트를 뒤집어쓴 문제의 주택 세 채 역시 그러한 작은

점 같은 미완성 건물의 하나로, 시공자 겸 판매주는 '야마다건설'이
라는 회사였다. 값은 다소 비싸지만 양질의 주택을 짓는 업자로 유
명했다. 비닐시트에 인쇄된 큼직한 로고는 잔가지로 둥지를 트는
자그마한 노란 새를 본뜬 것이다.

자전거에서 내려 손전등을 비추자, 맨 처음 사하시 경장의 눈에
들어온 것은 이 작은 새였다. 둥지를 트니 들새일 텐데, 일러스트
는 아무리 보아도 카나리아였다. 들새 관찰이 취미인 사하시 경장
은 순찰하면서 이곳을 지날 때마다 자꾸만 그 점이 마음에 걸렸다.
후에 이때도 바로 그런 생각이 들었다고 동료에게 말했다. 큰일에
직면한 때일수록 인간은 그런 사소한 문제를 잘 기억하는 법이라
는 말과 함께.

건축 중인 주택 세 채는 옛날 말로 하자면 마룻대를 이제 막 올
린 상태였다. 임시 지붕은 얹지 않았다. 분양주택에 흔히 사용하는
'투 바이 포 공법'에서는 웬만하면 임시 지붕을 얹지 않는다. 그래
서 비바람으로부터 토대와 기둥을 보호하기 위해 시트로 꼭꼭 덮
어주는 일이 중요한데, 이 부분에서도 야마다건설은 빈틈이 없어
척 보기에 허술한 곳을 찾아볼 수 없었다.

정확히 3년 전, 야마다건설에 매각되기 전까지 이곳은 에구치라
는 농가의 소유지였다. 300평이 못 되는 땅은 농지로 쓰기에는 좁
았다. 그 때문인지 에구치는 헤이세이(1989년 1월 8일부터 현재까지
사용되고 있는 일본의 연호_역주)에 들어서자마자 일찌감치 농업을
접고 집도 이사를 갔지만 토지는 내놓지 않고 주말농장으로 빌려

주었다. 니야마 파출소가 들어서면서 이쪽으로 배속된 사하시 경장은 이곳이 채소밭이었을 무렵의 사정도 잘 알고 있었다. 볼품은 없어도 맛깔스러워 보이는 토마토와 가지가 주렁주렁 매달린 밭이랑이 있는가 하면, 빌린 사람이 아직 초짜인지 뭘 심어도 곧 시들시들 고개를 숙이고 마는 밭도 있었다.

하지만 지금은 300평의 절반 이상이 공터였다. 건축 중인 주택 세 채는 초콜릿처럼 생긴 직사각형 부지의 서남쪽 한 자락, 딱 4분의 1쯤 되는 공간에 나란히 고개를 쏙 내밀고 있었다.

후카다 도미코가 무엇을 보고 들었는지는 몰라도, 지금은 아무 소리도 나지 않고 사람 그림자도 없다. 사하시 경장은 공사장 둘레를 한 바퀴 돌면서 손전등으로 죽 비추었다. 왼쪽 한 채, 이상 없음. 가운데, 이상 없음. 오른쪽 한 채, 여기에도 이상한 점은 보이지 않았다.

사하시 경장은 손전등을 빙글 돌려 다시 자그마한 노란 새 로고를 비추었다. 별 생각 없이 빛을 왼쪽에서 오른쪽으로 돌리던 그 순간 깨달았다.

자그마한 노란 새의 날개 끝에 뭔가 얼룩이 튀어 있었다.

경장은 시트에 다가가 얼굴을 바싹 붙이고 자세히 살펴보았다.

얼룩은 하나가 아니었다. 여러 개였다. 거뭇거뭇하고 아직 축축했다.

핏자국이다.

그때까지만 해도 시트를 걷고 안으로 들어가볼 마음은 없었다.

후카다 도미코는 안에서 누가 나왔다고 했지만 지금은 인기척도 없다. 아무리 경찰관이라도 건축 중인 건물에 무작정 들어가면 건축업자를 상대로 일이 꼬일 가능성도 있다. 가급적 피하고 싶은 상황이었다.

그렇지만 더 이상 그런 생각을 할 때가 아니었다. 마음을 다잡고 시트를 걷으려 했지만 단단히 고정해놓아 밑자락을 겨우 50센티미터 들어 올리는 게 고작이었다. 이것도 보안을 위한 것이리라. 경장은 몸을 굽혀 토관 속을 기어가듯 시트 안쪽으로 파고들었다.

굳이 찾을 필요도 없었다. 그는 경장의 눈앞에 쓰러져 있었다. 양복을 입고 반쯤 뒤틀린 몸에, 팔은 얼굴 쪽으로 바싹 오그리고 있었고 다리는 힘없이 쭉 뻗어 있다. 옆을 보고 있는 시체의 얼굴 바로 근처에 남성용 가죽 가방이 떨어져 있었다.

주위에는 본디 건축 중인 주택 안에 가득 풍겨야 마땅한 건축자재의 냄새를 누르고 피 냄새가 가득했다.

사하시 경장은 반사적으로 경찰봉에 손을 뻗으며 손목시계를 내려다보았다. 형광색으로 빛나는 바늘이 밤 10시 29분을 가리키고 있었다.

손전등으로 주위를 비추자 시체의 발치로부터 약 2미터 떨어진 지점에서 무언가가 반짝 빛을 반사했다. 경장은 신중하게 다가가 바닥을 비추었다. 그곳에 길이 약 20센티미터의 나이프가 뒹굴고 있었다. 칼날뿐만 아니라 손잡이 부분까지 피로 물든 채였다. 그것만 확인하고 경장은 밖으로 나와 무전기를 들었다.

그 후, 가방 속 내용물 등 피해자의 소지품으로 신원은 바로 판명되었다. 도코로다 료스케, 48세. 도쿄 도내에 있는 식품회사 (주)오리온푸드 본사 영업 제2부 고객관리과 과장. 자택은 사건 현장에서 도보로 10분도 채 못 되는 니쿠라 초 2번지 한구석, 아내인 하루에(42세)와 딸 가즈미(18세), 이렇게 3인 가족이었다.

"이것도 사소한 일이지만……."

후에 사하시 경장은 이야기했다.

"이 주변은 밤이 되면 정말 조용한 곳이야. 그러니까 그때, 니쿠라 초 2번지에 사는 피해자의 아내와 딸의 귀에도 내가 무선으로 부른 경찰차 사이렌이 들렸을 게야. 별 생각 없이 흘려들었을지도 모르지만 귀에는 들어갔겠지. 그 생각을 하면 어찌나 안쓰러운지 몰라."

3

"인사는 끝난 모양이군."

시모지마 경감은 매끄러운 어조로 말하더니 일동의 얼굴을 고루 둘러보고 나서 다케가미에게 물었다.

"나카 씨 상태는 들었나?"

오밀조밀 단정하면서도 남자다운 이목구비로 젊었을 때는 꽤나 인기가 있었을 얼굴에 괜한 겉치레가 아닌 우려의 빛이 떠올랐다.

"그대로인 듯합니다. 용태에 변화가 없다는 점을 기뻐해야겠죠."

다케가미의 대답에 시모지마 경감은 짧게 고개를 몇 번 끄덕이고는 말했다.

"수사본부 안에서 부하를 잃고 싶지는 않다네."

"이해하는 바입니다."

서장실은 그리 넓지 않지만 깔끔하게 정돈되어 있어 책상은 물론, 손님용 소파 팔걸이에도 먼지 하나 없었다. 동쪽으로 난 창문의 유리도, 벽을 장식하는 각종 표창장 액자도 전부 번쩍번쩍했다. 다치카와 서장은 깔끔한 것을 좋아하는 모양이다. 책상 바로 뒤에 눈에 잘 띄도록 장식한 일장기 꼭대기에 붙은 금색 구슬. 분명 저것도 부하에게 매일 닦도록 명령했을 것이다.

"그나저나 전례가 없는 이런 일을 용케 관리관께서 허가해주셨군요."

다케가미가 보기에 다치카와 서장은 긴장했다기보다는 겁을 집어먹었다고 해야 할 정도였다. 눈은 불안하게 떨렸고 손끝도 차분하지 못했다.

시모지마 경감이 서장의 말을 온화하게 정정했다.

"전례가 없는 건 아닙니다. 결코 억지스러운 방법이 아니에요. 게다가 만에 하나 잘 풀리지 않더라도 저희는 오후 시간이나 잃고 말겠죠."

"그럴까요……."

"그렇습니다. 미성년자가 연관된 사안이니 정면 돌파가 오히려 더 위험할 수 있습니다."

강경한 지휘관과 소심한 책임자. 그런 말이 머릿속에 떠올랐다. 다케가미는 두 사람의 대화를 들으며 마음속으로 슬며시 웃었다.

'나카 씨한테도 이 모습을 보여주고 싶군. 기대하고 있었을 텐데.'

병원 집중치료실에 누워 이곳 꿈이라도 꾸고 있을지 모른다.

'정말 아쉬워. 미안하지만 가미 씨, 내 대신 확실하게 부탁하네.'

그런 목소리가 들려오는 것만 같았다.

시모지마 노리요시 경감은 다케가미보다 네 살 연하이지만 경시청 수사 1과 3계의 장이다. 다케가미는 4계 소속이다. 그러므로 시모지마 경감과는 직접적인 상하관계가 아니다. 더군다나 다케가미는 데스크 담당이라 이번처럼 대질이나 심문 현장에 입회하기는 실로 오랜만이었다.

데스크 담당이란 소위 서류 처리반이다. 주 업무는 수사본부 안에서 필요한 공문서 작성이지만 각종 조서나 사진, 지도 등의 파일도 만들고, 녹음기나 비디오에 기록된 정보도 관리한다. 후방 지원 부대로 수사본부 하나에 반드시 하나씩 마련되는 자리고, 겉으로 드러나지는 않지만 가벼운 역할은 아니다.

수사본부는 경시청 수사 1과의 반 하나와 사건이 발생한 지역의 관할 경찰서 형사과 수사계로 이루어지는 혼성팀이다. 대개의 경우 관할 경찰서에는 수사본부를 설치할 사안이 되는 살인이나 강도, 유괴 등의 흉악 범죄 수사에 따른 대량의 서류 업무에 정통한 형사가 없기 때문에 데스크 담당을 맡는 책임자는 경시청 쪽에서 배치한다. 하지만 아무나 할 수 있는 일은 아니다. 공문서 작성이나 제출은 관공서에서도 핵심 업무라 익숙하지 않은 이에게는 제법 어려운 일이다. 자연히 익숙한 사람이 전임을 떠맡는다. 아니, 전임을 '떠맡는다'고 부정적으로 받아들일지, 전임이 '된다'는 자부심을 가질지는 본인 문제이지만.

경시청 수사 1과에는 일곱 개의 계가 있고 하나의 계에 데스크 담당 전문가가 한 명씩 있으므로 도합 일곱 명이 있는 셈이다. 다케가미도 그중 하나로 연령과 경력으로 볼 때 위에서 두 번째였다.

스기나미 구 니쿠라 초 3번지 미완성 분양주택 내부에서 발생한 이번 살인사건은 애초에 시모지마 경감이 이끄는 3계 담당이었다. 그리고 이 3계의 데스크 담당은 일곱 명 가운데 연령으로도 경력으로도 가장 위인 나카모토 후사오 경사다. 데스크 담당 외길 인생 30년의 베테랑으로, 다케가미도 존경할 만한 친한 선배였고 술친구이기도 했다.

그런데 니쿠라 초 3번지 사건이 발생하기 사흘 전, 4월 24일 저녁 9시가 조금 지난 시각에 시부야 구 마쓰마에 초에 위치한 노래방 '주얼'에서 그 가게의 아르바이트생 이마이 나오코라는 21세 여대생이 누군가에게 교살당하는 사건이 발생해 다케가미가 소속된 4계가 이 사건을 담당하게 되었다. 이때 3계는 대기 중이었는데(때문에 나중에 발생한 니쿠라 초 사건을 담당하게 되었지만) 나카모토는 손이 비었다면서 시부야 남부 경찰서에 마련된 수사본부 내 데스크반 설치를 도와주었다. 다만 이것은 단순히 일손을 거드는 게 아니라 목적이 있었다.

마침 그 시기에 다케가미와 나카모토는 성능이 뛰어난 정밀 스캐너의 도입을 상부에 타진할 계획이었다. 경시청뿐만 아니라 경찰 조직은 어디든 그렇지만 만성적으로 예산이 부족했다. 컴퓨터 한 대라도 새로 사려면 그런 난리가 또 없다. 그런 판국에 데스크 현장 업무에는 거의 무지한 윗분들에게 스캐너가 있으면 얼마나 업무를 신속하고 정확하게 처리할 수 있는지를 설명해 지갑을 열도록 설득하는 일은 코끼리에게 밥솥을 파는 것보다 어려운 일이다. 기자재로 인적 부담을 줄인다는 생각을 거의 죄악처럼 여기는 양반들뿐이기 때문이다.

그래서 나카모토는 다케가미가 설치한 본부 내 데스크반의 업무 처리를 관찰해 구체적인 보고서를 작성하면 '스캐너란 대체 무엇인가'라는 점부터 설명해야 할 윗분들에게 이 청원을 올릴 때 조금은 도움이 되리라 생각했던 것이다.

"내가 직접 맡은 사건을 다룰 때는 아무래도 그런 보고서를 쓸 겨를이 없거든. 쓴다 쳐도 어차피 너 좋을 대로 적당히 날조한 것 아니냐는 말이나 들을 게 뻔해. 그러니 이건 절호의 기회야. 거치적거리지는 않을 테니 잘 부탁함세."

다케가미도 이의는 없었다. 하지만 그러는 사이 니쿠라 초 사건이 터졌고 나카모토는 그쪽으로 가버렸다.

그래도 스캐너 문제가 있으니 두 데스크 담당은 바쁜 와중에도 빈번하게 정보를 교환했다. 두 사람 다 수사에는 직접 관여하지 않으므로 수사 진전 상황이나 사건 양상에 관한 의견은 말하지 않는다. 다만 다케가미 쪽 사건은 빨리 해결되지 않을 듯한 불길한 전조가 있었고 나카모토는 자기 쪽은 해결이 빠를 거라고 내다보고 있었다. 당연한 일이지만 당시에는 서로 완전히 별개의 사건을 다루고 있다고 생각했다.

하지만 니쿠라 초 사건 발생 이틀 후, 주얼 사건 닷새 후에 이 두 사건의 관련성을 암시하는 증거가 하나도 아니고 여럿 발견되었다.

하나는 피해자의 의복에 남아 있던 미량의 섬유였다. 재질은 흔한 화학섬유였지만 색상이 특이했다. 일본 국내를 포함해 중국, 대만, 한국 등 아시아권에서는 제조되지 않는 타입의 염료로 파랗게 염색한 섬유였다. 상세한 분석에 의해 캐나다 오타와에 본사를 둔 화학염료회사가 1998년 말부터 1999년 3월까지, 극히 짧은 기간 동안 제조했던 염료라는 사실을 알아냈다. 그렇게 기간이 한정된 이유는 같은 오타와에 있는 의류회사에서 특별히 발주한 품목이었기 때문이다.

이 의류회사에서는 그 염료로 염색한 스카이블루 컬러의 화학섬유를 사용해 두 종류의 의복을 만들었다. 바로 조끼와 파카였다. 이것은 그 회사의 인기 상품이었는데 이 색상의 제품을 특별히 '밀레니엄 블루'라고 이름 붙여 숫자도 각각 200점밖에 제조하지 않았으며, 상품명대로 1999년 크리스마스를 겨냥한 상품으로 출하해 그 대부분이 팔렸다. 수가 적었기 때문에 일본에는 개인 수입을 제외하면 들어오지 않았다. 다만 인기 탤런트가 크리스마스이브 특별 프로그램에 입고 나온 적이 있어 이 밀레니엄 블루는 특히 젊은 층 사이에서 유명했다.

흔하지 않은 이 섬유가 시부야에서 살해당한 이마이 나오코의 시체에도, 스기나미 니쿠라 초에서 살해당한 도코로다 료스케의 시체에도 붙어 있었다고 한다. 극히 적은 양이라 아마도 두 경우

다 범행 시 이 의복을 입고 있던 범인이 피해자와 몸싸움을 벌였을 때 묻은 것으로 짐작되었다. 캐나다에서 만든 의류라는 이유로 다케가미는 당초 조끼도 파카도 방한 효과가 높은 등산용 타입일 줄 알았으나 실제로 보니 평상복이었다. 4월 하순이라고는 해도 해가 지면 기온이 내려간다. 범인이 이런 옷을 입었다고 해도 이상하지는 않았다.

또한 물증이 한 가지 더 겹쳤다. 이마이 나오코의 살해 현장은 노래방 안이 아니라 주얼이 들어가 있는 복합빌딩 4층 비상계단이었다. 8층짜리 빌딩의 1층은 음식점, 2, 3, 4층이 주얼인데 노래방 카운터는 2층에 있었다. 노래방에 오는 손님은 비상계단을 사용할 일이 없지만 종업원들은 가끔 오가는 데다가 비상계단 문은 특별히 잠그지도 않기 때문에 마음만 먹으면 누구든 침입할 수 있는 장소였다. 또한 그렇지 않으면 비상계단으로 쓸모가 없다.

그런데 사건 당시, 주얼 4층 바로 위층에서 인테리어 공사를 하고 있어 그 인부들도 이 비상계단을 이용했다. 아무래도 복합빌딩이라 임차인들이 영업시간에 인부들이 엘리베이터 사용하는 것을 꺼렸기 때문이다.

이 인테리어 공사에 사용되는 하얀 페인트가 비상계단 여기저기에 제법 떨어져 있었다. 손상을 방지하기 위해 시트를 치긴 했지만 그것도 불완전했다. 어느 곳에는 페인트통 바닥 모양을 뚜렷이 알 수 있는 얼룩도 남아 있었다.

이마이 나오코를 살해한 범인이 이 페인트를 구둣발로 밟았다.

페인트를 밟아 둥그런 뒤꿈치 부분의 발자국이 똑똑하게 남아 있었던 것이다. 비상계단 바닥에는 리놀륨을 깔아 유감스럽게도 구두 바닥 전체의 흔적은 남지 않은 탓에 사이즈까지는 알 수 없었지만, 그래도 페인트를 밟았다는 사실은 의심할 여지가 없었다.

그 하얀 페인트가 미량이지만 니쿠라 초 도코로다 료스케의 시신 옆 바닥에서도 검출된 것이었다.

이 건축 현장에서는 같은 상표의 하얀 페인트를 사용하지 않았다. 또한 도코로다 료스케 본인이 신고 있던 구두 바닥에도 이 하얀 페인트는 묻어 있지 않았다.

이 단계에서 이미 다케가미는 나카모토와 합동수사본부에서 얼굴을 마주하게 될 것 같다는 이야기를 나누었다. 나카모토는 규모가 작은 스기나미 경찰서 본부가 그쪽으로 옮겨 갈 거라고 했다.

상부가 그 문제를 검토하고 있을 즈음, 또 다른 사실이 드러났다. 이마이 나오코는 3년 전 도내에 위치한 사쿠라다 사립여자고등학교 2학년 재학 시절에 도코로다 료스케가 다니던 주식회사 오리온푸드 본사에서 식품 모니터 아르바이트를 한 적이 있었다. 더욱이 당시 도코로다는 이 여고생 모니터를 모집한 영양 식품 개발본부의 광고팀 소속이었다. 두 피해자가 서로 면식이 있을 가능성이 발견된 셈이다.

다만 도코로다의 상사나 동료들은 이마이 나오코의 이름을 기억하지 못했다. 설명을 듣고서야 겨우 생각해내는 정도로, 사진을 보여주었는데도 바로 알아보는 기색이 없었다.

"겨우 10명 모집하는데 여고생이 100명 가까이 몰려들었어요. 일단 학생증을 보고 기록은 작성했지만 이름과 얼굴은 일일이 기억 못 하죠."

확실히 20세 전후는 여성이 가장 크게 변모하는 시기다. 아르바이트 고용 기록이 없었다면 이 선에서 두 사람의 연관성을 쉽게 알아내지는 못할 뻔했다.

결국 니쿠라 초의 도코로다 료스케 사건 발생 일주일 후에 두 수사본부는 통합되었다. 나카모토의 예상대로 스기나미 경찰서의 본부가 시부야 남부 경찰서로 옮겨 왔다.

합동수사본부가 되면 인원 구성도 변한다. 다케가미가 있는 4계의 가미야 경감이 한 걸음 양보해, 옮겨 온 쪽인 3계의 시모지마 경감이 현장의 진두지휘를 맡게 되었다. 4계가 그들을 불러들인 꼴이 된 만큼 체면을 세워준다는 뜻이었으리라. 다케가미는 이럴 때 묘하게 체면에 연연하지 않는 점이 참으로 가미야 경감답다고 생각했다.

스캐너 문제를 청원하려는 꿍꿍이를 숨기고 나카모토와 다케가미는 묵묵히 데스크 업무를 처리했다. 마침 이 기회에 현장에서 이래저래 시험해보고 싶은 일도 있어 둘이서 의기투합해 일을 했다.

사건 해결을 두고 마치 성서 속 에피소드처럼 어느 순간 갑자기 모든 수수께끼가 풀려 혼돈의 바다가 둘로 갈라지면서 한 줄기 길이 보인다고 비유하는 이가 많다. 하지만 다케가미는 실제로는 그렇지 않다고 생각했다. 사건을 해결하지 못할 때 말하는 '미궁에 빠졌다'라는 표현은 겉멋이 아니다. 미해결 사건은 정말로 미궁 같았다. 지도는 없지만 그곳에는 아리아드네(그리스신화에서 테세우스가 미노타우로스의 미궁을 빠져나올 수 있도록 길 안내를 해줄 실타래를 건네준 공주_역주)가 몇이나 있어 실을 잔뜩 건네준다. 하지만 따라가서 확인해보지 않으면 누가 올바른 출구로 인도해줄 아리아드네인지 전혀 알 수가 없다. 결국 구석구석 발품을 팔 수밖에 없다. 혹여 누군가가 고뇌하는 수사본부 형사들에게 미궁을 둘로 가를 수 있는 모세의 지팡이를 건네준다 하더라도 그들은 그것을 지친 다리를 쉬게 할 용도로 사용할 뿐 발로 뛰는 수사를 그만두지는 않을 것이다. 미궁을 부수어 출구를 만들면 오히려 어느 것이 본래 출구인지 알 수 없게 될 따름이므로.

도코로다 료스케와 이마이 나오코 사이에 개인적 연관은 없었는가? 그 중요한 의문에 대해 수사본부에서는 당초부터 집중적인 수사를 실시했다.

여고생이었던 이마이 나오코가 채용되어 두 사람을 잇는 계기가 된 3년 전 아르바이트 역시 당시 오리온푸드가 판매한 영양 식품 모니터와 식생활에 관한 설문에 대답하는 업무로, 기간은 석 달 정도였지만 거의 서면으로 주고받거나 전화로 끝나는 내용이었다. 그러므로 오리온푸드 담당자와 아르바이트 여고생들이 얼굴을 맞댄 것은 처음 설명회 때 한 번뿐이었다고 한다. 또한 도코로다 료스케는 그 기획을 통솔하는 입장이라 여고생들과 직접 모니터 보고를 주고받은 적도 없었다. 그 일을 하는 담당자가 별도로 몇 명 있었는데 전부 여사원이었다.

다만 이마이 나오코의 모니터 보고를 받은 담당 여사원은 그녀를 똑똑히 기억하고 있었다. 밝고 활달하며 수다스러운 성격으로 보고가 끝나도 좀처럼 전화를 끊지 않아, 재미도 있었지만 다소 곤란했던 기억도 있었기 때문이다.

그 여사원은 본인도 3년 전에는 신입 사원이라 갑자기 광고팀에 배속되어 아무것도 모르는 처지에 고생깨나 했다고 한다. 여고생이 상대라 나이가 비슷하다는 점은 다행스러웠지만, 그녀가 그런 마음으로 편하게 대해주었더니 때로는 여고생들이 투정을 부리거나 모니터 보고 시한을 지키지 않아 짜증스러웠다고 탐문 담당 형사에게 털어놓았다.

"나오코 양은 그렇게 버릇없는 아이는 아니었지만 패션이나 화장품 같은 것에 대해 수다를 떨고 싶어 했어요. 신입 여사원의 생활에도 관심이 있었던 모양이에요. 급여는 얼마냐고 물은 적도 있어요. 자기도 대학을 졸업하면 되도록 대기업에 취직하고 싶다면서요."

형사는 이마이 나오코에게 구체적인 희망이 있었느냐고 물어보았다.

"월급 많이 주고, 멋지고 장래성 있는 남자 사원이 잔뜩 있는 곳이라면 어디든 좋다고 하더군요. 웃음이 나왔지만 뭐, 굉장히 솔직하고 단순한 아이였어요."

그리고 그녀는 슬쩍 수사진의 마음에 걸리는 발언을 했다.

"오리온푸드는 대기업은 아니지만 식품회사로서 꽤 인지도가 있어요. 그래서 나오코 양도 마음이 동해 모니터에 응모했겠죠. 채용 시험에 대해서도 자세히 물었어요. 게다가 설명회 때 만난 광고팀 사람들이 멋지더라는 얘기를 자주 하더군요. 회식할 때 불러달라는 말도요. 저는 흘려들었지만 나오코 양은 농담이 아니라 정말 팀의 남자 사원들에게 관심이 있는 것 같았어요. 믿음직하니까 연상의 남성을 좋아한다는 말도 했고요. 원조 교제처럼 적나라한 관계를 맺겠다는 건 아니지만 씀씀이가 좋은 어른 애인을 찾고 있다는 느낌은 받았어요."

그녀는 조심스레 덧붙였다.

"그래도 나오코 양 입에서 도코로다 과장님 성함이 직접 나온 적은 없어요. 적어도 제가 아는 한 나오코 양이 도코로다 과장님과 접촉할 기회는 없었습니다. 그러니 이건 어디까지나 제가 받은 인상일 뿐이지만 그 광고팀 안에서는 도코로다 과장님이 수석에 가장 연장자였고, 다른 멤버들은 여성을 포함해 젊은 사람들뿐이었으니 어쩌면 나오코 양은 머릿속으로 도코로다 과장님을 생각하면서 멋지다, 멋지다 하고 말했는지도 몰라요. 그걸 도코로다 과장님이 아셨는지는 모르겠지만."

그런데 또 다른 쪽인 이마이 나오코의 친구들 사이에서는 그녀가 연상의 남성과 사귀고 있다, 실은 불륜이다, 라는 말을 빈번히 떠벌리고 다녔던 시기가 있었다는 정보가 나왔다. 그것은 이마이 나오코가 고등학교 2학년에서 막 3학년으로 올라간 무렵으로 오리온푸드에서 모니터 아르바이트를 했던 시기보다는 반년 정도 늦다. 또한 3학년 여름방학 무렵에는 그 불륜 상대와 갈라섰다는 말을 했고, 바로 다른 남자친구와 교제를 시작했던 모양이다.

한창 유행하는 가벼운 연애관과 현실성 떨어지는 사랑에 대한 동경이 뒤섞인 꿈을 꾸고 있었던 듯한 이마이 나오코의 그 불륜 상대가 바로 도코로다 료스케가 아니었을까? 모니터 업무를 통해 접촉할 기회는 없었다 해도 나오코 쪽은 그에게 관심을 가지고 있었으니 가령 길거리에서 우연히 마주친다거나 역에서 얼굴을 볼 기회가 있었다면 그녀 쪽에서 도코로다 료스케에게 접근할 수는 있었으리라. 오리온푸드 본사와 이마이 나오코가 다니던 고등학교는 거리상으로도 몹시 가깝고 인근 역도 같다. 터무니없는 가정은 아니다. 두 피해자가 밀접한 관계였다는 점은 거의 확실했다.

그럴 때 한 사람의 아리아드네가 등장했다.

그녀는 미성년자는 아니었지만 수사본부 내에서는 일종의 야유를 담아 아직은 'A코'라고 불렀다. 수사 현장에서 가장 유력한 용의자라는 점은 틀림없지만 결정적인 물증이 없어 좀처럼 공개할 수 없는 존재였기 때문이다.

A코는 이마이 나오코의 대학 세미나 동기였다. 재수를 해서 나이는 나오코보다 한 살 많았다. 성실한 학생으로 성적도 좋고 주위 평판도 결코 나쁘지 않았다. 고향이 멀어 집에서 보내주는 돈으로 자취하는 신세라 복장도 수수하고 생활도 검소해 이마이 나오코와는 대조적인 여대생이었다.

옛날식으로 말하자면 이마이 나오코는 A코의 연적이었다. 이마이 나오코의 현재 애인이자 장례식에도 참석해 수사본부에서 신원을 확인했던 한 대학생이 예전에는 A코와 교제했던 것이다. A코와는 입학 때부터 사귀었고 주위 사람들도 다 아는 사이였던 듯했다.

거기에 이마이 나오코가 끼어들었다. 애인을 가로챈 셈이다. 반년 전에 있었던 일이라고 했다. 당연히 A코는 상심했고 분노했다. 어디서나 일어날 수 있는 흔한 일이고 누구에게나 한두 번은 일어나는 비극이지만 그렇다고 해서 그 슬픔과 분노가 줄어들지는 않는다. 세 사람 사이에서는 상당히 심각한 대화가 몇 번이나 오가는 듯했고 주위 대학생들 사이에서도 그에 대한 소문이 퍼졌다.

그러나 이런 문제는 결국 버림받은 쪽이 지는 법이다. 이미 진시합에 얽매여 사느니 자신의 생활을 되찾는 일에 전념하는 편이 낫지만 남달리 성실하고 순수한 A코는 애인의 부조리한 변심을 용서하지 못하고 납득하지 못했을 것이다. A코는 몇 번이나 돈키호테처럼 저돌적으로 달려들었고 그때마다 애인은 밀어내고, 달아나고, 거부했다. A코는 이마이 나오코에게 비웃음을 사는 결과를 초래했다.

이마이 나오코의 행실이 바르지 못하다는 점도 A코의 울분을 부채질하는 이유였다. 도코로다 료스케라는 이름까지 알아내지는 못했지만 이마이 나오코가 나이 많은 기혼자와 불륜을 저질렀다는 풍문은 유명했다. 본인이 떠들어댔으니 당연한 일이다. A코 입장에서 보면 어째서 자기가, 그런 불순한 이성관계에 태연히 뛰어들어 그 사실을 떠벌리고 겉치장과 연애놀음에 정신이 팔려 학생의 본분을 잊은 이마이 나오코 같은 여자에게 밀렸는지 아연했을 것이다. 그 심정은 다케가미도 상상이 갔다. 가령 자신이 A코의 지도교수였다면 세상이란 그렇게 불공평한 곳이다, 특히 남녀관계에는 논리가 통하지 않는다, 그런 말로 타일렀으리라.

A코는 빈번하게 아무 대책도 없이 이마이 나오코를 죽여버리고 싶다느니, 나를 배신한 그 남자를 평생 용서치 않겠다느니, 어떻게든 죗값을 치르게 하겠다느니, 이런 소리를 주위 친구들에게 하곤 했다. 그것은 본인도 시인했다. 실제로 이마이 나오코가 살해당한 직후 세미나 학생들 사이에서는 A코가 범인이 아닐까 하는 소문이 파다했다고 한다. 본인도 자신이 혐의를 받고 있다는 사실을 잘 알고 있어 바늘방석에 앉은 심경이었다고 했다.

시부야 남부 경찰서 수사본부에서도 A코를 상대로 상세한 심문을 실시하려 했다. 그때 마침 도코로다 료스케 살인사건과의 연관성이 발견되었다. A코는 분명 이마이 나오코에게 연애 문제로 원한을 품고 있었다. 그러나 도코로다 료스케는 A코와 아무 상관 없는 인물 아닌가? 이 점을 어떻게 생각해야 할까?

그 의문에 대답해준 사람은 의외로 A코 본인이었다. 합동수사본부가 생긴 이튿날, A코는 상경한 어머니와 함께 본부를 찾아와 스스로 진술했다(이때 범인 출두로 착각해 오보를 날린 몇몇 신문 기사를 나카모토는 희희낙락 스크랩했다. 사건 수사에 관한 이런 종류의 오보를 수집하는 일이 그의 취미였다).

A코는 흥분하는 기색도 없이 심문을 담당한 형사에게 순순히 털어놓았다.

"사실은 저, 한 번뿐이지만 도코로다 씨를 만난 적이 있습니다. 나오코하고 얘기하는 자리에 도코로다 씨가 같이 나온 적이 있었어요. 나오코가 데려온 거예요. 이럴 때는 어른이 곁에 있어야 좋다고 하면서요."

정월 연휴가 끝난 일요일 오후였다고 한다. 꼬박꼬박 일기를 쓰는 A코는 시간도 장소도 기억하고 있었다.

"시부야 역 근처의 카페였어요. 2시에서 4시쯤까지 있었던 것 같습니다. 약간 찾기 어려운 장소에 있는 가게라 자리는 많이 비어 있었어요. 나오코와 도코로다 씨가 먼저 와 있었고, 저는 나중에 갔습니다."

도코로다 료스케는 A코에게 자기는 이마이 나오코의 친구로 오빠 같은 사람이라고 소개했다고 한다.

"나오코하고 얘기하기는 그때가 네 번째인가 다섯 번째였어요. 저하고 나오코 둘만 있었던 적도 있었고 애인이 함께 있었던 적도 있었습니다. 하지만 도코로다 씨가 온 것은 그때가 처음이었어요."

A코는 이마이 나오코가 도코로다 료스케에게 허물없이 굴었고, 도코로다 료스케 쪽도 그것을 받아들이는 눈치였다고 말했다.

"나오코는 도코로다 씨하고 팔짱도 끼고 몸을 만지작거리기도 했어요. 나오코가 그러든 말든 도코로다 씨는 저에게 설교를 하는 거예요. 애인한테 버림받았다고 상대를 원망하다니 어디가 잘못됐다느니, 제가 그런 식으로 성격이 어둡고 외곬으로 생각하니 애인이 질린 거라느니, 어린애 같은 짓은 그만두라느니. 나오코는 내내 피식거렸고, 저는 너무 화가 치밀다 못해 미치는 줄 알았어요. 그래서 도코로다 씨에게 이렇게 말했습니다."

"당신은 나오코 오빠 대신이라지만 나오코는 지금 그 사람하고 사귀기 전에 당신 나이 정도 되는 남자하고 불륜을 저지른 적이 있어요. 그걸 자랑했다고요. 그런 건 알고 하시는 말씀인가요?"

그러자 이마이 나오코는 대놓고 웃음을 터뜨리더니 이렇게 대답했다고 한다.

"너 지금 무슨 소리니? 알고 자시고 할 것 없이, 도코로다 씨가 바로 내 애인이었어. 이제는 남녀 사이가 아니지만 우리는 지금도 친구란 말이야. 그러니까 도코로다 씨는 내 편이야."

A코는 기가 막혀 말도 안 나왔다고 했다.

"아니나 다를까 도코로다 씨는 거북한 표정을 짓더군요. 저는 이런 사람들하고는 제대로 된 대화를 할 수 없겠다는 생각에 자리에서 바로 일어났습니다."

나오코는 웃고 있을 뿐이었지만 도코로다 씨는 가게 밖까지 쫓아와서 사과를 했다고 한다.

"나오코가 저래서 자기도 난처하다고 하더군요. 다만 저런 아이라서 내버려둘 수가 없다고요. 너는 더 이상 상관하지 않는 편이 좋다, 다만 자기가 뭔가 도움이 될 수 있다면 가능한 일은 뭐든 할 테니 상의하라며 명함을 내밀었어요. 저는 받을 마음이 없었지만 다짜고짜 손에 쥐어주더군요. 도망치듯 역까지 달려가서 플랫폼에서 보니 회사 명함이었어요. 오리온푸드의……. 뒷면에 이메일 주소와 휴대전화번호가 적혀 있었어요. 저는…… 정말 분하고 슬픈 마음에…… 그날은 그대로 집으로 돌아갔지만…… 이런저런 생각이 자꾸 들어서…….”

어째서 이렇게 당신에게 불리한 이야기를 굳이 하느냐는 질문에 A코는 대답했다.

“나오코를 죽인 범인으로 제가 의심을 사고 있다는 사실을 잘 알고 있고, 의심을 받아도 별수 없다는 생각도 했어요. 하지만 저는 나오코를 죽이지 않았어요. 결코 죽이지 않았습니다. 범인이 아니니 경찰이 아무리 수사를 해도 상관없었어요. 언젠가 진실이 밝혀질 거라 믿으니까요.

하지만 도코로다 씨가 살해당하고 그것이 나오코 사건과 연결되면서 이거 연쇄살인이 아닌가 하는 소문이 돌기 시작했을 때, 전 정말로 무서웠어요. 왠지 누가 제게 누명을 씌우려고 일부러 그런 게 아닐까 하는 생각이 들었어요. 제가 도코로다 씨도 알고 있고, 그것도 그런 경위로 알고 있다는 사실이 밝혀지면 경찰은 저를 더욱 의심할 테고, 아무리 죽어라 죽이지 않았다고, 저는 범인이 아니라고 말해도 더 이상 믿어주지 않을 것 같았어요.

그래서 처음에는 도코로다 씨하고 만난 적이 있다는 말을 하지 않을 작정이었어요. 잠자코 있으면 아무도 모를 테니까요. 하지만 매일 연쇄살인, 연쇄살인 하고 떠드는 뉴스를 보니 견딜 수가 없었어요. 그 카페 점원이나 다른 누군가가 저와 도코로다 씨를 기억할지도 몰라요. 기억해내고 경찰에 신고할지도 몰라요. 그렇게 되면 정말 다시는 제 말을 들어주지 않겠죠? 도망칠 곳도 없이 저는 범인으로 몰리고 말아요. 그래서 제 입으로 말하겠다고 결심한 거예요. 저는 범인이 아니에요. 두 사람을 죽이지 않았으니 켕기는 구석은 하나도 없어요."

아파트에서 혼자 자취하는 A코에게는 두 경우 다 범행 시각의 알리바이가 없었다. 방에 혼자 있었고 전화도 오지 않았다고 하니 어쩔 도리가 없다. 두 경우 다 사건 현장에서 A코에 대한 목격 증언은 없었으며, A코가 임의로 제출한 신발에서 하얀 페인트 흔적은 발견되지 않았다. 가택수색영장을 받을 수 있을 만큼 확실한 논거는 없는지라 파란색 섬유에 대해서는 조사하지 못했지만 사건 전에 A코가 그 인상적인 파란색 계열의 조끼나 파카를 입었다는 증언 역시 나오지 않았다. A코가 가까운 과거에 북미에 건너간 이력도 없거니와 그녀에게 밀레니엄 블루 색상의 의류를 빌려주거나 선물했다는 증언도 없다. 물증은 제로, 있는 것은 심증뿐이었다.

살해 수법 역시 판단하기가 미묘했다. 이마이 나오코는 교살당했지만 손으로 목을 조른 게 아니라 등 뒤에서 비닐 끈 같은 줄을 휘감아 졸랐다. 시체 목덜미에 끈이 만난 자국이 뚜렷하게 남아 있었다. 또한 시체의 등, 정확히 오른쪽 견갑골 아래쪽에 주먹만 한 크기의 둥그런 울혈이 발견되었다. 이것은 독특한 흔적으로, 범인이 피해자를 깔아 눕히고 그 등에 올라타 무릎으로 찍어 압박하여 피해자를 제압하는 경우에 종종 볼 수 있는 자국이다. 이 수법이라면 여성이라도 허점을 노려 사람 하나쯤 목 졸라 죽일 수 있다. 스타일을 중시해 매번 다이어트를 하느라 전체적으로 가냘프고 근력이 없었던 이마이 나오코에 비해 A코는 키도 크고 고등학생 때는 배구 선수였다고 하여 완력도 세니(본인이 그렇게 인정했다), 충분히 해치울 수 있었으리라. 하지만 여성이라도 할 수 있다는 뜻은 남성이라면 훨씬 손쉬운 일이라는 뜻이니 결정적인 증거는 되지 못했다.

도코로다 료스케의 경우는 더욱 복잡했다. 흉기는 현장에 버려져 있던 길이 20센티미터의 과도가 틀림없지만 너무 흔한 타입이라 출처를 밝혀내지 못했다. A코의 아파트에는 과도가 없었다. A코 본인은 과도는커녕 식칼도 없다고 했다. 자취는 하고 있지만 칼이 필요한 요리를 한 적이 없다는 것이었다.

도코로다 료스케는 온몸을 스물네 군데나 찔렸다. 사인은 과다 출혈로 인한 쇼크사이지만, 어느 것이 치명상이어도 이상하지 않을 정도로 깊은 상처가 여덟 군데고, 나머지 열여섯 군데는 어깨와 옆구리, 무릎, 정강이 등 무작위로 흩어져 있었으며 이들 상처는 전부 얕았다. 두 팔과 손바닥에 남은 방어흔으로 추측건대 그는 우선 범인과 마주 보고 서 있다가 정면에서 칼에 찔려, 움칫 상처를 감싸는 사이에 범인에게 떠밀려 바닥에 나동그라진 것으로 보였다. 그리고 수차례 칼에 찔렸다. 이때도 역시 범인은 도코로다 료스케의 몸에 올라탄 것으로 보였다. 스물네 군데의 상처는 전부 생체반응이 있었지만 상처의 각도나 베인 방향, 나이프의 칼날이 어디를 향했는지 분석한 결과, 거의 절반의 상처는 피해자가 완전히 의식을 잃고 저항을 그친 상태에서 입은 것으로 짐작되었다.

정면에서 사람을 찌르는 일은 상당한 용기가 필요한 행위다. 미리 흉기를 준비해간다고 해도 막상 그 상황이 되면 결단을 내리기가 좀처럼 쉽지 않다. 하지만 흉기가 도검인 살해사건의 경우, 머리에 피가 울컥 몰리거나 대화가 어긋나 감정에 휩쓸려 선 하나만 넘어버리면 나머지는 그 흥분이 또 흥분을 불러 몇 번이고 찔러대다가 정신이 번쩍 들었을 때는 피해자가 이미 만신창이가 되어 있는 경우가 결코 드물지 않다. 또한 이번 사건에서는 완력도 큰 문제가 되지 않는다. 다급하면 괴력이 나온다는 말처럼 가녀린 여자도 식칼 하나로 남자의 늑골을 잘라낼 만한 힘을 내는 경우가 있기 때문이다. 요는 상황에 따라 다르다는 뜻으로, 여기에서도 범인의 성별을 알아낼 수는 없었다.

법의학 검사에서 스물네 군데의 상처를 입힌 자는 단일 인물이 아닐 수도 있다는 소견이 나왔다. 치명상이 된 깊은 상처와 수는 많지만 얕은 상처(그중에는 긁힌 자국이나 다름없는 상처도 있었다), 그런 두 종류의 상처가 동시에 존재한다는 뜻은 완력이나 기력이 다른 사람이 그 자리에 여럿 존재해 범행에 관여했기 때문이지 않느냐는 것이었다. 처음 이 보고서를 정리할 때 다케가미는 어느 유명한 해외 추리소설을 떠올리고는 나카모토에게 이야기하기도 했다.

다만 이 소견에는 뒤가 더 있다. 깊은 상처는 범행 초기, 즉 피해자가 서 있는 상태에서 입은 상처가 섞여 있지만 얕은 상처는 전부 피해자가 뒤로 쓰러진 상태에서 입었다는 점을 감안하면 단일 인물이 피해자에게 반복적으로 자상을 가하는 과정에서 숨이 달려 힘이 빠지는 바람에 겨냥이 빗나갔다고 생각할 수도 있기 때문이다. 그리고 이 점에서도 남녀의 차이는 고려하기 어려웠다.

이러한 상황에서 수사본부는 확실한 증거는 없지만 A코를 유력한 용의자로 보고 있었다. 참으로 불안정한 의혹이었다. 동기는 충분했다. 적어도 이마이 나오코에 대해서는. 하지만 도코로다 료스케에 대해서는 어떠할까? 단독 범행일 경우, 이마이 나오코 살해로 이미 의혹에 찬 주위의 시선을 느꼈을 A코가 도코로다 료스케를 살해할 강한 동기가 없지 않을까? 아니, 그렇지 않다. 가령 A코의 증언에 따르면 도코로다 료스케는 그녀에게 과도한 관심을 보였다. 혹시 이마이 나오코 살해 의혹을 받고 있는 A코에게 어떠한 형태로든 연락을 취하여 사정을 들어주마, 네가 죽였다면 자수하는 편이 낫다는 말을 건네어 니쿠라 초 현장 근처에서 만났다가 A코의 자존심을 치명적으로 자극하는 바람에 결국 살해당했다는 줄거리는 어떨까? 있을 법한 이야기 아닐까?

신고자인 후카다 도미코는 현장에서 여성의 비명 소리를 들었다고 증언했다. 범인이 하나든 여럿이든 그 속에는 여성이 있었다. 그렇다면 그것은 누구였나? 그 인물이 A코라고 완전히 초점을 맞추어도 되는 것일까?

어쨌든 물증이 필요했다. 강력한 목격 증언이 필요했다. 이 정도나 되는 동기를 가진 인물을 이제 와서 놓칠 수는 없다. 그런 분위기가 합동수사본부의 주류를 차지했다.

그런 와중에, 니쿠라 초 사건이 발생한 지 딱 2주가 지났을 때였다고 다케가미는 기억한다. 나카모토가 드물게 사건 자체에 관한 자신의 의견을 말했다.

다케가미는 놀랐다. 나카모토가 자신의 가설을 말한 것 자체도 놀라웠지만 그뿐만이 아니었다. 마침 한날에 젊은 형사 몇 명이 수사회의 때 나카모토의 가설과 거의 비슷한 의견을 내놓았다가 아무도 거들떠보지 않아 완전히 심기가 뒤틀려서 화를 내는 모습을 우연히 보았기 때문이다.

그들의 의견은 A코 범인설을 일단 버리고 다른 인간관계에 초점을 맞추어보면 어떠냐는 것이었다. A코가 유력 용의자가 된 것은 이마이 나오코를 중심으로 사건을 파헤쳤기 때문이다. 도코로다 료스케를 중심으로 파헤치면 완전히 다른 동기가 보이지 않을까?

"혹시 나카 씨도 그 녀석들이 투덜거리는 소리를 들은 거 아냐?"

나카모토는 웃으며 숱이 부족한 정수리를 쓰다듬었다.

"나는 가미 씨하고 달라서 젊은 놈들 말은 안 들어. 하지만 그렇군. 역시 비슷한 생각을 하는 녀석들이 있군그래."

싫지는 않은 표정이었다.

"그렇다면 내 머리도 아직 조금은 쓸 만하다는 뜻이겠지? 그러니까 그게 뭐냐, 그냥 데스크로서가 아니라 말이야. 아니, 물론 데스크 업무를 경시해서 하는 말은 아닐세."

"암, 잘 알지."

다케가미는 고개를 끄덕였지만 나카모토는 거기서 입을 다물어 버렸다. 거북해 보였다. 다케가미는 나카모토가 내뱉은 말보다도 허둥지둥 변명을 덧붙인 뒤의 아차 싶은 그 표정이 훨씬 정직하다고 느꼈다.

나카 씨는 데스크 업무에 질렸는지도 모르겠다. 그렇게 생각했다. 오랫동안 한길만 걸어온 베테랑이라도, 업무 능력을 높이 평가받고 신뢰를 받아도, 질릴 때는 질리고 지칠 때는 지친다. 나는 어떠한가? 고작 10초 남짓한 시간이었지만 다케가미는 가슴에 손을 얹고 생각했다.

또 며칠이 흘렀지만 A코를 둘러싼 상황은 그대로인 데다 새로운 발견도 없고, 증거 수집도 눈에 보이는 범위 내에서는 파헤칠 대로 파헤친 터라 수사본부의 분위기는 무거웠다. 젊은 그룹이 다시 자체 가설을 끄집어냈다가 또 말썽을 일으켰다.

나카모토는 생각에 잠겨 있었다. 묘하게 안절부절못하는 눈치였다. 그러더니 둘이서 점심으로 메밀국수를 배 속에 쓸어 담고 한숨 돌리는데, 마치 지금 생각났다는 듯이 말을 꺼냈다.

"안 어울리겠지만 나도 30년 만에 데스크 말고 다른 일도 좀 해볼까?"

"의견서라도 내려고?"

나카모토는 웃으며 손을 내저었다.

"그런 모난 짓은 안 해. 잠깐 시모지마 씨하고 얘기만 해볼 생각이야."

30년 만이라는 말에는 역시 묵직한 반향이 있었다. 내가 그렇게 오래도록 그늘 속에 있었구나, 하고 이제야 본인이 깨달았다는 말투였다.

다케가미는 굳이 말리지 않았다. 얼마 전 그런 일이 있었으니 나카모토의 흉중을 헤아려 입을 다문 면도 있었고, 나카모토가 들으면 기분 나빠하겠지만 그리 간단히 수사의 방향이 바뀔 리 없으니 우습게 여겼던 면도 있었다.

하지만 나카모토의 의견은 뜻밖일 정도로 빠르게 수용되었다. 다케가미는 크게 놀랐다.

"실은 시모지마 씨도 같은 생각을 했는데, 회의 분위기가 부정적이라 이거 제 손으로 수류탄 핀을 뽑아야겠다고 생각하던 참이었다더군."

나는 불 속에 뛰어드는 불나방이야, 하고 웃으면서도 나카모토는 기쁜 표정이었다.

그러더니 구체적인 계획을 의논하기 시작하면서 나카모토는 데스크에서 벗어났다. 다케가미는 데스크 업무를 계속했다. 대강의 계획은 알고 있었지만 제법 용의주도하게 잘 짰구나 싶었다. 또한 나카모토의 의견을 받아들인 시모지마 경감이 지휘관을 맡아 실행하는 이 계획이 '어디까지나 취조의 일환'이라는 말을 듣고 남몰래 살짝 웃었다. 방어선을 치고 있군.

이 계획에는 여형사가 있는 편이 나아서 급히 스기나미 경찰서에서 한 명을 불렀는데, 그 사람이 이시즈 치카코라는 말을 들은 다케가미는 또 한 번 놀랐다. 이번에는 자꾸 생각지도 못한 일들만 이어진다.

이시즈 치카코. 반가운 이름이다. 하지만 추억에 젖기 전에 다케가미는 얼굴을 찌푸리지 않을 수 없었다. 지금 치카코의 입장은 대단히 복잡했다. 벌써 4년이나 지난 일이지만 치카코는 본청 방화수사반에 있었을 무렵 불가사의한 양상을 보인 대량 연쇄살인사건을 수사하던 중에 중대한 명령 위반 사실이 있었다는 이유로 관할 경찰서로 쫓겨난 입장이었다. 소위 찬밥 신세다. 이상한 형태로 일부에 이름이 팔린 탓에 이제는 경찰박물관 안내원으로 보낼 수도 없었다. 그런가, 치카코가 스기나미 경찰서에 있었나.

나카모토도 물론 이시즈 치카코와 그녀의 '행실'에 대해 잘 알고 있었다. 손을 둥글게 말아 입가에 대고 목소리를 낮추어 속삭였다.

"시모지마 씨도 보기랑 다르게 의외로 심술궂은 구석이 있잖아. 문제가 생기면 치카코 씨한테 책임을 떠넘길 작정 아닐까?"

다케가미는 가능성을 반반으로 생각했다.

"그렇게 따지면 나카 씨가 더 위험하잖아."

"나는 괜찮아. 또 데스크로 돌아가면 그만이니까. 어차피 퇴직까지 몇 년도 안 남은 데다가."

"그런가?"

"그래."

순간 나카모토는 눈 깜짝할 새에 지나가버린 무언가를 붙잡기라도 하려는 듯이 눈을 갸름하게 뜨더니 말했다.

"여기서 다시 한 번 전선으로 돌아갈 수 있다면야 조금쯤 위험한 다리를 건너도 나는 아무 상관없어."

다케가미는 잠자코 고개를 끄덕였다.

어쩌면 머지않은 장래에 다케가미도 나카모토처럼 지금의 자리에 질려 조금 더 해가 비치는 곳으로 나가고 싶은 날이 올지도 모른다. 사건을 직접 해결하는 맛을 느끼고 싶어 몸이 근질거릴지도 모른다. 가능성만 보면 있을 수 있는 일이다. 그런 의미에서 고개를 끄덕였던 것이다.

'그나저나.'

나카모토는 그것으로 족하다 쳐도 이시즈 치카코는 걱정스러웠다. 자신은 직접 도와줄 수 있는 입장이 아니지만 주의 깊게 봐야겠다 싶었다.

아니, 비관만 할 게 아니다. 의외로 나카모토와 치카코의 수훈이 될지도 모른다. 나카모토는 잘 모르겠지만 치카코는 결코 무능한 형사가 아니다. 게다가 그 기질을 볼 때 이번 역할은 딱 안성맞춤이다.

이렇게 무대를 갖추고 '심문' 당일만 기다리고 있던 차에.

돌연 나카모토가 쓰러졌다.

심근경색 발작을 일으킨 것이다. 이번이 처음은 아니었지만 지난번 발작은 그저 가슴만 답답하고 말았을 뿐이라 입원도 짧게 끝났다. 하지만 이번에는 상황이 달랐다. 경찰서 계단을 오르다가 기절해 의식불명인 채 구급차로 병원에 이송되었다.

그것이 그저께 오후의 일이다. 나카모토는 지금도 의식불명의 중태로 집중치료실에 누워 있다.

하지만 그가 제안하고 추진한 이 '심문'은 미룰 수 없었다. 시모지마 경감이 대리를 맡는 경우는 생각할 수도 없었다. 그 경우 가사이 관리관도 그냥 있지 않을 것이다.

나카모토의 역할을 누가 이어받을 것인가?

시모지마 경감이 나카모토를 쓰기로 한 이유는 그라면 이 '심문'이 실패할 경우에도 이래저래 핑계를 댈 수 있기 때문이다. 본부 내에서 수사 전선에 있는 인물을 쓴 것이 아니니 문제를 덮어버릴 때도 수고가 들지 않는다. 실제로 이 계획은 본부 내에서도 극히 한정된 범위의 인원밖에 모른다. 대다수의 사람들은 신경도 쓰지 않을 터였다.

하지만 4계의 가미야 경감은 이런 일에 엄청나게 민감했다. 다케가미의 성격도 훤히 알고 있다. 나카모토의 입원 소동이 잠잠해지자 바로 수사본부가 있는 훈시실 밖 복도로 다케가미를 불러 단도직입적으로 물었다.

"가미 씨, 대역에 손을 들 작정 아닌가?"

다케가미는 쓴웃음을 지었다.

"달리 누가 있습니까?"

"이시즈 치카코에게 일임해. 원래 참가할 계획이었으니 조연이 주연이 될 뿐이고, 그 사람이라면 이제 와서 잃을 것도 없잖나."

진심으로 하는 말인지 다케가미가 의심할 새도 없이 가미야 경감은 웃음을 터뜨렸다.

"농담일세."

"그럴 줄 알았습니다."

다케가미도 웃었다.

"나카 씨는 데스크 업무에 질렸던가 봐. 전선에 서고 싶었던 게지."

가미야 경감은 그 사정도 꿰뚫어 보고 있었다.

"그렇지 않으면 의견만 내고 심문은 다른 사람에게 부탁했을 거야. 가미 씨라면 그랬겠지?"

"저는 아직 데스크에 질리지 않아서 말입니다. 아주 흥미로운 일이에요."

가미야 경감은 웃어넘기는 일 없이 그저 고개만 끄덕였다.

"가미 씨, 말려도 할 테지?"

"아뇨. 경감님의 허가가 없으면 하지 않겠습니다. 제 본분은 달리 있으니까요."

"말리지 않겠네. 하게나. 허가하겠네."

그러더니 가미야 경감은 재빨리 복도를 걸어가면서 어깨너머로 말했다.

"고작 반나절이면 끝나는 일인데 뭐 어떻겠나. 잘만 풀리면 큰 공이고 안 되더라도 별일은 없겠지."

그러더니 조금 날카로운 눈매로 덧붙였다.

"나 역시 그럴 가능성이 있다는 생각이 들거든."

"감사합니다."

다케가미는 고개를 숙였다. 훈시실로 들어가 시모지마 경감을 찾았다. 그의 의향을 듣고 눈에 띄게 안도하는 시모지마 경감을 보니 또다시 나카모토의 얼굴이 떠올랐다.

나카 씨, 이게 잘한 짓일까?

이리하여 다케가미는 이 자리에 있다. 서둘러 구한 대역. 대사는 제대로 외웠을까?

아버지에게 새집 이야기 들었니? 아버지는 서재를 갖고 싶다는구나. 지금 집은 낡은 집을 개축했을 뿐이라 이제 거의 수명이 다했다지 뭐니. 근처에 짓고 있는 좋은 집이 있는데 지금 집보다 역에서 멀어서 고민이 된대. 집을 살 때는 한두 번 보고 끝내는 게 아니라 날짜를 바꾸어 날씨도, 시간도 다를 때 몇 번이고 찾아가보는 게 비결이라고 하네. 아버지는 퇴근길에도 그 집에 들르는 모양이야. 부럽구나. 다음에 데려가달라고 하고 싶은데, 그건 너무 뻔뻔할까?

4

"조금 비좁겠지만 제2취조실을 사용하겠습니다."

이시즈 치카코가 앞장서서 계단을 내려가며 말했다. 다케가미와 도쿠나가는 수사 자료를 품에 안고 그 뒤를 따랐다.

"제1취조실은 창문이 북쪽하고 동쪽으로 나 있어서 오후에는 그늘이 지거든요."

"게다가 제2취조실 매직미러가 더 새것이라고 하더군요. 지난달에 바꿨다던데요. 피해자가 의자를 휘둘러 산산조각냈다던데 어떤 사건이었을까요?"

다케가미와 나란히 가던 도쿠나가가 말했다.

제2취조실은 굽이굽이 휘어진 복도 안쪽에 있다. 시부야 남부 경찰서는 결코 낡은 건물이 아닌데도 전체적으로 채광이 나빠 어두침침했다. 복도 끝에 있는 비상구 위 표시등의 불빛이 대낮인데도 똑똑히 보였다.

제2취조실 앞 복도 벤치에 덩치 큰 남자가 앉아 있었다. 누군가 했더니 4계의 아키쓰 신고였다. 다케가미와 친한 젊은 형사였다. 이쪽을 보고 벌떡 일어서더니 실실 웃는다. 오른손에 뭔가 서류 같은 종이를 둘둘 말아 들고 있었다.

"들었습니다. 뭔가 재미있는 일을 하신다면서요."

"정말 재미있을지 장담은 못 해."

"또 그러신다. 가미 씨는 쌀쌀맞다니까. 여, 도쿠마쓰."

아키쓰가 별명을 부르자 도쿠나가는 노골적으로 싫은 표정을 지었다. 도쿠나가의 이름은 마쓰오인데 본인은 다소 고풍스러운 발음의 별명을 대단히 싫어했다. 아키쓰는 뻔히 알면서 놀리는 것이다.

"아키쓰, 오리온푸드에 간다고 하지 않았어? 접수처 아가씨가 미인이라면서."

도쿠나가가 되받아쳤다.

"미인은 맞는데 내 타입이 아냐. 키가 작거든. 나는 늘씬한 미인이 좋아. 도쿠마쓰한테는 딱 맞겠는데? 메추라기알로 만든 왕자 공주 인형처럼 말이야."

아키쓰는 180센티미터가 넘는 장신이지만 도쿠나가는 165센티미터 남짓이었다. 이 또한 도쿠나가로서는 근심거리인데, 본인이 듣기 싫어하는 소리만 골라 하는 것이 아키쓰의 나쁜 버릇이었다. 다케가미는 손을 휘휘 저어 아키쓰를 쫓아냈다.

"이런 곳에서 농땡이 치지 말게."

치카코가 웃으며 제2취조실의 문고리를 잡았다. 아키쓰는 싹싹하게 그녀에게 인사를 했다.

"이시즈 치카코 씨 맞으시죠? 가미 씨 부하인 아키쓰입니다."

"너 같은 녀석 부하로 들인 기억 없다. 아니면 데스크 담당으로 지원하고 싶나?"

"지원하면 써주시려고요?"

"덜렁거리는 놈은 안 돼."

"어이쿠."

아키쓰는 오른손에 든 종이 뭉치로 자기 머리를 툭 때렸다.

"실례했습니다. 이거 정말, 저는 젊은 시절 가미 씨의 마돈나를 뵙고 싶었을 뿐입니다. 그렇죠, 치카코 씨?"

치카코가 눈을 둥그렇게 떴다.

"저 말인가요?"

"물론 그렇습니다."

"도쿠나가, 이 덩치를 끌어내. 근육덩어리 멍청이가 하는 말은 귀담아 듣지 마."

다케가미는 그렇게 말하며 치카코 옆을 지나 취조실에 걸음을 들여놓았다.

"들었지? 근육덩어리 멍청아."

도쿠나가가 가슴을 쭉 펴고 말했다.

"치카코 씨, 그 근처에 혹시 빗자루 없습니까?"

"메추라기 보이한테 날 쓸어낼 완력이 있을까?"

아키쓰는 그렇게 되받아치더니 끈질기게 치카코를 붙잡고 늘어졌다.

"다음에 느긋하게 가미 씨하고 함께 일했을 때 얘기 좀 들려주세요. 부탁드립니다."

"예예, 아줌마 옛날 이야기라도 괜찮다면 그러지요."

"기대하고 있겠습니다. 그럼 또 봐, 메추라기 보이. 파닥파닥 날 갯짓하느라 가미 씨 훼방하면 안 된다."

아키쓰는 성큼성큼 복도에서 떠나갔다. 화를 풀 길이 없는 도쿠나가는 치카코의 재촉으로 씩씩대며 취조실에 들어갔다.

다케가미는 팔짱을 끼고 창가에 서서 튼튼한 격자 너머로 바깥을 바라보았다. 밑은 경찰서 주차장, 좁은 일방통행로를 사이에 두고 맞은편에는 인가와 복합빌딩, 맨션이 너절하게 들어차 있었다. 파란 하늘에는 말간 흰 구름이 가득히 흘렀고 시부야 거리의 소음이 대기를 가로지르는 봄바람을 타고 날아왔다.

창문을 등지고 바라볼 때 맞은편 왼쪽 벽은 진짜 벽이지만, 오른쪽 벽은 매직미러였다. 다케가미는 그쪽으로 다가가 별 이유도 없이 손으로 한번 쓰다듬어보았다.

실내 복판에는 책상이 하나. 그 책상을 사이에 두고 파이프 의자 두 개가 마주 놓여 있다. 창가에 작은 책상이 하나 더 있는데, 바로 기록 담당 경찰관이 앉는 자리다. 여기에 벽걸이식 내선전화기 하나가 전부인, 아무 장식도 없는 휑한 바닥과 벽. 텔레비전 드라마에서도 많이 보았던 딱 취조실 모습니다. 부족한 소도구는 피의자 얼굴에 들이댈 스탠드와 싸구려 금속 재떨이 정도이리라.

다케가미는 파이프 의자를 빼서 앉았다. 의자는 이곳에서도 바닥을 긁어 귀에 거슬리는 소리를 냈다.

"몇 년 만이시죠?"

치카코가 물었다. 그녀는 문을 등지고 서 있다.

"글쎄요……, 얼마나 됐을까. 10년 정도는 안 한 것 같군요, 이런 일은."

"그럼 본청에 가서 바로 데스크 담당이 되셨던 거군요."

"그 일이 싫지 않거든요."

도쿠나가는 창가 책상으로 다가가 옆구리에 끼고 있던 기록용 서식을 펼쳤다.

"저는 익숙합니다."

"그래. 들었네."

"평소대로 하면 되죠?"

"그게 가장 좋아."

"알겠습니다. 아니, 그냥 확인해본 겁니다. 다케가미 씨, 재떨이는 필요 없나요?"

"처음에는 일단 됐어. 시간이 어중간하게 뜨면 꺼내도록 하지."

"옛."

도쿠나가가 손을 들어 경례하는 시늉을 했다. 이런 동작이 겉멋 들어 보이는 탓에 아키쓰처럼 무뚝뚝한 사내에게는 놀림을 받는 것이다. 미리 맞춘 것도 아닌데 다케가미와 치카코는 동시에 손목 시계를 보았다. 오후 2시까지 10분 남았다.

"자, 그럼 저는 슬슬 로비에 있을게요."

"부탁드리겠습니다. 가즈미 양은 혼자 옵니까?"

"아뇨, 어머니와 함께 올 거예요. 다만 어머님은 경찰서 안에서 기다리시라고 할 겁니다."

다케가미는 고개를 끄덕였다.

"그러는 편이 낫겠죠. 다만 본인이 어머니가 곁에 없으면 절대 안 된다고 말할 경우 동석을 부탁드립시다."

"그런 걱정은 안 해도 될 거예요."

다른 뜻이 있는 말투에 다케가미는 치카코의 얼굴을 보았다. 치카코가 고개를 끄덕였다.

"도코로다 하루에 씨와 가즈미 양은 사이좋은 모녀가 아닙니다. 오늘도 가즈미 양은 혼자라도 괜찮다고 했는데 하루에 씨가 꼭 함께 가겠다고 주장한 거예요. 가즈미 양은 어머니가 사사건건 간섭한다고 몹시 짜증을 내는 것 같더군요. 사춘기 아이가 있는 가정에서 한번은 거치는 단계일 테지만요."

"저희 딸은 한 열 살 때부터 저를 훼방꾼 취급하던걸요. 제가 가끔 집에 돌아가면 '아빠, 오늘은 집에서 잘 거야?' 하고 묻지 뭡니까. 집에서 잘 테면 숙박비를 내라고 할 기세였어요."

치카코와 도쿠나가가 나란히 웃었다. 도쿠나가가 말했다.

"시모지마 경감님도 비슷한 불평을 하시더군요."

"다케가미 씨, 따님은 벌써 성인식을……."

"치렀습니다. 대학교 3학년이에요. 입만 살았지요."

"그런가요, 벌써 그렇게 됐군요."

치카코는 그렇게 말하며 취조실에서 나갔다. 다케가미는 자료를 펼치고 상의 안주머니에서 안경을 꺼내 콧대에 걸쳤다.

도쿠나가가 의외라는 듯이 물었다.

"다케가미 씨, 노안이세요?"

"어제, 파는 걸 그냥 사왔어."

"제대로 검사를 받고 눈에 맞는 안경을 맞추는 게 좋습니다."

"사실 아직 돋보기가 필요할 정도는 아니야."

도쿠나가가 웃기에 다케가미는 서둘러 말을 이었다.

"허세가 아니라니까. 정말 아직 노안이 온 게 아니야. 그냥 오늘은 안경을 쓰는 편이 나을 것 같아서 말이야."

도쿠나가는 잠시 생각한 후에 물었다.

"눈빛을 읽지 못하도록?"

"뭐 그런 셈이지."

"가미 씨, 생각이 너무 지나치세요."

"그럼 좋겠지만."

그때 내선전화가 울렸다.

"왔나?"

다케가미가 안경을 만지며 말했다.

알 수 없는 일들뿐이라 생각하는 데도 질렸어. 난 어째서 이 모양일까?
미노루는 불안하지 않아? 나는 하나부터 열까지 불안해. 나는 이 세상
에 필요한 사람일까? 날 사랑해주는 사람이 있을까? 때때로 내가 있을
자리가 없다는 생각이 들어. 괜히 미안한 마음이 드는 거야. 내가 사라
져도 친구들은 아무렇지 않을지 몰라. 미노루도 그렇지? 또 새 친구를
찾으면 그만이잖아. 부모도 그래. 조건 없이 사랑해주는 게 부모라고
하지만, 그런 건 거짓말이야. 변변치 못한 아이라면 없는 편이 나아. 나
는 부모님 기대에 아무 보답도 못 하고 있어.
어째서 우리 딸은 이 모양일까, 부모님도 분명 그렇게 생각하실걸.

미노루가 걱정 많은 가즈미에게 한마디 해주라고 부탁하더구나. 아버지도 어머니도 너를 사랑한단다. 너는 착한 아이야.

5

도코로다 가즈미가 시부야 남부 경찰서에 들어서자 로비에 있던 몇몇 젊은 남성들이 마치 줄로 잡아당긴 것처럼 동시에 목을 쭉 빼고 그녀를 주목했다.

가즈미는 그들을 완벽하게 무시했다. 긴장과 불안으로 마음이 엉뚱한 곳에 가 있어 못 알아본 게 아니었다. 알면서도 당신들은 나를 볼 권리가 없다는 신호를 보낸 것이다.

대조적으로 어머니인 도코로다 하루에는 한눈에 보기에도 겁을 먹고 있었다. 두리번거리는 눈으로 그 자리에 있는 모든 사람들과 시선을 맞추며 일일이 어째서 자기하고 딸이 이곳에 있는지 필사적으로 설명하고 싶은 표정이다. 안쓰러운 광경이었다.

모녀는 패션도 몹시 달랐다. 하루에는 차콜그레이색 니트 정장에 심플한 검정 가죽 백과 구두를 맞추어 차려입었다. 결혼반지 외에는 장신구 하나 걸치지 않았다. 한편 가즈미는 반팔 소매의 니트 상의에 무릎 위로 20센티미터는 족히 올라오는 미니스커트 차림이었다. 늘씬하니 긴 맨다리에 뒤축 없는 구두를 신었다. 스커트는 검정 단색이었지만 광택 있는 옷감이었고, 상의는 흑백 투톤 컬러의 기하학적 무늬. 독특한 디자인의 목걸이 끝에 달린 은제 십자가가 봉긋하게 솟아오른 가슴 사이에서 흔들리고 있었다. 어깨에 닿는 길이의 탈색한 밤색 머리카락을 한쪽만 귀 뒤로 넘겨 작은 금색 피어스가 보였다.

치카코가 학교에 다니던 시절에도 이런 차림을 한 여학생들은 있었다. 그러나 열예닐곱 살에 이런 옷차림을 하는 여자아이는 대개의 경우 소위 '불량소녀'였다. 하지만 도코로다 가즈미는 달랐다. 유명 사립 여학교에 다니며 성적은 학년 내에서도 상위권이라고 한다. 시대는 변하는 법이다.

이시즈 치카코는 앞으로 나가 두 사람을 불렀다.

"여기까지 걸음 하시느라 고생하셨습니다."

치카코와 미키에 순경을 발견한 하루에는 보는 사람 가슴이 뭉클할 정도로 기쁜 표정을 지었다.

"죄송합니다, 늦었나요?"

"아니요, 아직 5분 전입니다."

치카코는 생긋 웃으며 가즈미를 보았다.

"학교를 빠지게 해서 미안하구나."

가즈미는 어머니보다 약간 뒤에서 치카코는 쳐다보지도 않고 미키에 순경에게 물었다.

"대질은 어디서 해요?"

미키에 순경은 씩씩하게 대답했다.

"곧 안내하겠습니다."

하루에가 당황했다.

"저기, 저는, 정말 함께 가지 않아도 되나요?"

치카코와 미키에 순경이 대답하기도 전에 가즈미가 버릇없이 말했다.

"됐다고 하잖아. 몇 번을 말해야 알아? 난 엄마가 옆에서 종알거리는 게 싫단 말이야."

"그럼 미키에 씨, 가즈미 양을 2층으로 데려가주세요."

치카코는 슬그머니 두 사람 사이에 끼어들어 하루에의 팔을 붙잡았다.

"어머님께는 이쪽에서 보여드리고 싶은 물건이 있습니다."

함께 로비에서 교통과 집무실 앞을 지나 사전회의 등의 장소로 사용하는 소회의실로 들어갔다. 낡은 책상 위에 증거 보관실에서 가져온 물품들이 나란히 놓여 있었다. 의류, 구두, 손수건, 메모장, 서류철이 몇 권.

그 물품들을 언뜻 본 하루에가 흠칫 놀랐다.

치카코는 의자를 빼서 하루에에게 권했다.

"부군의 소지품과 가방에 들어 있던 물건들입니다. 다만 수사에 필요해 회사 책상과 사물함 속에서도 물품들을 꽤 가져왔습니다. 이제는 전부 되돌려드릴 수 있는데, 저희는 개인용품과 회사로 반납할 물건을 구분할 수가 없어서요. 사모님이라면 아시지 않을까 하고."

"그래요……, 예."

하루에는 한 손으로 입을 가리더니 짤막하게 몇 번 고개를 끄덕거렸다.

"수고스럽겠지만 물건을 잘못 돌려드리면 안 되니 한번 쭉 봐주실 수 없겠습니까? 부군의 추억이 담긴 물건도 있을 것 같고, 저희는 방해하지 않을 테니 시간은 걱정하지 마세요. 천천히 하셔도 됩니다."

치카코는 실내 한구석의 내선전화를 가리켰다.

"무슨 일이 있으면 저 전화로 내선 221번을 누르세요. 제게 연결됩니다. 제가 자리를 뜰 수 없는 상황이면 미키에 순경을 보내겠습니다."

"알겠습니다."

"시원한 음료수라도 가져다드릴까요?"

"아니요, 천만에요. 괜찮습니다. 죄송해요."

하루에는 눈물을 글썽거리고 있었다.

"사모님이 사과하실 필요 없습니다. 감식 작업 때문에 더럽혀진 물건이 있을지도 모릅니다. 최대한 조심스럽게 다루었습니다만……. 그리고 의류는 없는 것도 있을 겁니다. 아직 증거품으로 이쪽에서 보관해두고 싶은 물건도 있는 터라."

"예예. 알고 있습니다."

하루에는 작은 핸드백을 열고 손수건을 꺼내어 눈가를 훔쳤다. 몇 번이고 빨아서 색이 바랜 손수건이었다. 눈물을 잘 빨아들인다.

"치카코 씨."

간절한 부름에 치카코는 하루에의 옆자리에 놓인 의자에 살짝 앉았다.

"예?"

"저 아이는, 가즈미는 정말 범인을 알아볼 수 있을까요? 이제부터 경찰이 의심하는 사람들을 부르는 거지요? 텔레비전에서는 나오코 양 친구가 의심스럽다고 하던데, 사실은 아닌 거지요? 그래서 가즈미의 증언이 필요한 거지요? 몇 명이나 오나요? 만약 가즈미가 알아보지 못하면 그 사람들은 어떻게 되나요?"

치카코는 하루에에게 미소를 지어 보였다.

"분명 저희는 가즈미 양 증언에 기대를 걸고 있지만, 설령 오늘 시도가 잘되지 않는다고 해도 수사가 막다른 골목에 막히는 건 아닙니다. 그러니 걱정 마세요."

"가즈미가 그 사람들을 직접 만나는 건 아니지요? 원한을 사지는 않겠지요?"

"그야 물론입니다. 취조실에 있는 사람들은 가즈미 양을 보지 못합니다. 저희가 확실하게 보호하겠습니다."

하루에는 손수건을 움켜쥐었다.

"그래요, 신문에도 가즈미가 범인을 보았다는 기사는 실리지 않았죠. 뉴스에도 다른 어디에도 실리지 않았죠."

"예. 저희는 그 정보를 외부에 유출하지 않았으니까요. 그러니 가즈미 양은 안전합니다."

치카코는 그 말만 단숨에 내뱉고 하루에의 팔을 가볍게 토닥거렸다.

"게다가 가즈미 양이 본 인물이 반드시 범인이라고 단정할 수는 없어요. 다만 저희는 그것이 아무리 작은 접점이라 해도 생전의 부군과 관계가 있던 인물들을 빠짐없이 알고 싶습니다. 그런 이유로 가즈미 양에게 도움을 청했습니다."

하루에는 소복하게 쌓인 유품을 멍하니 바라보더니 작은 목소리로 말했다.

"그 아이, 화를 내고 있어요."

"가즈미 양이 화를 내요?"

"예. 아버지가 살해당했다는 사실에요. 아버지를 죽인 범인에게 무척 화를 내고 있어요."

하루에는 재빨리 고개를 가로저었다.

"물론 저도 범인은 증오합니다. 하지만 치카코 씨, 저는 아직, 아직 슬프고, 남편이 갑자기 사라졌다는 사실에 적응하지 못해서, 너무 놀라서, 그런 문제로 마음이 어수선해요. 제가 나약한 건지도 모르지만 아직 범인에게 화를 낼 경황이 없어요."

치카코가 온화하게 대답했다.

"심경은 이해합니다. 제가 사모님 처지였어도 역시 똑같은 마음이 아니었을까 싶네요."

"치카코 씨는 경찰인데도요?"

"그렇지만 저도 사람이니까요. 결코 사모님이 약해서 그러시는 게 아닙니다."

하루에의 눈에서 솟아난 눈물이 한 방울, 손등 위에 뚝 떨어졌다.

"가즈미는 강해요."

"예, 똑 부러지는 따님이더군요."

"저보다 훨씬 더 정신적으로 강한 아이예요. 남편도 똑 부러지는 사람이었으니 분명 아버지를 닮았겠지요. 그 애가 제게 험하게 대하는 것도 눈물만 흘리고 어쩔 줄 모르는 제가 한심하고 답답해서 그런 거겠지요."

하루에 주변에 지금 이런 이야기를 할 상대가 없는 것이리라. 치카코는 귀를 기울이기로 했다.

"가즈미가, 반드시 범인을 찾아내겠다고, 찾아내면 가만두지 않을 거라고 하더군요."

"그랬군요……."

"복수할 테다, 죽여버릴 테다, 그렇게 말한 적도 있어요."

"사모님께 그렇게 말했나요?"

"아니요, 제게는 그렇게까지 확실하게 표현을 하지는 않았습니다. 다만 친구…… 남자친구하고 통화를 하는데 상당히 흥분해서 그런 소리를 하더군요. 휴대전화라 어디서든 걸 수 있지만 제가 우연히 듣고 말았어요."

"그게 언제 적 일이지요?"

"바로 며칠 전이에요. 집에서요."

"남자친구라는 분은?"

이름도 얼굴도 바로 떠올랐지만 치카코는 일부러 기억을 더듬는 척했다.

"이시구로 다쓰야라고, 가즈미 친구한테 소개받은 남자아이에요. 남자아이라고 하면 실례일까요, 가즈미보다는 연상이거든요. 스무 살쯤이던가?"

"저는 가즈미 양에게 직접 남자친구 이야기를 들은 적은 없지만 미키에 순경은 아는 것 같더군요. 남자친구하고는 무척 사이가 좋은 모양이던데요. 요새 젊은 사람들은 그런 걸 '러브러브'라고 한다지요?"

치카코가 웃었다.

하루에도 살짝 웃었다. 눈가가 발갛다.

"저도 두세 번밖에 못 봤습니다. 집에 놀러 온 적은 없거든요. 가즈미를 데리러 왔을 때 살짝 봤어요."

치카코는 고개를 끄덕였다.

"가즈미도 다쓰야 군에게는 뭐든지 털어놓는 모양이에요. 남편 사건만 해도, 저하고는 아무 말도 하지 않지만 다쓰야 군하고는 이야기하는 눈치더군요. 오늘도 나오기 직전까지 다쓰야 군에게 전화를 걸고 있었어요. 가즈미는 굉장히 흥분하는 눈치였어요. 반드시 자기가 범인을 찾아내겠다고 하더군요."

치카코는 조용히 말했다.

"가즈미 양이 너무 흥분하지 않도록 저희도 주의하겠습니다. 가즈미 양 본인에게도 힘든 일이 될 테니까요."

하루에는 단조롭게 말을 이었다.

"가즈미는 저를 전혀 믿지 않아요. 하지만 어쩔 수 없지요. 저는 그 아이처럼 강하지 못하니."

서글퍼 보였다. 하루에가 입을 다물었기 때문에 치카코도 한동안 침묵을 공유했다. 하루에가 홀로 지탱하는 침묵을 옆에서 손을 뻗어 함께 받쳤다.

상처 입고, 겁에 질리고, 슬퍼하는 이 사람에게 해줄 수 있는 일이 이것밖에 없다. 그 또한 한심하고 답답한 일이기는 했다. 하지만 치카코는 나름대로 오랜 경찰관 인생에서 배운 바가 있었다. 이 길을 계속 가려면 물론 누군가를 구하거나 누군가에게 도움이 되기 위해 끝까지 노력할 수 있는 근성이 반드시 필요하다. 하지만 그것만으로는 부족하다. 그만큼, 아니 그 이상으로 절실하게, 아무도 구할 수 없거나 아무에게도 도움이 되지 않았을 때 그런 자신을 견뎌낼 수 있는 인내력도 필요했다.

"죄송해요, 쓸데없는 소리를 주절거렸군요."

잠시 후 하루에가 또다시 사과의 말을 꺼냈다. 치카코는 의자에서 일어섰다.

"괜찮으세요?"

"예, 괜찮습니다. 죄송해요."

"만약에 힘들어서 오늘은 유품을 전부 보지 못하시겠다면 그때는 부담 갖지 마시고 저를 부르세요."

"알겠습니다, 예, 하지만 괜찮습니다."

하루에는 손수건으로 눈을 닦고 가볍게 콧등을 누르며 자세를 고쳐 앉았다. 그리고 책상 위 유품 쪽으로 손을 뻗었다.

"가즈미 양은 끝나는 대로 데려올 테니 걱정 마세요."

치카코는 방에서 나와 복도를 지나 사무실에 들러 한 직원에게 30분쯤 후에 안쪽 방에 커피를 가져다주라고 부탁했다. 그리고 2층을 향해 걸음을 뗐다.

도코로다 부부는 사내 커플이었다고 한다. 잘 어울리는 한 쌍이었으리라. 젊은 시절의 도코로다 하루에는 얌전하고 상냥해 무심코 남자들의 보호 본능을 자극하는 가련한 아가씨가 아니었을까? 그 점이 도코로다 료스케를 사로잡았던 게 아니었을까?

도코로다 료스케는 자신의 아내를 어떻게 생각했을까? 젊은 아가씨 상대하길 좋아하고, 그녀들에게 의지가 되어주고 싶어 했던 그는 그쪽에 푹 빠져 아내인 하루에는 염두에 두지도 않았을까? 그는 오래된 집을 버리고, 새집을 사려고 했다. 집을 바꾸듯 아내도 간단히 바꿀 수 있다면 그는 그렇게 했을까?

그런 생각을 하니 기운이 쭉 빠질 것만 같았다. 치카코는 어깨를 위아래로 힘껏 흔들어 새삼 스스로를 다그쳤다.

이시즈 치카코가 발생 당초부터 도코로다 료스케 살해사건에 관여했던 것은 아니었다. 스기나미 경찰서에서는 그럴 입장이 아니었기 때문이다.

본청에서 관할 경찰서로의 이동은 특별히 드문 일도 아니고 다양한 사정이 있다. 하지만 치카코의 경우, 누가 봐도 명백히 알 수 있는 강등 인사였다. 스기나미 경찰서로 바로 이동한 것이 아니라 처음에는 마루노우치 경찰서 형사과에 1년 정도 있으면서 오로지 자료 정리만 했다. 그런 다음 스기나미 경찰서로 이동했고, 자리는 똑같이 형사과에 있었지만 그림자 취급이라 역시나 서류 관리와 자료 정리, 지속 수사 사안의 연락 담당 업무를 맡았다. 이 세 번째 업무는 요컨대 전화 담당이라는 뜻이다.

4년 전, 치카코가 본청 방화수사반에서 담당했던 사건은 더없이 기이하고 희생이 많았던 사건이었다. 그 속에서 개인으로서는 할 수 있는 모든 일을 다했다고 생각했지만 그것은 조직의 인간으로서 튀는 행위였고, 그 결과가 강등이었다.

하지만 치카코는 주위에서 걱정하는 것만큼 그 문제에 분노하거나 반발하지는 않았다. 너무나도 일상적이지 않은 사건과 대치한 후였기 때문에 그것이 현실 사회와 맞지 않는다는 사실, 특히 좋은 뜻으로나 나쁜 뜻으로나 완고하고 고리타분한 경찰 조직의 이해의 범주에서 벗어난다는 사실이 그럴 만하다고 할까, 오히려 자연스럽게 느껴졌던 것이다. 또한 그 사건을 통해 슬쩍 엿본 경찰 조직의 어두운 부분과 어느 정도 거리를 두고, 그에 굴하지 않는 나름의 방식을 모색하기 위해서라도 그 시점에서 한번 본청을 벗어나는 일은 치카코로서는 차라리 바라던 바였다.

하지만 그런 신분이라 스기나미 경찰서에서도 처치 곤란한 인물로, 머릿수에도 들지 않는 더부살이를 해야 했다. 그래서 수사본부 설치 후 사흘째 되던 날, 갑자기 불려 가 도코로다 저택 경비를 도우라는 명령을 받았을 때는 적잖이 놀랐다. 그때의 놀란 마음에 비하면 바로 며칠 전에 역시나 갑작스럽게 오늘 이 '심문'에 참가하라는 명령을 받았을 때는 놀란 것도 아니었다.

치카코의 상사는 여성 인력이 필요하다고 설명했다. 마치 이웃 아주머니에게 경조사를 도와달라고 부탁하는 말투였다. 뭐, 일일이 화를 내면 아무 일도 못할 테고, 듣자 하니 가장을 잃고 불안에 떠는 부인과 외동딸의 신변을 지키는 임무라고 하니 이의는 없었다. 치카코는 그 자리에서 받아들였고 그때 후치가미 미키에 순경을 소개받아 콤비로 움직이게 되었던 것이다.

사건 발생 후 사흘째인 그 시점에서 이미 도코로다 료스케와 시부야에서 살해당한 이마이 나오코 사이에 개인적 연관이 있었다는 사실이 드러났다. 실제로 연쇄살인이라는 점에서 수사본부는 다소 긴장하는 기색이었다.

그렇지만 하루에와 가즈미 모녀의 신변 보호는 수사의 연장선상에서 나온 조치가 아니었다. 도코로다 가즈미의 요청이 있었던 것이다.

가즈미는 사실 몇 달 전부터 악질적인 장난 전화에 시달렸다고 호소했다. 등하교 도중에는 미행을 당한 경험도 있다고 했다. 장난 전화 목소리도 젊은 남자 목소리 같았고, 미행한 사람도 가즈미가 확인할 수 있는 범위에서는 외견상 고작해야 스무 살 정도인 청년 이었으므로 동일 인물일지도 모른다.

"이 문제는 아빠한테도 말한 적이 있는데, 아빠…… 아버지는 걱정된다고 가끔 아침에는 역까지 데려다준 적도 있었어요. 아버지가 함께 있을 때는 누가 뒤따라오는 일이 없었지만, 그 후에 걸려 온 장난 전화에서 아버지가 함께 있다고 안심하면 큰 오산이라는 말을 들은 적이 있어요."

가즈미는 소름이 끼쳤지만 지난 2주 정도는 아무 일도 없어서 잊고 있었는데 아버지가 이렇게 되니 갑자기 걱정이 된다고 말했다.

"만약에 그 남자가 아버지에게 무슨 짓을 한 게 아닐까, 그렇게 생각하니."

이것이 스토킹이라 해도 마땅히 짐작 가는 범인은 없다는 말도 했다.

"남자친구하고도 잘 지내고 있고, 그 전에 잠깐 사귀거나 친구들하고 여럿이서 놀러 간 적 있는 남자애들하고도 문제는 전혀 없었어요. 그러니 굉장히 일방적인 착각 아닐까요? 제가 전혀 모르는 사람이 멋대로 착각해서 하는 짓일 거예요. 하지만 만약 그 문제하고 아버지가 살해당한 일이 상관있다면 어쩌나 하는 생각에……."

수사본부로서는 도코로다 료스케 살해가 단독 사건이 아니라는 견해를 굳히고 있어, 가즈미의 고민을 들은 도코로다 료스케가 딸을 보호하려고 어떤 행동을 취했다가 스토커에게 당했다는 가설은 채택하기 어려웠다. 하지만 전혀 있을 수 없는 가능성은 아니므로 (발생한 지 며칠 안 되는 사건에는 어떤 가능성도 있을 수 있다) 남겨진 모녀의 신변을 보호하고 감시하기로 했다. 그것이 '여자 일손이 필요하다'는 요청의 이유였다.

처음 만났을 때, 치카코의 눈에 가즈미는 지독히 겁을 먹고 있는 것처럼 보였다. 그 시점에서는 분노보다도 훨씬 더 큰 공포가 그녀를 강하게 지배하고 있는 듯했다.

나이 때문인지 치카코는 곧 도코로다 하루에와 마음을 텄고 가즈미는 미키에 순경을 따랐다. 신변을 지킨다고 해도 목격자 보호처럼 엄중한 태세도 아니었기 때문에 분위기는 지극히 부드러웠다. 미키에 순경도 사복으로 도코로다 저택을 들락거렸고 가즈미의 쇼핑에 따라나선 적도 있었다. 가즈미의 부탁으로 집에 묵었을 때는 마치 친한 친구처럼 그녀의 방 바닥에 손님용 이부자리를 깔고 잤다.

이윽고 합동수사본부가 생겼을 때에도 치카코와 미키에 순경은 도코로다 저택을 지키고 있었다. 경비 체제를 바꾸어 지역 파출소의 정시 순찰이라는 형태로까지 완화한다는 결정이 내려온 것은 그로부터 또 1주일 후의 일이었다.

하지만 이 결정 역시 수사본부의 단독 의향에 의한 것이 아니라 하루에와 가즈미 모녀 쪽에서도 이제 경호는 필요 없다고 사양했기 때문이다. 총지휘관인 시모지마 경감이 볼 때는 치카코도 미키에 순경도 처음부터 수사본부의 전력이 아니니 인원 배치 측면에서는 상관이 없었고, 만일의 경우를 생각하면 조금 더 그대로 상황을 살펴도 좋다고 생각했던 모양이다. 하지만 도코로다 가즈미가 몹시 풀 죽은 기색으로 스토커 문제는 지나친 오해였던 것 같다는 말을 꺼냈다. 실제로 분명 치카코 일행이 도코로다 저택을 감시하는 동안 그 비슷한 장난 전화는 한 통도 없었고, 가즈미나 미키에 순경이 수상한 사람을 발견하는 일도 없었다. 조용한 일상이었다.

스토커가 경호원이 붙은 줄 눈치채고 접촉을 자제했을 가능성도 물론 짐작해볼 수 있었다. 하지만 이 무렵에는 A코의 존재에 초점이 집중되어 수사본부 안에서는 더 이상 가즈미를 위협했다는 스토커를 중요하게 생각할 수 없었다. 만일 가즈미를 표적으로 삼은 인물의 범행이라면 도코로다 료스케 살해사건이 발생하기 전에는 당사자인 가즈미조차 '깜빡 잊고' 있을 정도로 종적을 감추었던 스토커가 갑자기 일을 벌여 엉뚱하게도 가즈미가 아닌 그 아버지를 살해하다니, 역시 이상했다. 이제는 A코가 훨씬 미심쩍었다.

도코로다 하루에는 당사자인 가즈미가 이제 괜찮다며 경호는 필요 없다고 하니 거스를 마음은 없지만, 갑자기 모녀 두 사람만 남게 되니 불안하다는 생각도 있었던 모양이다. 치카코에게 경호가 끝나도 무슨 일이 있으면 상의하러 가도 되느냐고 물었다. 치카코는 물론 부담 가질 필요 없다고 대답했다. 그 후에도 전화는 매일 걸었고, 며칠에 한 번은 도코로다 저택에 들러 짧은 시간이나마 하루에와 만나려고 애썼다. 처음부터 수사 인력으로 넣어주지 않으니 이런 일을 할 수 있다. 더부살이도 나쁘지 않다고 생각했다. 다만 수사와 마찬가지로 이런 일도 필요한데 경찰 기구 안에서는 그것을 거의 인식하지 못하고 있어 아쉬웠다.

"스토커 문제는 이제 전혀 걱정하지 않아요. 내가 괜한 소리를 했어."

그렇게 딱 잘라 말한 후로 가즈미는 정말 씩씩해져 겁먹은 모습을 보이는 일이 없었다. 오히려 화를 표면으로 드러내는 경우가 늘었다. 치카코는 그 변화의 이유를 가즈미가 A코를 범인이라고 확신했기 때문이라고 짐작했다. 가즈미 입장에서는 아버지가 딸과 비슷한 나이의 젊은 여성과 불건전한 관계를 맺었다가 그 관계 때문에 살해당했을지도 모른다는 추론은 바로 받아들이기 어려웠을 것이다. 그래도 어쨌든 A코가 체포될 때까지 가만히 참고 기다리기로 했으리라.

하지만 얼마 지나지 않아 가즈미는 완전히 새로운 사실을 증언하기 시작했다. 지난 반년 사이에 동네에서 우연히 아버지를 본 적이 몇 번 있었는데, 처음 보는 인물이 곁에 있었다는 것이다.

"일요일에 역에서 반대편 플랫폼에 서 있는 모습을 보았을 때하고, 어머니가 자주 장을 보러 가는 슈퍼마켓 주차장에서 아버지가 차를 세우고 운전석 쪽 창 너머로 누구하고 이야기하는 모습을 보았을 때, 그리고 아버지에게 전화가 왔는데 없다고 했더니 상대가 끊어버린 적이 두어 번. 또 첫 번째 전화였는지 두 번째 전화였는지 기억은 안 나는데 수화기를 내려놓은 후에 별 생각 없이 밖을 보았다가 누가 우리 집 담 밖을 어슬렁거리는 모습을 발견한 것, 그 세 번이에요. 전부 별일 아니라고 생각했어요. 누가 길을 물었거나, 우연히 플랫폼에서 아는 사람을 만난 건 줄 알았어요. 전화는 불쾌했지만 그 후에 무슨 일이 있었던 것도 아니었으니까요. 아마 그런 이상한 전화가 있었던 일도 바로 잊어버려서, 아버지나 어머니한테도 말하지 않았던 것 같아요."

수사관이 가즈미에게서 이 새로운 증언을 얻어낸 마침 그 무렵, 마치 타이밍을 노린 것처럼 도코로다 료스케가 소지했던 노트북 하드디스크를 조사한 결과 그가 회사와 가정의 인간관계 외에 인터넷상에서 친구들을 사귀었다는 사실이 밝혀졌다.

도코로다 료스케의 컴퓨터에는 그가 그 기계를 통해 무엇을 했는지 여실히 말해주는 기록이 남겨져 있었다. 물론 흔한 웹서핑이나 회사 동료들을 포함한 '이메일 친구'들과 주고받은 연락은 누구나 하는 수준이라 특별히 주목을 끌지 못했다. 이마이 나오코와는 메일을 주고받지 않았던 듯, 그녀도 여기에는 등장하지 않았다. 친구들 말에 따르면 이마이 나오코는 컴퓨터에 관심이 없어 오로지 휴대전화에만 의존했던 모양이다.

수사본부에서는 도코로다 료스케가 젊은 여성을 찾아 소위 만남 주선 사이트에 빈번히 들락거렸던 게 아닐까 짐작했지만 예상과 달리 그 흔적은 찾아볼 수 없었고 대신 전혀 예상치 못한 내용을 발견했다.

도코로다 료스케에게는 인터넷상에 또 다른 '가족'이 있었던 것이다.

아내와 딸과 아들. 도코로다 료스케를 포함해 4인 가족이었다. 그들은 서로를 '아버지', '어머니', '가즈미', '미노루'라고 부르며 빈번히 메일을 주고받았고 채팅으로 대화를 했다. 또한 그들의 관계는 인터넷상에서만 이루어진 것이 아니라 실제로, 적어도 한 번은 얼굴을 마주한 적도 있는 듯했다. 도코로다 료스케가 가즈미에게 또 만나고 싶다는 메일을 보냈던 것이다.

가장 먼저 확인했지만 닉네임 어머니는 도코로다 하루에가 아니었고, 가즈미도 도코로다 가즈미가 아니었다. 그녀들은 도코로다 료스케가 인터넷상에서 **아버지** 역할을 연기했다는 사실에 대해서는 전혀 몰랐다고 이구동성으로 진술했다. 하루에는 애초에 인터넷에 대한 지식이 없어 형사에게 설명을 듣고도 처음에는 무슨 말을 하는지 이해하지 못하는 듯했다.

"나하고 엄마한테 불만이 있었던 것 아니겠어요? 불만은 우리도 있지만."

가즈미는 그렇게 말하더니 매섭게 말을 이었다.

"생판 모르는 남하고 가족놀이를 하면서 우리한테서 도망쳤던 거야. 난 아버지가 무슨 생각을 했는지 하나도 모르겠어요."

가즈미가 화를 내는 것도 무리는 아니었다. 치카코는 도코로다 료스케의 죽음을 진심으로 유감스럽게 생각했다. 그는 살아서 가즈미의 분노를 받아주어야 했다. 그나저나 한 인간의 죽음이 이렇게까지 줄줄이 그 사람의 은밀한 부분을 드러내다니, 이 정도로 적

나라한 사례도 드물다.

"이렇게 됐으니 반드시 범인을 잡아주세요. 그 A코로 소문난 사람이 범인 맞아요? 그럼 나하고 만나게 해줘요."

치카코는 아직 모르는 일이라고 달랬다. 가즈미는 대들 기세로 눈을 빛내며 주먹을 쥐고 말했다.

"그럼 범인을 확실하게 알아내면 만나게 해줘요. 묻고 싶어. 어째서 아버지를 죽였는지. 아버지가 어떤 사람이어서 죽이고 싶었는지. 아버지가 무슨 짓을 했는지. 나는 알 권리가 있겠죠? 아버지가 살해당했고, 그것 때문에 우리는 아버지가 살아 있었다면 몰라도 될 일까지 알게 되었고, 망신당하고 상처 입었어요. 이건 정말 너무해!"

당연한 호소였다. 정당한 주장이다. 가즈미가 알고 싶어 하는 사실을 알려주고 싶다.

하지만 그러기 위해서는 범인을 찾아야 했다.

합동수사본부가 A코를 쫓아 몰아세우려고 안달이 난 줄은 치카코도 물론 알고 있었다. 하지만 거기에 불안 요소는 없을까? 그것이 옳은 줄기일까? 언뜻 끊어진 줄기처럼 보이는 또 하나의 줄기, 도코로다 료스케의 은밀한 생활 속에 진정한 동기와 범인이 숨어 있을 가능성도 있지 않을까? 그쪽을 내버려두어도 되는 걸까?

가즈미가 도코로다 료스케와 함께 있는 장면을 목격했다는 미지의, 그리고 복수의 인물은 수사 대상으로 삼지 않아도 될까? A코 한 사람에게 총력을 기울여도 되는 것일까?

그런 의문으로 마음을 앓고 있을 때 오늘 이 '심문'에 참가하라는 갑작스러운 명령을 받았다. 그리고 합동수사본부 내부에서도 소수 파이기는 하지만 치카코와 같은 생각을 하는 그룹이 있다는 사실을 알았다. 그들의 의견을 들은 치카코는 그것이 그녀의 추측 범위를 뛰어넘어 더욱 크게 퍼져 있다는 사실을 알고 하루에와 가즈미를 위해 마음 아파했다.

그 결과, 오늘 이 자리에 있는 것이다.

데스크 담당이 다케가미 에쓰로라는 사실을 알았을 때에는 깜짝 놀랐지만 그가 이 '심문'에 나카모토 경사 대행으로 나왔을 때는 그리 놀라지 않았다. 저 사람은 이런 역할을 하는 사람이다. 젊었을 때부터 그랬다.

아키쓰라는 형사는 뭔가 오해하고 있는 모양이지만 치카코와 다케가미는 특별히 개인적으로 친한 것도 아니다. 마돈나라니, 천만의 말씀이다. 치카코 쪽이 세 살 연상이고 처음 얼굴을 마주했을 때 서로 이미 가족이 있었다. 로맨스는 일절 없다. 다만 일할 때 마음이 잘 맞아 연대감이 있었다. 그 후 꽤나 다른 길을 걸어왔지만 그래도 다케가미의 인품이 변하지 않았다는 사실이 기뻤고, 치카코 역시 그 무뚝뚝하고 정직한 형사의 눈에 자신이 너무 다른 사람으로 보이지 않았으면 좋겠다고 생각했다.

그리고 문득 생각했다. 그렇게 보이는 외면과 그러한 내면, 어느 쪽이 진실일까? 도코로다 료스케에게는 무엇이 진실이고 무엇이 거짓이었을까? 그는 가즈미의 분노를 이해할 수 있었을까?

그렇다, 가즈미는 내내 화를 내고 있다. 하루에의 말이 맞다. 사실은 아까 로비에서 본 가즈미의 얼굴에 분노의 빛이 너무나 뚜렷하게 서려 있어 치카코도 내심 놀랐다. 분노를 숨기지 못하는 절반의 이유는 젊음 탓이리라. 나머지 절반이 무엇 때문인지는 아마도 오늘, 이제 다가올 시간을 통해 해명할 수 있을 것이다.

6

다케가미는 도코로다 가즈미를 처음 보았다. 가즈미의 증언을 정리한 보고서는 서류철로 많이 만들었고, 차분히 훑어보기도 했지만 본인의 얼굴을, 그 눈동자를 들여다보기는 처음이었다.

성적이 우수하다는 말은 들었지만 정말 똑똑한 아가씨라는 생각이 들었다. 많이 긴장했는지 인사는 딱딱하고 쌀쌀맞았다. 다케가미도 이런 자리에서 상냥하고 친절한 아저씨 흉내를 낼 마음은 없었고, 이 똑똑한 아가씨가 지금 이 자리에서 원하는 것은 상냥한 위로나 배려가 아니라는 사실도 알았기 때문에 그렇게 행동했다.

"이제부터 나는 이쪽 취조실에 세 사람을 불러 순서대로 심문을 할 거란다."

다케가미의 설명에 가즈미는 입을 꾹 다물고 고개를 끄덕였다.

"세 사람 다 생전에 아버님과 교류가 있었던 사람들이야. 다만 가즈미 양에게는 사전에 그들의 이름이나 연령, 어디 사는 어떤 사람이고 아버님과 어떤 사이였는지 말하지 않을 거다. 이야기를 듣는 사이에 자연히 알게 될 테니까."

거기서 다케가미는 처음으로 살짝 뺨을 누그러뜨렸다.

"이제 와서 말할 것도 없지만 이야기 내용보다도 그들의 목소리나 말할 때의 모습, 동작을 확인해달라고 가즈미 양을 부른 거야. 그러니 내가 그 사람들에게 무슨 질문을 하고 그 사람들이 무슨 대답을 하는지에 너무 마음을 빼앗기지 말도록."

가즈미는 소리 없이 다시 한 번 고개를 끄덕였다. 다케가미는 이 아이가 '응'이라고 대답하는 타입인지 '네'라고 대답하는 타입인지 궁금했다.

"긴장하고 있구나. 괜찮니?"

가즈미는 살짝 눈길을 떨어뜨리고 손으로 얼굴을 부채질하는 시늉을 했다.

"여기, 더워서요."

"에어컨을 켜라고 하지."

도쿠나가가 일어서서 복도로 나갔다.

문이 닫히자 가즈미는 그 문에 시선을 고정하고 갑자기 차갑게 말했다.

"아버님과 교류가 있었던 사람들이라고 얼버무리지 말고 똑바로 알려줘요. 이제 들어올 사람들이 어머니하고 미노루하고 가즈미

맞죠?"

가즈미는 질문과 동시에 다케가미를 쳐다보았다.

다케가미는 대답했다.

"그래 맞아. 다만 너에게 너무 선입견을 주고 싶지 않았거든."

"난 그렇게 멍청하지 않아요."

가즈미는 칼날처럼 매몰차게 말하더니 고개를 획 돌렸다.

"난 저쪽 방에 가 앉는 거죠?"

"그래, 가즈미 양은 매직미러 건너편에 앉을 테니 이쪽에서는 보이지 않아."

다케가미는 매직미러 앞에 섰다.

"그러니 안심하고 차분히 앉아 있으렴."

가즈미는 매직미러 앞으로 다가가 집게손가락 끝으로 그 거울을 만졌다.

"형사 드라마에서 봤으니까 대질할 때는 이런 장소를 쓴다는 것쯤 다 알아요."

"그럴까? 이런 형태가 아닌 경우가 일반적인데."

"벽 앞에 사람들을 쭉 세우는 거죠?"

가즈미가 획 고개를 돌리고 물었다.

"그래서 한 걸음 앞으로 나오라느니, 고개를 옆으로 돌려보라느니 할 거죠? 여기서는 그런 식으로 하지 않나요?"

"이번에는 그러면 오히려 네가 혼란스러워할 것 같아서 말이야."

"흐응."

가즈미가 말했다. 역시 입 모양이 '나는 그렇게 멍청하지 않아'라고 말하고 싶은 눈치였다.

"그리고 또 한 가지, 여러 번 말하는 것 같지만, 가즈미 양이 오늘 이 자리에서 세 사람 가운데 누군가를 알아보고 골라낼 수 있다 해도 그 인물이 그대로 네 아버님을 살해한 용의자가 되는 것은 아니야. 그러니 그렇게 잔뜩 기합 넣지 않아도 돼."

"기합 넣지 않았어요."

다케가미는 가만히 웃었다. 가즈미는 코끝이 바싹 닿을 정도로 매직미러에 얼굴을 들이댔다.

"정말 건너편은 보이지 않네요. 보통 거울하고 똑같아."

"그렇지?"

"하지만 이곳에 불려 오는 사람들도 나처럼 드라마나 영화는 보았을 테니 내가 이쪽에서 보고 있다고 상상은 하겠죠?"

"누가 보고 있는 줄은 눈치채겠지. 하지만 가즈미 양이 보고 있는 줄은 모를 거야."

가즈미는 다케가미가 아니라 취조실 입구 옆에 서 있던 미키에 순경에게 말했다.

"나 말이에요, 똑바로 기억해내려고 어제 이것저것 정말 많이 시도해봤어요."

미키에 순경은 재빨리 다케가미를 쳐다본 후에 가즈미에게 대답했다.

"그래서 어땠니?"

가즈미는 예쁘게 다듬은 눈썹을 찌푸리며 씁쓸한 표정을 지었다.

"오히려 엉망이야. 기억을 붙잡으려고 하면 달아나버려요."

미키에 순경은 상냥하게 말했다.

"그래. 다 그런 법이야. 그러니 자연스럽게 구는 편이 나을 거야, 분명히."

"만약 내키지 않으면 중지해도 되는데."

다케가미가 그렇게 말했다. 가즈미의 반응은 빨랐다.

"아니, 할게요."

가즈미는 단호하게 고개를 저었다. 밤색 머리카락이 사락사락 흔들렸다.

"할 수 있어요, 나."

"고맙구나. 하지만 무리하면 안 된다. 도중에 싫어지면 언제든지 그렇다고 말하면 돼."

"난 괜찮아요. 하지만 형사님."

가즈미의 시선이 강하게 변했다.

"내 쪽에서 원하는 질문이 있거나, 보고 싶은 동작이 있으면 어떻게 해야 하죠?"

다케가미는 고개를 약간 기울여 가즈미에게 오른쪽 귀를 보여주었다.

"보청기 같은 게 보이지? 이게 이어폰이야. 옆방하고 이어져 있지. 무슨 일이 있으면 치카코 형사나 미키에 순경에게 말하면 돼. 우리 쪽 대화는 집음 마이크를 통해 그쪽에 들릴 테니까."

그 말을 듣고 나서야 겨우 마음이 놓인다는 듯이 가즈미는 미소를 지었다. 시작하기 전에 화장실에 가고 싶다고 해서 미키에 순경과 함께 취조실을 나갔다.

가즈미와 엇갈려서 돌아온 도쿠나가가 짙은 눈썹을 슬쩍 치켜세우며 물었다.

"저 애는 몇 살이었죠?"

"열여섯이야."

"벌써 어엿한 여자네요. 화장도 능숙하던데요. 말씨는 좀 험하지만."

"요즘 세상에 그런 일에 놀라서야 어디 해먹겠나?"

"뭘 말입니까? 경찰관요? 아니면 독신남요?"

도쿠나가는 입꼬리로 슬쩍 웃었다.

"자네도 숫총각이었지."

"그건 이미 없어진 말이에요, 가미 씨."

"내 주위에는 마누라 없는 남자들만 득실거리는군."

"그래서 다들 가미 씨 따님을 노리는 거지요. 노리코 양이었나요? 귀엽다고 소문이 자자하던데요."

"누가 그런 소리를 하나?"

"주로 근육덩어리 멍청이요."

다케가미는 코웃음을 치고 의자에 앉았다.

"누가 노리던 간에 아키쓰는 아니겠군. 그 녀석은 여자관계 복잡하기로 유명하거든. 본인은 '매력남'이라고 말해달라고 종알거리지만 말이야."

"그럴 줄 알았습니다."

다케가미는 딸의 얼굴을 떠올렸다. 우리 노리코가 방금 전 도코로다 가즈미가 지은 것 같은 표정을 짓는다면, 그건 대체 어떤 상황일까? 노리코가 취조실에 들어간다면, 혹은 매직미러 건너편에 앉는다면, 어떤 식으로 행동할까?

다케가미가 중얼거렸다.

"나름대로 딸 하나는 똑바로 키웠다고 생각했는데 말이야. 지금 형사하고 사귀고 있어."

도쿠나가가 휘파람을 휘 불었다.

"같은 대학에 애인이 있었는데 그쪽을 차고 갈아탔어. 최근 이야기일세."

"저희한테는 관세음보살 같은 아가씨로군요. 박봉 지방공무원에게 사랑의 손길을."

"보살인지는 모르겠지만 아무리 좋게 보아도 그놈보다는 예전 남자친구가 더 남자답단 말이야."

"남자는 겉으로 봐서 모릅니다. 여자도 그렇지만요."

도쿠나가가 시구를 암송했다.

"어젯밤에는 홍안을 자랑했건만 아침에는 죽어 시신으로 굴러다니네. 홍안은 아름다운 얼굴이란 뜻입니다."

"도코로다 료스케도 남자답게 생긴 얼굴이었지."

"그리고 처에게는 성실하지 못한 남자였지요. 아니, 물론 잘생긴 사람이 다들 성실하지 못하다는 뜻은 아닙니다. 다만 그 두 가지 요소를 갖추면 불행한 경우가 많지 않습니까?"

다케가미는 웃었다.

"처라니, 이거 또 고풍스러운 표현을 쓰는군."

이마이 나오코와 사귀었던 관계라는 사실이 드러나자 수사본부는 도코로다 료스케의 여자관계를 세세히 조사하지 않을 수 없었다. 결과적으로 도코로다 하루에는 남편의 죽음에 동요하고 있을 때 이중으로 괴로운 질문을 받은 셈이 되었다. 그래도 담당 형사가 노련했는지, 하루에라는 여성의 성격이 원래 그런지, 그녀의 확실한 협력을 얻은 상세한 보고서가 올라왔다. 다케가미는 그 보고서를 읽기만 했을 뿐이라, 이런 질문을 했을 때 하루에가 어떤 표정을 지었는지는 알 수 없었다. 하지만 심리적인 저항감을 거의 보이지 않는 하루에의 발언에, 동정과 동시에 문득 헤아릴 수 없는 오싹한 기분도 느꼈다.

"남편에게는 분명 바람기가 있었습니다."

하루에는 그렇게 대답했다.

"결혼한 지 20년, 여자 때문에 사소한 문제가 일어나지 않았던 해가 없을 정도입니다.

어린 여자를 좋아하는 거예요. 남자라면 누구든 그렇겠지만 남편은 뭐라고 할까, 그저 좋아만 하는 게 아니라 능숙하게 호감을 살 줄 안다고 할까, 아내인 제가 이런 말하는 것도 이상하지만 금방 여자친구로 만들어버립니다. 물론 처음에는 저도 화를 냈고 참을 수 없어 갓난아이였던 가즈미를 품에 안고 친정으로 돌아간 적도 있었어요. 그러면 남편은 납작 엎드려서 데리러 오는 거예요. 자기가 나빴다고 하면서요. 하지만 불씨가 꺼지면 또 바로 바람을 피우기 시작하고, 똑같은 일이 반복됐어요.

만약 결혼하고 바로 가즈미가 태어나지 않았더라면 저도 못 견뎠을지 모릅니다. 하지만 그래요⋯⋯. 10년쯤 그런 상황이 반복되니까 어느 날 그런 생각이 들더군요. 어째서 이 사람은 이런 식으로 바람기가 많은 주제에 꼬박꼬박 집으로 돌아오는 걸까? 결코 집을 나가거나 저와 가즈미를 소홀히 여긴 적은 없었습니다. 아무 사정도 모르는 사람들 눈에는 남편이 가정적인 아버지로 보였을 거예요. 상냥한 사람이었으니까요.

결국 그 사람의 바람기는 병이라는 생각이 들더군요. 그리고 여자친구는 많지만 전부 깊은 관계를 맺었던 건 아니고, 이상한 표현이지만 대다수의 여자아이들에게 믿음직한 오빠처럼 행동했던 모양이에요. 요컨대 젊은 여자아이들에게 환심을 사거나 여자아이들 비위 맞추기를 몹시 좋아하는 사람, 그저 그뿐이구나 하는 생각이 들더군요. 누가 뭘 부탁하거나 의지하면 거절하지 못하는 면도 있었으니까요.

오리온푸드에서는 급여를 괜찮게 받았지만 회사원이니 지갑 사정이 그리 좋을 리는 없지요. 그래도 남편이 돈을 멋대로 써서 저와 가즈미가 난처했던 적은 없으니, 여자아이들과 놀 때 꽤나 고생하지 않았을까 싶네요. 다만 저는 가즈미가 외동딸이라 가여웠어요. 아이를 하나 더 낳고 싶었지만 남편은 아이를 키우려면 돈이 드니 하나로 족하다고 해서 결국 둘째는 포기했어요. 남편 입장에 서는 양육할 아이가 늘면 그만큼 용돈이 줄어들 테니까요. 하지만 가즈미는 귀여워했어요. 태어났을 때에도 정말 기뻐했답니다. 딸 을 갖고 싶었다, 여자아이의 아버지가 되고 싶었다고 하더군요. 바 로 얼마 전에도 회사 사보팀의 부탁을 받아 딸의 결혼식에서 팔짱 을 끼고 결혼식장을 걷는 게 꿈이라는 글을 썼어요.

그러니 아무리 바람을 피워도 가정을 파괴할 생각은 없지 않았 을까요? 들키지 않으면 그만이라고 생각했는지도 몰라요. 들키지 않을 리가 없는데, 그런 면에서는 한없이 속 편한 사람이었어요. 제가 남편을 그런 식으로 생각하는 줄 전혀 눈치도 못 챘겠지만요.

이마이 나오코 씨는 누군지 모릅니다. 아마 남편의 여자친구였 겠지요. 어느 정도 관계였는지는 모르겠지만 친밀한 기간이 있었 고, 그 기간이 지난 후에도 친구나 남매처럼 지냈다는 말은 제게 그리 놀라운 소리가 아니에요. 아까도 말씀드렸다시피 남편은 그 런 관계를 좋아했으니까요.

이혼 말인가요? 남편이 말을 꺼낸 적은 한 번도 없습니다. 저는 몰래 고민한 적이 있었지만 벌써 10년도 더 된 옛날 일이라…….
남편의 바람기가 병이라고 딱 잘라 생각했을 때, 헤어져봤자 저만 손해고 누구에게도 도움이 안 된다는 결론을 내렸으니까요.

당신이 바람을 피울 때마다 내가 얼마나 상처 입는 줄 아느냐고 큰소리를 쳐도 남편은 그저 난처하기만 했을 거예요. 하지만 나는 가정도 소중하게 여기고 있어, 하고 말하고 싶을 테니까요. 그리고 그건 정말 그랬으니까요.

제가 관대한 건지는 몰라도 왠지 그런 남편을 심각하게 미워할 수 없더군요. 아이 같아서요. 사내아이 말이에요. 저는 남편의 엄마나 누나고, 그냥저냥 즐겁게 살 수 있다면 좋지 않을까, 그런 식으로 생각했어요. 언젠가 나이가 들면 사이좋게 서로 의지할 수밖에 없으니까요.

가즈미 말인가요? 그 아이도 나이가 있으니 아버지의 그런 버릇을 눈치챘던 것 같습니다. 그렇지 않아도 요새 가즈미 나이쯤 되면 여자아이들은 아버지에게 가혹해진다고 할까, 반발하게 되잖아요? 특히 지난 1, 2년은 집에서 변변히 대화도 나누지 않았어요. 남편은 가즈미의 환심을 사고 싶어 이래저래 애를 썼지만 가즈미가 상대를 하지 않았어요. 남편이 조금 불쌍했지만 자업자득이니 조금은 반성하려나 싶었지요.

그래요……. 그런 의미에서는 이마이 나오코 씨가 역시 싫군요. 가즈미도 민감한 나이인데 밖에서 그런 어린 여자아이하고 교제했다니. 남편은 그것과 이것은 별개의 문제라고 생각했는지도 모르지만요.

가즈미는 제게도 화를 내는 부분이 있습니다. 제가 남편 말에 끌려다니면서 남편의 응석을 받아주었으니까요. 주체성이 없다고 혼난 적도 있어요. 엄마 인생은 뭐냐고 하더군요. 그럴 때는 저도 엄마 인생은 엄마 인생이고, 부부 사이에는 네가 모르는 사정이 있다고 대답하곤 했어요. 그런 대답을 해도 이해할 수 있는, 적어도 이해하려고 고민할 지혜는 있는 아이라고 생각했으니까요.

그래도 가즈미는 저를 비겁한 어머니라고 생각하고 있겠지요. 특히 이번 남편 문제에 대해서는 정말 저는 당황해서 슬퍼하기만 하느라…… 가즈미가 보기에 답답하기도 할 거예요."

이 긴 보고서에 실린 하루에의 독백을 읽은 나카모토는 이렇게 관대한 부인도 있구나 하고 감탄했다.

"그래도 뭐, 이런 부부도 있을 수야 있겠지. 당사자들은 행복할 거야. 다만 아이가 안됐어."

다케가미는 그때 자기 입으로 자기를 관대하다고 말하는 사람은 그다지 신용하지 않는다고 대답했다. 그러자 나카모토는 껄껄 웃었다.

"가미 씨 말에도 일리가 있군."

같은 사안에 대해 도코로다 가즈미에게 질문하는 일은 하루에를 상대하는 일보다 훨씬 신경이 곤두서는 작업이었을 것이다. 이쪽 보고서는 짧았다.

"어머니한테도 들었겠지만."

도코로다 가즈미는 그런 단서를 달고 시작했다.

"나도 아버지가 매번 젊은 여자애들하고 사귀는 건 알고 있었어요. 그런 건 그냥 감이 오니까요. 하지만 이마이 나오코라는 사람은 누군지 전혀 몰라요. 그 여자는 최근에 만난 사람이겠죠? 어머니한테 물어봐도 알겠지만 내가 중학교에 들어갔을 때부터 아버지

잔소리가 굉장히 심해져서 우리는 자주 싸웠어요. 요즘은 되도록 아버지하고 말을 하지 않으려고 했어요. 말을 하면 잔소리만 들으니까요. 너무 밤늦게 다닌다느니, 휴대전화를 너무 많이 쓴다느니, 괜히 남자친구…… 다쓰야 험담도 하고, 제가 솔직하지 못하다느니, 고생해서 키웠더니 조금도 부모 은혜를 모른다느니, 그런 말만 해댔어요. 내가 어른이 되어 자립하는 게 쓸쓸해서 그런다는 남자친구 말을 들으니 아버지가 조금 불쌍해서 상냥하게 대해야겠다고 생각한 적도 있지만, 얼굴을 맞대면 그것도 헛일이었어요.

내가 조금 더 나이를 먹어 사회에 나가면 아버지를 조금 더 상냥한 눈으로 바라볼 수 있을지도 모른다는 생각에, 지금은 별수 없다, 서로 가시를 세우는 것보다는 무관심한 척 떨어져 있어야겠다고 마음먹고 지난 1년 정도는 줄곧 그런 식으로 지냈어요. 아버지가 바쁜 줄은 알고 있었고 회사에서 열심히 일하는 것도 알고 있었으니까 집에서 괜히 번거로운 일을 만들고 싶지 않다는 마음도 있었고요."

도코로다 하루에에게 물어보았는데 확실히 가즈미 말처럼, 이 무렵 부녀는 일종의 냉전 상태였다고 한다.

이 심문을 했을 때는 가즈미가 아직 존재가 불확실한 스토커에게 겁을 먹고 있던 시기로, 경호원도 붙어 있었다. 보고서를 쓴 형사는 현재 도코로다 가즈미는 사고 범위가 축소된 관계로 스토커 문제가 해결되면 다시 한 번 이야기를 듣는 편이 낫겠다는 의견을 덧붙였다. 다케가미는 이것 참 혜안이라고 생각했다. 지금도 그렇게 생각한다.

이윽고 스토커 문제가 사라지고 도코로다 료스케가 사귀었던 인터넷상의 '가족'의 존재가 판명되었을 때, 다시 한 번 하루에와 가즈미에게 심문을 실시했다. 하루에는 컴퓨터도 인터넷도 거의 몰라 역시 이 '가족'과의 교제도 도코로다 료스케의 바람기의 연장선상에 있는 인간 교제의 패턴이 아니겠냐고 말했다.

"이건 남편 부하 직원에게 들은 소문인데, 남편은 회사 여직원들에게 '아버지'나 '오빠'라는 호칭으로 불린 적이 있었던 모양이에요. 물론 직장에서 하는 농담이었겠지만 본인이 싫어했다면 부하가 제게 그런 소문을 알려줬을 리도 없겠지요. 부하 직원들은 남편을 잘 따랐어요. 여자가 아니라 남자 직원들도요. 장례식에도 많이 와주셨어요. 사람들을 잘 돌보는 성격이었거든요. 그런 면이 '아버지'였는지도 모르겠군요. 인터넷에서 그런 것도 거기서 알게 된 상대가 우리 애 또래여서 그런 호칭을 사용했던 것 아닐까요?"

하루에는 '가상가족'이라고 할 정도로 거창한 것은 아닐 거라고 말했다.

한편 가즈미는 어머니와는 정반대 반응을 보였다. 가즈미는 미친 듯이 화를 냈다. 아버지가 장난 삼아 하는 외도는 어쩔 수 없지만 밖에서 가족놀이를 했다니 용서할 수 없다는 것이었다.

"난 이제 뭐가 뭔지 모르겠어요. 그냥 너무 화가 나요. 어머니나 내게 불만이 있었겠지만, 그런 불만은 우리도 있었고, 우리 몰래 그런 짓을 하면서 우리가 어떤 심정일지 생각해본 적은 없는 걸까요?

게다가 그 상대 가운데 한 명은 나하고 이름이 똑같잖아요? 닉네임일 뿐 본명은 아니라고 변명해도 소용없어요. 그 사람들을 찾아줘요. 어쩌면 범인일지도 모르잖아요? 어쨌든 빨리 범인을 찾아줘요. 그 인간이 어째서 아버지를 죽였는지 알고 싶으니까. 아버지가 그 인간한테 무슨 소리를 했는지 알고 싶으니까."

그리고 이 분노에 찬 발언을 마친 후에 가즈미는 아버지가 처음 보는 인물과 함께 있는 모습을 목격한 적이 있다는 증언을 내놓기 시작했다. 그때까지는 없었던 증언이었다.

나카모토는 당시 이 아가씨는 너무 화가 난 나머지 자신의 상상과, 현실에서 보고 들은 사실을 구분하지 못하는 게 아니겠느냐고 했다.

"절대 범인을 용서하지 않겠다는 말을 한 모양인데, 나는 그게 아버지를 용서하지 않겠다는 말로 들리거든. 어찌 되었든 이 아가씨의 증언이 자꾸 바뀌어 새로운 정보가 나오는 점에는 주의해야 할 것 같아."

그 말에는 다케가미도 동감이었다. 그렇다, 그때는 그런 대화도 했다. 그것이 점점 나카모토 안에서 단단하게 굳어……

"가미 씨, 나는 아무래도 저쪽 노선이 맞다는 생각이 들지 않아. A코가 범인이라고 생각할 수가 없어."

불평이 묻어나는 그 말투를 떠올리던 다케가미의 귀에, 장착한 이어폰을 통해 이시즈 치카코의 목소리가 들렸다.

"준비됐습니다. 가즈미 양은 자리에 앉았습니다. 언제든지 시작할 수 있습니다."

다케가미는 매직미러 쪽을 쳐다보았다. 물론 치카코와 가즈미의 얼굴이 보일 리는 없다. 타석에 들어가려는 자신의 얼굴이 비칠 뿐이었다.

도쿠나가가 다케가미의 얼굴을 보며 확인하듯이 고개를 끄덕이고 내선전화 수화기를 들었다.

"그럼 첫 번째 사람을 부르겠습니다."

발신자 : 어머니
수신자 : 가즈미
제 목 : **지금 당장**

아버지 소식 알고 있니? 지금 당장 만나고 싶구나.

발신자 : 어머니
수신자 : 미노루
제 목 : **지금 당장**

아버지가 큰일 나셨다. 지금 당장 만나자꾸나.

발신자 : 가즈미
수신자 : 어머니
제 목 : **말해줘**

당신이 죽였어?

7

비쩍 마른 청년이었다. 구깃구깃한 하얀 티셔츠로 감싼 어깨 부근의 뼈가 앙상해 보였다. 청바지도 오래 입어 낡은 듯 보였는데, 파랑과 노랑 두 가지 색이 섞인 스니커즈만 새것이라 고무 밑창이 바닥에 닿아 찰진 소리를 냈다.

일어서서 그를 맞이한 다케가미는 맞은편 의자를 권했다. 하지만 청년은 그를 이곳으로 데려온 제복 순경이 문을 닫고 나가는 모습을 바라보느라 다케가미를 바로 돌아보지 않았다.

"자, 앉아요."

다케가미는 청년에게 말을 걸었다. 그리고 자신이 몹시 긴장했다는 사실을 깨닫고 당황했다.

청년은 우뚝 서서 고개만 돌려 다케가미를 쳐다보았다. 이어서 도쿠나가를 보고, 실내 복판에 놓인 책상 위에 시선을 던졌다가 창문을 보고, 벽면의 거울을 보고, 내선전화기를 보고, 그 후에 출입구로 시선을 슥 돌렸다.

청년의 시선이 머문 장소에 점을 찍어 선으로 연결하면 아마도 의미가 있는 별자리 형태가 나올 것이다. 심문에 숙련된 형사라면 바로 그 별자리의 이름을 맞힐 수 있을 것이다. 하지만 다케가미는 천체관측에서 손을 뗀 지 오래라 별 이름도 예전에 잊어버렸다.

"자, 앉아도 돼."

무심코 편한 말씨를 사용한 것은 자신이 조금이라도 편하게 마음을 먹고 싶어서 그런 것이지만 말을 하고 보니 역효과 같았다. 안되겠다, 안되겠어.

청년은 겨우 다케가미를 돌아보더니 의외로 낭랑한 목소리로 물었다.

"여기가 취조실?"

다케가미는 빙긋 웃었다.

"그래. 다만 여기 오기 전에 설명을 들었겠지만 우리는 너를 취조하려는 게 아니야. 이것저것 묻고 싶은 게 있어서 협력을 요청한 것뿐인데, 질문 내용이 조심스러워서 타문을 꺼리느라 이런 장소를 사용할 수밖에 없었단다."

"타문을 꺼리느라?"

청년은 낯선 단어에 외국어라도 들은 것처럼 되뇌더니 고개를 갸웃거렸다.

"남의 귀에 들어가지 않도록 한다는 뜻이야."

"아, 그래요."

청년은 짤막하게 대답하고 의자에 앉았다. 의자 깊숙이 똑바로 앉더니 팔짱을 낀 팔을 배 앞에 딱 붙였다.

다케가미는 이름과 신분을 밝히고 도쿠나가에게도 똑같은 절차를 밟으라고 명령했다. 청년은 턱을 앞으로 쭉 내밀어 목례로 답했다. 뻣뻣한 몸짓이다. 당연한 일이지만 다케가미는 상대도 역시 긴장하고 있구나 싶었다.

"먼저 이름과 주소를 확인하마."

다케가미는 자료의 한 페이지를 펼쳤다. 나카모토의 필적으로 정성스레 기입된 내용이다.

"기타조 미노루 군이지? 주소는 도쿄 도 하치오지 시 야사카."

기타조 미노루는 다케가미가 확인한 주소와 번지가 틀림없다고 대답했다. 목소리가 묘하게 뻣뻣했다. 마주 앉은 책상 너머로도 팔짱을 낀 팔에 힘이 들어가 있는 것을 알 수 있었다.

"1983년 출생. 18세 맞지?"

"생일이 11월이라 아직 열일곱이에요."

"그렇군. 여기에는 현재 무직이라고 적혀 있는데, 고등학교는?"

"작년에 그만뒀어요."

"중퇴구나. 부모님하고 셋이 살지?"

"그래요. 그보다는 집 옆에 아파트를 빌려서 산다고 해야 하나, 부모님이 빌려주셨다고 해야 하나."

"집세는 부모님께서 부담하신다는 뜻이니?"

"맞아요."

"아르바이트는 하고 있어?"

"가끔요. 컴퓨터 살 때 아버지가 돈을 반밖에 안 내줘서 나머지는 편의점 아르바이트로 마련했어요."

미노루는 빠르게 거기까지 말하더니 얼굴을 번쩍 들었다.

"형사님, 뭔가 잊은 것 아니에요?"

"뭘 말이냐?"

다케가미는 움찔했다. 반쯤 등을 돌리고 있을 도쿠나가가 '응?' 하고 눈썹을 치켜세우는 모습까지 보이는 듯했다.

미노루는 헤실헤실 웃었다.

"그거 뭐냐, 꼭 하는 말 있잖아요. 너에게는 묵비권이 있지만 발언은 증거로 채택되느니 어쩌느니. 드라마에서 만날 봤는데요."

다케가미는 웃었다. 연기가 아닌 진짜 웃음이었다.

"너는 용의자가 아니니 그런 경고를 할 필요는 없어."

"뭐야, 그래요?"

"하지만 거짓말은 안 돼. 괜히 사태를 혼란스럽게 만들 따름이고, 대개의 경우 거짓말은 조사하면 금방 드러나니까. 네게도 좋은 일이 못 돼. 그러니 질문에는 솔직하고 정직하게 답해주기 바란다."

"대개의 경우라."

미노루는 의자 위에서 자세를 풀고 잿빛 천장을 올려다보았다.

"그럼 거짓말이 들통 나지 않는 경우도 있구나. 그렇죠?"

"그야 뭐. 그렇다고 그 거짓말이 반드시 용서받을 수 있다는 건 아니지."

"들키지 않으면 용서받고 자시고 할 것도 없지 않아요?"

"윤리적, 도덕적으로도 말이냐?"

미노루는 갑자기 편안한 태도로 책상에 두 팔을 올리더니 다케가미의 얼굴을 들여다보았다.

"형사님, 재미있는 사람이네."

"그거 고맙구나."

도코로다 가즈미는 옆얼굴도 아름다웠다. 의자 하나를 사이에 두고 가즈미의 왼쪽 옆에 앉은 치카코에게는 그 아름다운 턱선이 잘 보였다.

취조실 문이 열리자 가즈미는 바로 매직미러에 이마가 닿을 정도로 몸을 앞으로 기울여 가만히 바라보았다. 눈도 한 번 깜박거리지 않는다. 다케가미가 웃고 기타조 미노루가 책상에 팔을 얹고 떠들기 시작하자 겨우 몸을 세웠다. 그리고 무릎 위에 있는 헝겊으로 만든 자그마한 가방 안에 손을 넣어 뒤적거리더니 휴대전화를 꺼냈다.

치카코는 의아한 얼굴로 가즈미를 보았다. 시선을 깨달은 가즈미는 휴대전화를 쥐고 물었다.

"전화 쓰면 안 되나요? 지금 수신 확인 진동이 왔거든요. 아마도 문자메시지일 텐데, 답을 보내야 해요."

"소리가 나지 않으면 괜찮아. 하지만 괜히 신경 쓰이지 않을까?"

"답신을 보내지 않는 편이 더 신경 쓰여요."

확실히 가즈미는 산만해 보였다.

"그럼 보내렴."

가즈미는 바로 오른손 엄지를 능숙하게 놀려 문자를 찍기 시작했다. 문자판 배치를 외웠는지 눈은 매직미러 너머로 취조실 쪽을 보고 있는데 멈칫거리거나 더듬지도 않고 대단한 속도로 버튼을 눌렀다. 전철 안에서도 목격할 기회가 있기는 했지만 가까이서 보니 더욱 감탄스러웠다.

결국 가즈미가 손에 든 휴대전화에 시선을 떨어뜨린 것은 메시지 내용을 전부 쓰고 송신 버튼을 누를 때뿐이었다.

"누구에게 보냈니?"

치카코는 상냥하게 물었지만 가즈미는 일순 날카롭게 반응했다.

"……친구."

대답하는 목소리는 딱딱했다.

"어째서 경찰이 날 불렀는지는 알고 있어요."

기타조 미노루는 앙상한 어깨를 움츠렸다.

"도코로다 씨 때문이죠? 하지만 그 사건은 누가 범인인지 알잖아요? 뉴스에서 그렇게 보도한 걸 봤는데요."

"그건 체포 보도가 아니었잖니? 아직 수사는 계속되고 있어."

"흐응, 그런 거구나."

미노루는 초등학생 같은 대답을 했다.

"저는 도코로다 씨하고는 인터넷으로만 아는 사이라, 사생활은 몰라요. 그리 친하지 않았으니까."

다케가미는 조용히 물었다.

"그래? 도코로다 씨를 아버지라고 불렀는데도?"

미노루의 두 눈이 살짝 벌어졌다. 그리고 그 반응을 지우려는 듯이 눈을 파르르 깜박거렸다.

"그건 그냥 닉네임이에요. 도코로다 씨 닉네임."

"너는 본명을 그대로 써서 미노루라고 소개했지?"

"그래요. 솔직해서 좋잖아요."

"하지만 드문 경우겠지."

"저는 유별난 짓을 싫어하거든요."

다케가미 뒤에서 도쿠나가가 또 눈썹을 위아래로 움직였다. 그 모습을 알아차렸는지, 기타조 미노루는 주위를 관찰하듯이 눈을 가름하게 뜨고 도쿠나가를 보더니 작은 목소리로 중얼거렸다.

"뭔가 느낌이 안 좋네. 이봐요, 형사님, 정말 저는 도코로다 씨를 잘 몰라요. 인터넷에서 만나 가족놀이를 했을 뿐이라고요. 진짜 도코로다 씨에 대해서는 알 기회도 없었어요."

"비록 '진실'이 아닌 사항이라도 우리는 도코로다 씨 정보라면 뭐든 알고 싶다."

"이상한 소리를 하시네."

미노루는 입을 비죽거렸다. 이제 긴장한 기색은 없다. 평소 모습이 나온 모양이다.

"바보 아냐?"

나직하게 중얼거리는 목소리에 이시즈 치카코는 가즈미의 얼굴을 쳐다보았다.

"뭐가?"

가즈미는 턱 끝으로 매직미러 너머를 가리켰다.

"어째서 좀 더 똑바로 말을 못 하는 걸까? 취조실에 불려 왔는데."

치카코는 싱긋 웃었다.

"기타조 미노루 군 말이구나? 분명히 긴장했을 거야. 허세를 부리는 거지."

"저 형사님도 참 착하네요. 고함을 지르거나 책상을 내리치지는 않나요?"

"처음부터 그런 짓을 하면 평범하게 대화를 할 수가 없잖니."

치카코는 손에 든 자료를 흘끔 보았다.

"그나저나 어때? 미노루 군을 본 적 있니? 네가 역이나 주차장에서 본 사람들하고 비교해서……."

가즈미는 치카코의 말을 자르고 퉁명스럽게 말했다.

"아직 잘 모르겠어요. 지금 막 시작했잖아요. 다른 사람들도 봐야죠."

"그렇구나."

가즈미는 등받이에서 등을 떼고 치카코 가까이에 얼굴을 바싹 붙였다.

"저기, 저 사람이 아버지의 인터넷 친구가 확실해요?"

치카코는 취조실을 보았다. 다케가미가 집게손가락으로 코밑을 문지르고 있다. 뭐가 우스운지 기타조 미노루는 웃고 있었다.

"확실해."

"두 사람 더 있죠? 전부 세 사람 맞죠?"

"네 아버지가 인터넷에서 친하게 지낸 사람들은 더 많은 모양이 지만."

가즈미는 얼굴을 떼고 한 손으로 뺨을 짚었다.

"하지만 그 사람들이 전부 의심스러운 건 아니잖아요? 아버지하 고 가족놀이를 했던 사람들이 의심스러운 거죠?"

"과연 그럴까?"

가즈미는 토라졌다.

"그럼 가르쳐줘도 상관없잖아요. 난 대체 어떤 인간들이 아버지 하고 가족놀이를 했는지 알고 싶어요. 제일 알고 싶은 건 가즈미이 지만. 치카코 형사님도 만일 나하고 같은 처지가 되면 그렇게 생각 하지 않겠어요?"

치카코가 바로 대답을 못 하자 가즈미는 문 앞에 앉아 있던 미키 에 순경에게 물었다.

"미키에 순경님도 그렇게 생각하지 않아요? 친딸 입장에서는 아 버지가 밖에서 다른 인간들하고 부모 자식 놀음을 하면서 기뻐했 다는데 그걸 어떻게 믿어요? 게다가 자기 딸하고 똑같은 이름이라 니. 대체 어떤 인간들인지, 궁금하지 않겠어요?"

미키에 순경은 미소를 지으며 잠시 고민하는 시늉을 했다.

"응, 그래. 가즈미 양이 화내는 심정은 충분히 이해해."

가즈미는 갑자기 얌전히 물러섰다.

"나 그렇게 화나지 않았어요."

"그러니?"

"그래요."

가즈미는 새침하게 고개를 숙이더니 무릎에 올려놓은 휴대전화를 들고 만지작거리기 시작했다. 치카코는 눈빛으로 미키에 순경에게 오케이 사인을 보내고 가즈미를 재촉했다.

"자, 취조실 쪽을 잘 보렴."

다케가미는 손끝으로 돋보기안경테를 밀어 올렸다.

"애초에 어떤 계기로 도코로다 씨하고 알게 되었지?"

기타조 미노루는 사심 없어 보이는 눈을 크게 떴다.

"처음에는 도코로다 씨라는 이름도 몰랐어요."

"도코로다 씨는 처음부터 아버지라는 닉네임을 썼니?"

"네. 하지만 그런 걸 묻고 싶으면 저보다 먼저 가즈미에게 물어보는 게 나을걸요."

"가즈미 양? 닉네임 가즈미 양 말이지?"

"달리 누가 있어요?"

"도코로다 씨에게는 따님이 하나 있는데 이름이 같거든. 한 일―에 아름다울 미美를 써서 가즈미라고 읽는단다."

"헤에, 정말요?"

미노루는 몸을 벌렁 젖혀 의자에 기댔다.

"몰랐니?"

"전혀요. 그러니까 말했잖아요, 서로 사생활은 캐묻지 않기로 했다고요."

"뭐, 확실히 도코로다 씨 노트북 내용을 보아도 두 사람의 대화는……. 그래, 이렇게 말하면 기분 나쁘게 들릴지도 모르지만 일시적인 관계라는 인상을 받았어."

미노루는 의자가 덜컹 울릴 정도로 몸을 앞으로 불쑥 내밀었다.

"도코로다 씨가 옛날 데이터를 남겨놨어요? 지우지 않았어요?"

다케가미는 안경 너머로 상대를 지그시 바라보며 고개를 끄덕였다.

"이것저것 남아 있던데."

"언제 적부터요? 얼마나 남아 있어요?"

다케가미가 대답하지 않자 미노루는 빠른 속도로 중얼거렸다.

"어쩌면 지우는 방법을 몰랐을지도 모르겠네. 컴퓨터를 잘 아는 것 같으면서도 사실은 잘 모르는 티가 났으니까."

"하지만 회사에서도 컴퓨터를 사용했다고 하던데?"

"업무용하고 개인용은 아무래도 다르니까요. 회사에서는 시스템 설정도 관리도 업자나 담당자가 해주잖아요. 하지만 개인용은 전부 자기 손으로 해야 하니까."

미노루는 그렇게 말하고는 다케가미가 손에 든 자료를 들여다보려 했다.

"제가 옛날에 보낸 메일도 전부 남겨놓았던가요?"

다케가미는 자료 위에서 손을 치웠다.

"그런 것 같더구나. 하지만 여기에는 그런 내용은 하나도 없으니 훔쳐봐도 소용없어."

미노루는 울컥한 표정을 지었다.

"그래도 신경 쓰이잖아요."

"뭐가?"

"메일은 엄연한 개인 정보라고요. 제가 도코로다 씨한테 보낸 메일을 경찰이 보다니, 싫어요."

"미안하지만 그게 우리 일이라서."

미노루는 안절부절못하며 티셔츠 소매를 잡아당기기 시작했다. 라운드넥 부분이 늘어져 툭 튀어나온 쇄골이 보였다.

"가즈미도 불렀어요?"

다케가미는 대답하지 않았다.

"가즈미도 불렀죠? 부르지 않았을 리가 없어. 왜냐하면 가즈미가 맨 처음이었으니까."

"그러니까 맨 처음으로 도코로다 씨를 알았다는 뜻이니?"

"그래요. 시치미 떼지 마세요. 다 알잖아요? 도코로다 씨, 처음에는 오로지 가즈미하고만 이야기했을 거예요. 한 반년, 아니, 그보다 조금 더 됐을걸요."

다케가미는 손가락으로 관자놀이를 긁적이며 뜸을 들였다.

"분명히 다른 두 사람에 비해 **미노루**와 **아버지** 사이에 오간 메일은 적은 감이 있어. 하지만 그것만으로는 가족놀이의 구체적인 내용을 알 수가 없거든. 무엇보다 첫 만남의 계기를 말이야."

미노루는 티셔츠에서 손을 떼고 머리카락을 쓸어 올렸다.

"만남이라……."

미노루는 생각에 잠기느라 엉뚱한 길로 빠졌다. 다케가미는 잠자코 있었지만 도쿠나가가 가볍게 헛기침을 했다. 그러자 미노루는 얼굴에 물방울이라도 맞은 것처럼 눈을 깜박거리더니 다케가미를 쳐다보았다.

"하지만 형사님."

"그래."

"역시 이상해요. 어째서 그런 게 사건하고 관계가 있는 거죠? 용의자는 따로 있잖아요? 나도 가즈미도 아무 상관 없어요."

일인칭이 '저'에서 '나'로 바뀌었다.

"어머니도 상관없나?"

도쿠나가가 몸을 비스듬히 틀고 물었다.

움찔, 미노루의 몸이 굳었다.

"뭐야, 그쪽 형사님은 기록 담당이잖아요? 갑자기 말하지 말아요, 사람 놀라게."

"그거 미안하게 됐구나."

"뭐야, 대체."

미노루는 침이라도 내뱉을 기세로 말하더니 뻣뻣한 동작으로 일어서려 했다.

"나, 점점 굉장히 불길한 예감이 드는데. 여기 오는 게 아니었어. 저 순경 아저씨가 친절해 보여서 깜빡 속았지 뭐야. 새, 생각해보면 처음부터 위험했어. 그렇잖아요? 형사님들은 어떻게 내가 미노루라는 걸 알아냈죠?"

다케가미는 한껏 의미심장한 표정을 지어 보였다.

"이메일 주소로? 하지만 인터넷회사는 어지간한 일이 아니면 이용자의 신원을 밝히지 않는 법이에요. 경찰이 좀 물어본다고 예, 그러십니까, 하고 알려주지는 않는단 말이지요. 수사 영장이 없으면……."

"잘 알고 있구나."

제 입으로 말해놓고 미노루는 크게 당황했다.

"어? 그럼 정말로 영장을 받았어요? 그래서 우리 신원을 조사한 거야?"

미노루는 책상에 두 손을 짚고 벌떡 일어서서 바득바득 외쳤다.

"나는 도코로다 씨를 죽이지 않았어! 의심 살 일은 하나도 없어!"

도코로다 가즈미는 몸을 앞으로 숙여 한 손을 매직미러에 대고 가만히 기타조 미노루를 바라보고 있었다. 가즈미의 팔에 힘이 실리면서 손등에 힘줄이 튀어나왔다. 치카코는 조용히 가즈미를 불렀다.

"가즈미 양, 조금 뒤로 물러서."

가즈미는 꼼짝도 않고 짜증스럽다는 듯이 되물었다.

"왜요?"

"거울이 깨지면 위험하니까 손을 떼려무나."

가즈미는 그 말에 제정신을 차린 것처럼 몸을 일으키더니 손을 치웠다. 가즈미의 손자국이 매직미러에 희미하게 남았다. 정확히 기타조 미노루의 얼굴 위치였다.

"어때? 뭔가 감이 오는 부분이 있니?"

가즈미는 단어를 선택한다기보다 할 말을 잃어버린 기색으로 대답을 망설였다. 뺨을 몇 번이나 실룩거리더니 겨우 "몰라요"라는 말이 나왔다.

"집 앞에서 어슬렁거렸던 사람하고…… 약간 닮은 것 같기도 하지만."

"가즈미 양이 처음 보는 사람이 아버지하고 친하게 이야기하는 모습을 발견한 건 세 번이었지? 언제였더라? 한 번은 집 앞에서, 그리고 역 플랫폼하고 슈퍼마켓 주차장이었지?"

"응? 그래, 맞아요."

"아버지가 운전석에 있고, 창 너머로 누군가와 이야기하는 모습을 보았다. 아니면 그 반대였니?"

치카코는 손에 든 서류철을 펼쳤다. 가즈미도 그 서류를 보려는 듯이 의자를 틀었다.

"아니, 역시 아버지가 운전석에 있었구나. 너는 아버지하고 이야기하는 사람의 뒷모습밖에 보지 못해서 성별은 모르고, 연령도 그래, 그리 나이가 많은 사람은 아니라는 것밖에 모르는구나."

"청바지를 입고 있었던 것 같기도 한데."

가즈미는 중얼거리다가 황급히 물었다.

"나, 전에도 그렇게 말했어요? 거기에 그렇게 적혀 있어요?"

"아니. 복장에 대한 정보는…… 검은 코트라고 말했더구나."

"그 서류 잠깐만 보여줄래요?"

가즈미는 성급한 동작으로 팔을 뻗었지만 치카코는 가만히 서류를 치웠다.

"이건 수사 자료라서 안 돼, 미안하구나. 그리고 가즈미 양, 잘못된 기억이나 착각이 있어도 일일이 걱정할 필요 없단다. 그런 일은 흔히 있는 법이니까."

"그건…… 알고 있지만."

가즈미는 목을 틀어 몹시 불안한 기색으로 취조실 쪽을 쳐다보았다.

"내가 실수하면 큰일 나는 거죠?"

"아니야, 가즈미 양 증언만으로 누가 체포되는 일은 없어. 아무도 가즈미 양 한 사람에게 그런 무거운 책임을 지게 할 수는 없단다. 그러니 안심하렴."

취조실에서는 다케가미가 순경을 불러 찻잔을 돌리고 있었다. 기타조 미노루가 소리를 지르는 바람에 한숨 돌리고 있는 것이리라. 다케가미가 좋은 차는 아니라고 하면서 미노루에게 권하더니 자기가 먼저 벌컥벌컥 마셨다. 도쿠나가가 매직미러 쪽으로 시선을 흘깃 던지다가 다시 슬쩍 시선을 돌렸다. 특별한 눈신호를 보낸 것은 아니었다.

"잘…… 모르겠어."

가즈미가 나직하게 중얼거렸다.

"막상 눈앞에 있으니 갑자기 자신이 없어요."

"목격한 것을 증언하는 사람들은 다들 그런 법이야. 어려운 일이니까."

"아버지하고 함께 있었던 사람을 봤다는 것 자체가 내 착각이었는지도 몰라요. 그때 바로 기억해내지 못했잖아요. 형사님들이 아버지한테 뭔가 이상한 점은 없었냐고 몇 번이나 물어서, 어쩌면 그걸지도 모른다고 생각한 것뿐이에요. 묻지 않았으면 기억도 못 했을지도 몰라."

치카코는 가즈미의 어깨를 도닥였다.

"가즈미 양, 우리 사이에서도 그런 의견이 있었단다."

"네?"

"네가 스토커를 의심하고 고민하거나, 나중에 아버지와 처음 보는 사람이 함께 있는 장면을 기억해낸 것은 경찰이 너무 열심히 너하고 어머님에게 이것저것 캐물어서, 지금 네가 말한 것처럼 '뭐 없습니까, 뭐 없습니까' 하고 물어서 그런 게 아닐까 하고."

가즈미의 어깨가 축 늘어졌다.

"정말?"

"정말이고말고. 그래서 이렇게 네게 대질 같은 일을 부탁하는 데 반대하는 사람들도 있었어. 지나친 짓이라고 말이야."

"그렇구나."

가즈미는 확인하듯이 미키에 순경의 얼굴을 보았다. 여경은 고개를 끄덕였다.

"그러니까 가즈미 양이 승낙해주지 않았더라면 분명 실현되지 않았을 일이고, 지금도 정 싫으면 언제든지 그만둘 수 있어. 어떻게 할까?"

가즈미의 눈동자가 오늘 처음으로 답을 찾아 헤매었다. 자신의 내부를 향해.

"그만둘까? 네가 자리를 비워도 심문 자체는 계속할 수 있으니까 괜찮아. 밖으로 나갈까?"

치카코는 가즈미의 의자 등받이를 붙잡았다. 미키에 순경도 일어서려 했다. 하지만 가즈미는 망설이는 마음을 뿌리치듯 고개를 저었다.

"아니, 조금 더 여기 있을래요."

"괜찮겠니?"

"괜찮아요. 내가 한 말에는 책임을 져야죠."

"무리하지 않아도 돼."

"무리하는 거 아니에요. 정말 괜찮아요."

가즈미는 살짝 화난 목소리로 말하고는 고개를 들었다.

치카코는 가만히 웃었다.

"알았어. 그럼 이대로 계속하자. 마침 저쪽도 티타임이 끝난 모양이니까."

다케가미가 손수건으로 돋보기를 닦고 있었다. 기타조 미노루는 얌전히 의자로 돌아갔다.

가즈미가 물었다.

"저기요, 치카코 형사님. 가즈미도 여기 와 있죠? 취조실에는 언제 부를 거예요?"

"그건 다케가미 씨 마음이야."

가즈미는 매직미러를 향해 중얼거렸다.

"빨리 불러줘요. 빨리 보고 싶어. 저 형사님한테 마이크로 그렇게 전해줄래요?"

✉ 발신자 : 미노루
　　수신자 : 가즈미
　제　목 : 착한 척하지 마!

너무너무 착한 가즈미. 짜증 나, 너 대체 누구야?

오늘 아침에 보내준 메일 고마워요! 덕분에 오늘은 하루 종일 기운이 났어요.

그나저나 우리가 어느새 이런 식으로 가족이 되다니 신기해요. 하지만 기뻐요. 인터넷으로 친구를 만드는 즐거움은 알고 있었지만, 가족까지 가질 수 있을 줄은 생각도 못 했어요. 그런데 아까 가즈미에게 메일을 받고 채팅방으로 가서 잠깐 얘기를 했는데, 미노루하고 싸운 모양이에요. 남매 싸움을 말리는 것도 부모의 역할이니 달래주기는 했는데, 당신도 두 사람 사정을 들어주었으면 해요.

그럼, 오늘도 회사 일 고생 많았어요. 내일 또 연락해요.

8

다케가미는 돋보기를 다시 쓰고 물었다.

"너희는 인터넷에서 가깝게 지낸 것뿐만 아니라 실제로 만난 적도 있지? 그래, 그런 활동을 '오프 모임'이라고 하던가?"

기타조 미노루는 바로 대답하지 않았다. 잠시 큰소리를 치며 항의하기에 달래놓았더니 지금은 또 주의 깊게 다케가미의 태도를 살피며 책상 위에서 시선을 떼지 않고 묻는다.

"형사님, 인터넷 해요?"

"이메일 주소 정도는 가지고 있어. 하지만 인터넷 세상은 자세히 몰라."

"급하게 공부한 티가 팍팍 나요."

"오프 모임이라는 단어가 틀렸나?"

"틀리진 않아요. 그래요, 우리는 한자리에 모인 적이 있어요. 넷이서, 가족회의요."

"언제 일이지?"

"4월 초. 3일이었나 4일이었나. 어쨌든 4월 첫 번째 토요일이었어요."

"4월 3일 토요일이야. 그로부터 약 3주 후에 도코로다 씨는 살해당하고 만 거로군. 깜짝 놀랐겠어."

미노루는 부루퉁한 표정으로 입을 꾹 다물고 "웅"으로 들리는 목소리를 냈다.

"그야 깜짝 놀랐죠. 당연하잖아요. 형사님은 다른 대답을 기대하시겠지만, 저는 사건하고는 아무 상관도 없으니까요. 놀랐어요, 놀라죽는 줄 알았다고요."

미노루는 한껏 빈정거리는 투로 대답하더니 주의 깊게 눈을 치켜뜨고 다케가미의 표정을 살폈다.

"오프 모임 이야기도 도코로다 씨 컴퓨터로 안 거죠?"

다케가미는 손에 든 자료를 뒤적거리며 말을 이었다.

"전에도 만난 적이 있다면 여기에 가즈미 양을 불러도 별 지장 없겠지?"

"여기에요? 함께?"

"난처한가?"

"난처할 일은 없지만……."

"아까 그랬잖아. 너희가 '가족'을 만든 경위에 대해서는 가즈미 양에게 묻는 편이 빠르다고. 그래도 아가씨 혼자 있으면 불안할 것 같으니까."

"꽤나 친절하시네요."

"어쨌든 너희는 청소년이니까."

다케가미는 그렇게 대답하고 연극하는 것처럼 씨익 웃었다.

도쿠나가가 내선전화를 들어 연락을 취하자 곧 문을 두드리는 소리가 났다. 인솔 담당 순경이 접이식 의자를 들고 들어와 미노루 바로 옆에 내려놓았다. 미노루는 의자째 몸을 틀어 자리를 띄웠다.

"들어와 앉으십시오."

순경의 말에 젊은 여성이 주춤거리며 들어왔다. 뒤꿈치를 벨트로 고정한 굽 높은 샌들이 바닥에 닿아 딱딱한 소리를 냈다.

다케가미는 눈을 휘둥그레 떴다. 눈앞에 있는 젊은 여성이 실제 도코로나 가즈미와 많이 닮았기 때문이었다.

아니, 냉정하게 표현을 정정하자면 이목구비나 체격은 닮지 않았다. 자세히 보면 바로 다른 사람인 줄 알 수 있다. 다만 분위기가 흡사했다. 실루엣을 자랑스럽게 드러내는 옷, 능숙한 실력일 테지만 특히 열일곱이라는 나이를 생각하면 다케가미의 눈에는 과도해 보이는 화장, 어깨에 닿는 밝은 밤색 머리카락. 가슴께에 늘어뜨린 목걸이 디자인이 또 똑같았다. 어쩌면 같은 제품인지도 모른다. 유행하는 디자인인가?

향수 냄새가 지독했다.

"앉아요."

다케가미는 그렇게 말하고 황급히 고개를 돌렸다. 재채기가 튀어나왔다.

기타조 미노루가 우습지도 않다는 듯이 피식 웃었다.

"향수로 떡칠을 했네."

젊은 여성은 웃지 않았다. 검은 나일론 재질의 작은 가방을 방패처럼 가슴에 꼭 끌어안고 뻣뻣하게 서 있었다.

다케가미는 부드럽게 말을 걸었다.

"가하라 리쓰코 양 맞지? 어려운 걸음 했구나. 일단 앉으렴. 그렇게 무서워하지 않아도 괜찮으니까."

그 말투가 우스웠는지 도쿠나가가 옆에서 살짝 웃었다.

굳어 있던 가하라 리쓰코의 눈매가 조금 누그러졌다.

"안녕하세요."

가하라 리쓰코는 작은 목소리로 상황에 어울리지 않게 고분고분 인사를 하며 겨우 자리에 앉았다.

다케가미는 이름을 밝히고 "담당자에게 설명은 들었겠지만" 하고 전제를 단 다음 그녀를 이곳에 부른 의도를 간단히 설명했다. 리쓰코는 가방을 무릎에 얹고 초조한 기색으로 깍지를 끼더니 다케가미의 목소리를 옆으로 쓸어내듯이 입을 열었다.

"도코로다 씨가 돌아가신 건 정말 슬퍼요. 하지만 저는 아무것도 몰라요."

자기주장이 강해 보이는 패션에 걸맞지 않게 기어들어가는 목소리로 빠르게 말했다.

"경찰서에 오라고 하다니 난처해요……. 우리가 나쁜 짓을 한 것도 아닌데."

가하라 리쓰코는 말을 하면서 자기 입에서 나온 말을 그 자리에서 바로 휴지처럼 구겨서 숨겨버리려는 듯이 쉴 새 없이 손을 꼼지락거렸다.

다케가미는 정중하게 말했다.

"학교를 빠지게 한 건 미안하구나. 우리로서는 가급적 빨리 너희에게 사정을 듣고 싶었는데, 이번 주 토요일, 일요일에는 나머지 한 사람이 도저히 상황이 안 된다고 해서 말이야."

"나머지 한 사람?"

입을 맞춘 것처럼 미노루와 리쓰코가 동시에 되물었다. 하지만 이어지는 말은 뉘앙스가 크게 달랐다.

"어머니 말이에요?"

"그 여자도 왔어요?"

"그 여자?"

미노루의 말을 다케가미가 되뇌자 가하라 리쓰코는 나무라는 눈치로 재빨리 미노루를 흘겨보았다. 미노루는 몹시 거슬린다는 듯이 입가를 찡그렸다.

"또 혼자서 착한 척 굴고 있네. 너도 그 여자 싫어하잖아."

리쓰코는 움칫 얼어붙었다.

"그 여잘 의심하고 있지? 메일 보냈잖아? 덕분에 그 여자가 나한테 울며불며 매달려서 고생 좀 했다고."

"무슨 소리야?"

리쓰코는 눈을 심하게 깜빡거렸다. 선명한 파란색 아이섀도로 칠한 눈꺼풀이 떨렸다.

미노루는 짓궂게 씨익 웃었다.

"너, 그 여자한테 물었지? 당신이 도코로다 씨를 죽였냐고."

'당신이 죽였어?'

가하라 리쓰코가 외쳤다.

"아니야! 그건 아니야!"

도코로다 가즈미가 몸을 쑥 내밀었다. 의자가 뒤로 밀릴 정도로 거친 동작이었다. 치카코는 반사적으로 가즈미의 의자 등받이를 붙잡았다.

가즈미가 움찔 놀랐다.

"아, 죄송해요. 소리를 내면 안 되죠?"

"아니, 괜찮아. 이쪽에서 다소 부스럭거려도 저쪽에는 아무 소리도 안 들리니까."

"그렇구나. 다행이네."

가즈미는 눈가로 내려온 머리카락을 쓸어 넘기며 고개를 갸웃거렸다.

"저 애가 가즈미죠?"

"그런 것 같아."

"본명은 완전 다르잖아요. 어째서 가즈미라고 했을까?"

"그 이유를 순서대로 밝혀줄 때까지 기다리자꾸나."

취조실의 다케가미는 손을 휘두르며 흥분하는 리쓰코를 달래고 있었다. 리쓰코는 자꾸 돌아가겠다는 말만 되풀이했고, 미노루는 건방진 태도로 다리를 옆으로 축 늘어뜨리고 가시 돋친 시선으로 매직미러 쪽을 흘깃 쳐다보았다. 그 눈이 한순간 치카코의 눈높이와 맞았다가 바로 지나갔다.

"재수 없는 녀석."

가즈미가 중얼거렸다. 이 아이의 몸속 어디에서 나오는지 궁금할 정도로 원망 가득한 목소리였다.

다케가미가 간신히 리쓰코를 의자에 도로 앉혔다. 리쓰코는 손으로 얼굴을 닦고 있었다. 눈물 때문에 눈가가 반짝이는 것처럼 보였다.

가즈미가 단정했다.

"연기하는 거야. 저렇게 질질 짜면 아저씨들은 다들 속아 넘어갈 줄 아는 거예요. 또 저기에 넘어가는 멍청한 아저씨들이 잔뜩 있으니까."

"취조실에서는 안 통해."

미키에 순경이 가만히 타일렀다. 하지만 가즈미는 물러서지 않았다.

"누가 알아요? 경찰은 아저씨 집단이잖아. 면역력이 제일 없을지도 몰라."

"그럴지도 모르지. 하지만 아마 다케가미 씨는 괜찮을 거야."

"어째서?"

가즈미는 치카코를 날카롭게 쏘아보았다.

"따님이 있거든. 대학생이었나? 그러니까 여자애들이 쓰는 온갖 수법도 조금은 알지 않을까?"

"알 리가 없어요. 자기 딸일수록 더 모르는 법이니까."

치카코는 입을 다물었다. 취조실에서는 겨우 다케가미가 가하라 리쓰코의 주소와 성명, 학교명 등 신원을 확인하고 있었다.

매직미러에 눈을 고정하고 그 모습을 노려보던 가즈미가 정신이 퍼뜩 든 사람처럼 허겁지겁 휴대전화를 더듬더니 또 엄지손가락을 꼬물거리기 시작했다.

치카코는 미키에 순경을 쳐다보았다. 젊은 여경도 치카코를 보고 있었다.

"조금 혼란스러운 모양인데."

다케가미는 헛기침을 했다.

"미안하구나. 좀 진정하겠니? 장소가 안 좋았구나. 분명 여기는 취조실이지만 그렇다고 너희를 용의자로 취급하는 건 아니란다. 우리는 다만 도코로다 씨를 살해한 범인을 찾기 위해 생전에 도코로다 씨하고 가깝게 지냈던 사람들에게 최대한 상세히 사정을 듣고 싶은 것뿐이야."

기타조 미노루는 불만이 가득한 태도로 다리를 꼬더니 발을 까딱까딱 흔들었다. 가하라 리쓰코는 눈물은 훔쳤지만 뻣뻣한 얼굴로 무릎 위 가방을 꼭 붙들고 앉았다.

"자, 리쓰코 양."

다케가미가 부르자 리쓰코는 더욱 세게 가방을 움켜쥐었다. 하얗게 뜬 관절이 보였다.

"미노루 군 말에 따르면 처음 도코로다 씨하고 인터넷에서 가까워진 사람은 리쓰코 양이라고 하던데, 그게 사실이니?"

리쓰코는 타박하듯이 곁눈질로 미노루를 쳐다보더니 자그맣게 고개를 끄덕였다.

"언제, 어떤 경위로 가까워졌지? 리쓰코 양은 인터넷을 시작한 지 그리 오래되지 않았지?"

다케가미는 잠자코 대답을 기다렸다. 그래도 리쓰코가 한참 입을 꾹 다물고 있어 다시 한 번 질문을 되풀이하려 했을 때, 리쓰코가 입을 열었다.

"한 1년 전에, 컴퓨터를 사주셔서."

"부모님께서?"

리쓰코는 밤색 머리카락을 가볍게 흔들며 고개를 저었다.

"사실은 저한테 사준 게 아니라, 어머니가 산 거지만요."

"호오, 어머님께서는 컴퓨터를 잘 아시니?"

"전혀."

리쓰코가 내뱉었다.

"그냥 허세예요. 인터넷을 아는 척 자랑하고 싶었을 거예요. 그런 사람이니까. 뭐든지 남들보다 먼저 하지 않으면 성이 차지 않는다고 할까."

"하지만 1년 전에 시작했으면, 인터넷에 대해서는 오히려 늦은 편이잖니?"

"그렇죠. 어머니 친구 중에 직접 원예 홈페이지를 만든 사람이 있어서, 그 사람한테 맞서고 싶었던가 봐요. 어린애 같죠? 그래서 좀 해봤다가 홈페이지를 만들고 운영하는 일이 얼마나 힘든지 알더니 바로 그만두더라고요."

"그래서 그 컴퓨터를 네가 쓰게 되었구나?"

리쓰코는 고개를 끄덕였다.

"친구가 인터넷은 재미있다고 해서."

"어떤 식으로 재미있다는 거지?"

"어떤 식으로라뇨?"

"관심 있는 분야에 대해 조사해보거나 하는 거지?"

"특별히 그렇게 확실한 목적이 있었던 건 아니에요. 여기저기 홈페이지 구경도 하고…… 잡지를 뒤적거리는 것처럼요. 하지만 잡지하고 달라서 움직이니까 재미있어요. 그냥 글자가 나열된 게 아니라 거기에 사람이 있고, 대화를 주고받는 느낌이 들거든요. 하지만 전 게시판도 채팅방도 롬ROM이었어요."

"롬?"

미노루가 비아냥거렸다.

"리드 온리 멤버를 말하는 거예요. 구경만 하고 참가는 하지 않는다는 뜻."

다케가미는 고개를 끄덕였다.

"그렇구나. 그럼 확실히 잡지 같겠구나. 리쓰코 양은 휴대전화 있지?"

"네."

그렇다고 대답한 리쓰코의 눈매가 약간 경계하듯이 날카롭게 변했다.

"어째서 그런 걸 물어요?"

"아니, 내 머리가 굳어서 그런 건지도 모르겠는데, 아무래도 여자아이가 컴퓨터로 노는 모습이 잘 상상이 가지 않아서 말이야. 메일을 주고받으며 많은 친구를 사귀는 정도라면 휴대전화만으로도 충분하지 않은가 싶어서."

리쓰코는 '뭐야, 그런 거였어?' 싶은 얼굴로 겨우 미소를 띠었다.

"휴대전화는 많이 쓰면 돈이 드는걸요. 집 컴퓨터를 쓰면 통신비는 부모님이 내잖아요. 집에 있는 물건이니까."

"리쓰코 양 부모님은 용돈 씀씀이에 엄격하시니?"

"잔소리가 많아요. 엄청나요. 구두쇠에다."

가하라 리쓰코는 회사원 아버지와 전업주부 어머니를 둔 3인 가족이었다. 형제자매는 없다. 외동딸이니 경제적으로 풍족할 줄 알았는데 반대라고 했다.

"구두쇠라. 하지만 그러면 용돈으로 옷이나 장신구를 사려면 힘들지 않니?"

"그런 건 또 별개예요. 어머니하고 쇼핑을 가면 대개는 뭐든 사주니까."

"호오, 관대하시구나."

"자기도 잔뜩 사들이니까 나한테만 안 된다고는 말 못 하겠죠. 옷은 같이 입기도 하니까."

"어머님하고 너하고 같이?"

"그래요. 밖으로 얼마나 나돌아다니는지, 우리 어머니는 패션에 신경 쓰느라 돈이 많이 들어요."

"지금 입고 있는 옷도 어머님이 사주신 건가?"

리쓰코는 제 모습을 슬쩍 살펴보았다.

"그러네요. 목걸이는 아니지만."

도코로다 가즈미가 걸고 있는 것과 흡사한 목걸이였다.

"그건 요새 유행하는 디자인이니?"

리쓰코는 목걸이 끝을 쥐고 달랑달랑 흔들었다.

"이거요? 글쎄요. 잘 모르겠어요. 백화점에서 보고 그냥 마음에 들어서 산 거예요."

"그렇구나."

다케가미는 얼굴 앞에서 깍지를 꼈다.

"다시 앞으로 돌아가자. 그렇게 구경꾼이었던 너는 어떤 계기로 글을 올리게 되었지?"

리쓰코는 무슨 이유에선지 의견을 묻고 싶은 눈치로 미노루를 쳐다보았다. 무엇을 묻고 싶었는지는 알 수 없었다. 미노루 쪽은 리쓰코의 눈빛을 알아채지 못했는지 제 발끝만 보고 있다.

"영화 쪽요."

리쓰코가 말했다.

"영화?"

"네. 영화 팬들이 모이는 게시판을 발견했어요. 거기 분위기가 좋아서…… 다들 사이가 좋아 보여서 글을 조금 썼어요. 저도 영화는 싫어하지 않거든요."

"그게 언제 일이지?"

"컴퓨터를 쓰게 된 지 두 달쯤 되었던가……."

"그러면 작년 6월쯤이겠구나. 지금으로부터 열 달 전이야."

"그런가……?"

자신 없는 눈치로 말끝을 흐리며 대답한 리쓰코는 또 확인을 요청하듯이 미노루를 쳐다보았다. 이번에는 미노루도 눈치를 챘다.

"미노루 군에게 뭐 할 말이라도 있니?"

그 눈빛을 본 다케가미가 물었다.

"예? 아니요, 아니에요. 형사님은 어째서 그런 말씀을 하세요?"

"네가 아까부터 미노루 군 얼굴을 흘끔흘끔 쳐다봐서 그래."

다케가미는 온화하게 말하고 웃었다.

"미노루 군에게 묻지 않으면 모르는 점이 있니?"

"그게 아니에요."

미노루는 버럭 내뱉더니 턱짓으로 리쓰코를 가리켰다.

"그냥 얘는 성격이 원래 이래요. 뭐 하나 빠릿빠릿하지 못하고 뭐든지 남한테 의지한다니까."

"하지만……."

리쓰코는 대번에 풀이 죽더니 또 가방을 만지작거리기 시작했다. 기타조 미노루는 거의 증오에 가까운 험악한 얼굴로 그런 리쓰코를 쳐다보더니 들으라는 듯이 한숨을 내쉬고 다케가미에게로 고개를 돌렸다.

"그 영화 팬 홈페이지는 '시네마 아일랜드'라고 해요. 운영자가 특별히 영화나 텔레비전 업계 사람은 아닌데, 시사회 마니아라고 해야 하나, 왜 있잖아요, 라디오나 텔레비전에서 시사회 소식 알려주잖아요. 추첨으로 100명 초대, 그런 거요."

"아아, 있지. 택시 안에도 응모 엽서가 있더구나."

"맞아요. 그런 거에 응모해서 시사회에 가는 걸 엄청 좋아하는 사람이거든요. 또 추첨에 당첨도 잘 되고요. 비법이 있다고 하던데. 그래서 자기 홈페이지에 신작 영화 감상을 정말 빨리 올려요. 시사회 분위기가 어땠다, 뭐 그런 글도요. 그렇게 재미있는 건 아니지만 그럭저럭 갱신도 꼬박꼬박 하고, 쓸모 있는 정보도 있으니 구경하거나 게시판에 글을 쓰는 사람들이 꽤 많아요."

"그렇구나."

"영화론을 주절거리는 극단적인 마니아 집단이 아니라서, 텔레비전이나 비디오로 본 영화도 편하게 감상을 나눌 수 있는 분위기이거든요."

기타조 미노루는 의자에 기대어 다리를 바꿔 꼬았다.

"저도 가끔 구경했죠. 그래서 얘가 도코로다 씨하고 만난 시기에 있었던 일도 알고 있는데, 형사님은 역시 본인에게 듣고 싶겠죠?
이야기에는 순서라는 게 있는 법이니까."

"그래, 맞아. 이야기해줄 수 있겠니?"

다케가미는 리쓰코에게 상냥하게 물었다.

"지금 미노루 군 설명이 맞다면 너는 도코로다 씨하고 그 시네마
아일랜드에서 만난 거지?"

"그렇긴 한데……."

"우물쭈물 내숭 떨지 마."

미노루가 쏘아붙이면서 리쓰코를 거칠게 팔꿈치로 쿡 찔렀다.
리쓰코의 무릎 위에서 가방이 굴러떨어질 뻔하자 그녀는 허둥지둥
팔로 붙잡았다.

"내숭 떠는 거 아니야."

목소리가 점점 더 기어들어간다.

"하지만 솔직하게 얘기하면 형사님은 깜짝 놀라서 우리를 이상
하게 생각할지도 몰라요."

"우리는 어지간해서는 놀라지도 않고, 이상하다고 단정 짓지도
않는단다."

온화하게 그렇게 말한 다케가미는 리쓰코의 불안한 눈빛을 보고
일부러 도쿠나가 쪽으로 몸을 틀어 "그렇지?" 하고 물었다.

"대개는요."

도쿠나가가 대답했다.

"자의식 강한 내숭쟁이."

미노루가 노래하듯 종알거렸다.

"그렇게 심술궂은 소리 하지 마라. 리쓰코 양이 불쌍하잖니."

다케가미가 타일렀다.

그제야 겨우 마음이 놓였는지 리쓰코는 가방에서 손을 떼고 자세를 똑바로 가다듬으며 의자를 잡아당겨 책상에 바싹 다가앉았다. 다케가미와 리쓰코 사이의 거리가 20센티미터쯤 줄었다.

"형사님, 〈사랑의 머리띠〉라는 영화 봤어요?"

다케가미는 보지 않은 영화였다.

"극장에는 거의 가지 않아서."

"저도 이건 텔레비전에서 봤어요. 위성방송으로요. 중국 영화예요. 단관 개봉이어서 별로 유명하지는 않았지만, 이 영화를 찍은 감독이 다음 작품으로 아카데미상에 노미네이트된 덕분에 텔레비전에서 방송해줬어요."

"제목을 보니 로맨스 영화인가 보구나."

"그런 부분도 조금 있지만, 가족이 테마인 영화예요. 주인공은 상하이에 사는 젊은 여자인데 애인의 어머니가 죽어서 유품으로 머리띠를 받거든요. 그 어머니는 여주인공이 자기 아들하고 결혼하는 걸 결사반대했는데, 어째서인지 젊었을 때부터 아끼던 머리띠를 남겨준 거예요. 추억의 물건이라면서요. 그래서 이상하게 생각한 주인공이 애인하고 함께 그 어머니의 과거를 조사하기 시작해요. 그랬더니 애인이 어머니의 친아들이 아니라는 사실을 알게되어서, 이번에는 애인의 친어머니를 찾는 거예요."

"재미있겠구나."

"그래서 그 머리띠는 주인공 애인의 친어머니가 쓰던 물건이라는 걸 알아내는데요. 그 밖에도 이런저런 일들이 있다가, 마지막에는 돌아가신 어머니가 주인공과 아들의 결혼을 반대한 수수께끼도 풀려요."

리쓰코는 거기까지 술술 말하고 나서 잠시 말을 끊더니 손가락으로 입술을 눌렀다. 잘 다듬은 예쁜 손톱이 보였다. 매니큐어는 연한 핑크색이다.

"중국 영화는 처음 봤지만 굉장히 감동받았어요. 뭐라고 할까, 우리 부모님 생각이 났다고 할까요? 아버지나 어머니에게도 청춘이 있었고, 그 시절에는 어땠는지 아이가 안다는 게 왠지 좋아 보였어요. 저는 그때까지 그런 생각을 해본 적이 없었거든요. 제가 태어나기 전이나, 결혼하기 전의 부모님 인생 같은 것 말이에요."

"어머님하고는 사이좋게 쇼핑도 다니니까 이것저것 이야기하지 않니?"

리쓰코는 고개를 세차게 저었다.

"그런 이야기는 한 적이 없어요. 서로 제대로 말해본 적이 없는걸요."

리쓰코가 매끄럽게 말하기 시작했다.

"우리는 늘 그랬어요. 셋이서 살지만 서로 간섭을 안 해요. 아버지는 바빠서 거의 집에 안 계시고, 어머니도 자기 일이 아니면 안중에도 없어요. 패션이니 연예인이니, 시시한 얘기는 하죠. 하지만 정작 중요한 얘기는 해도 소용이 없어요. 고등학교 입시 때만 해도 그랬는걸요. 전 추천 입학이었는데, 어머니는 선생님한테만 죄다 맡겨놓고 모른 척. 선생님이 들어갈 수 있다고 하는 고등학교에 들어가면 그만이라는 식이었어요.

고민거리가 좀 있거나 친구하고 다투면 의논하기도 히잖아요? 그럴 때도 귀찮다는 표정이지 진심으로 들어주지를 않아요. 용돈 쓰는 거 가지고 잔소리가 많은 것도 집에서 나가는 돈일 때만 그러는 것뿐이에요. 예를 들어 제가 친구한테 뭘 받았다고 쳐요. 그게 비싼 물건이라도 산 게 아니라 받은 거라고 하면 '어머, 그리니?' 이런다니까요. 그러니까 집에서 저는 늘 혼자예요. 저만 그런 게 아니라 아버지도 혼자, 어머니도 혼자."

"아버님하고 어머님 사이는 원만하시니?"

"싸움은 안 해요. 그야 서로 무관심하니까요. 그래서 〈사랑의 머리띠〉를 보고 그런 생각을 한 거예요. 우리 부모님, 그 두 사람 역시 옛날에는 연인 사이였던 거잖아요? 그 무렵에는 어땠을까? 지금은 나한테 무관심하지만, 내가 갓난아기였을 때는 어땠을까? 나한테 이 집의 존재는 대체 뭘까? 부모님한테 나라는 존재는 대체 뭘까?"

그런 감상을 시네마 아일랜드 게시판에 썼더니 곧바로 몇 사람이 반응을 보였다고 한다.

"자기 생각을 말하고, 누가 그 생각에 대해 이것저것 말해주는 게 굉장히 즐거운 일이라는 걸 처음 알았어요. '어머, 그래? 마음대로 해.' 이게 아니라 제가 열심히 생각한 걸 열심히 받아주고 대답해주는 사람이 있다니 기뻤어요."

리쓰코의 눈이 촉촉하게 젖었다.

"집에서는 부모님이 그런 식으로 관심을 보여주지 않아서 쓸쓸하다고, 지금까지 아무한테도 말하지 않았던 이야기까지 잔뜩 써버렸어요. 그 글에도 역시 반응이 많았어요. 그것 말고도 이런 영화를 보면 좋다는 추천도 받았고, 쓸쓸해도 지면 안 된다는 위로도 받았고, 정말 즐거워서……."

겨우 밝은 얼굴이 되었다.

"너는 거기서는 처음부터 가즈미라는 닉네임을 썼던 거지?"

"네, 맞아요."

"어째서 그런 이름을 썼지? 닉네임치고는 얌전하구나."

"어렸을 때 친했던 친구 이름이에요. 가즈미. 그 애는 평화로울 화和에 아름다울 미美를 썼지만요. 초등학교 4학년 때 오사카로 전학 가버렸어요."

"그리워서 그 이름을 쓴 거구나."

리쓰코가 잠시 생각에 잠겼다.

"으음. 그런 건 아니고…… 동경이랄까요? 전 어렸을 때 가즈미가 되고 싶었거든요. 굉장히 착한 아이였어요. 상냥하고 귀엽고, 게다가 똑똑해서 모두들 그 애를 좋아했어요. 집에 놀러 가면 가즈미네 어머니도 굉장히 상냥하셨고요."

미노루가 또 코웃음을 치며 비웃었다.

"들었죠? 얘는 늘 이 모양이라니까요. 세상이 무슨 소녀 만화인 줄 알아."

다케가미는 말을 이었다.

"그럼 가즈미라는 닉네임에는 그 이상의 깊은 뜻은 없다는 말이 구나."

"없어요, 하나도."

"도코로다 씨의 따님 이름이 가즈미라는 건 완전히 우연이다?"

리쓰코는 눈을 부릅뜨고 똑똑하게 고개를 끄덕였다.

"정말 우연이에요. 놀랄 일이죠? 하지만 애초에 그 우연이 계기 가 되었던 거지만요."

리쓰코=가즈미는 시네마 아일랜드 게시판과 채팅방에서 속내를 털어놓게 되었다. 스스로에게 자신감을 가질 수 없다는 이야기. 학 교도 시시하고, 친구와는 표면적으로밖에 사귀지 못하고, 진정한 친구가 없다는 이야기. 남자친구도 없다. 이대로는 앞날이 불안해 서 못 견디겠다. 내 인생은 텅 빈 상태로 지나가버리는 것 아닐까?

그런 불안을 의논할 상대도 없다. 부모님과는 점점 거리가 멀어 질 뿐이다. 아버지는 가정에 무관심하고, 어머니도 냉담하다. 어머 니는 나를 친구처럼 대하지만 그건 그냥 그러는 편이 어머니도 적 당히 편하기 때문이다. 결코 자기 일처럼 걱정해주지는 않는다. 그 누구도.

"나는 이 세상에 있을 자리가 없고, 늘 그렇게 느꼈다고 썼어요. 그랬더니 많은 사람들이 위로도 해주고, 설교도 해주고, 조언도 해췄어요."

그 중에 아버지가 있었다고 한다.

"'가즈미, 아버지란다.' 첫머리가 그랬어요."

리쓰코의 눈빛이 갑자기 아련히 물들었다.

"네가 이 사이트에 드나드는 줄 이제야 알았구나. 글을 읽고 놀랐다. 아버지는 너에 대해 아무것도 몰랐고, 그래서 너를 몹시 쓸쓸하게 만들었구나, 미안하다."

말끝이 희미하게 떨렸다. 마치 무슨 연기처럼 감동하는 모습이었다.

"그런 글이었어요. 전…… 기뻐서 눈물이 날 뻔했어요."

다케가미는 한쪽 뺨을 불룩 부풀렸다.

"그 정도로 감격했다 이거구나. 하지만 그 이유가 뭐지? 그 아버지가 네 친아버지일지도 모른다고 생각해서 그런 거니?"

"아하하!"

리쓰코는 웃음을 터뜨리더니 도리질을 쳤다.

"설마요! 단 한순간도 그런 생각은 안 했어요."

"조금도?"

"전혀. 인터넷에서 그런 일이 일어날 리가 없는걸요."

"원래 그런 건가?"

다케가미는 기타조 미노루에게 물었다.

"부모 자식이 우연히 만나는 일도 있을 법한데?"

미노루는 황당하다는 표정으로 대답했다.

"서로 닉네임을 말해주면 또 몰라도, 그렇지 않으면 만난다 해도 알 수 없어요."

"하지만 이 경우에는 '아버지란다' 하고 누군지 밝힌 거잖아."

"그 정도 거짓말이야 누구든 할 수 있어요. 실제로 그 아버지는 도코로다 씨였잖아요."

그렇다, 현실은 그러했다. 하지만 다케가미는 이해할 수 없었다. 한순간이라도 '어쩌면 정말 우리 부모님이 썼을지도 모른다'라는 기대도 없이, 즉 머릿속에서 그 가능성은 싹둑 잘라내면서 그래도 그 부름에 감동할 수 있는 심리를.

"형사님은 퍼뜩 이해 못 할 수도 있지만, 인터넷에서는 그런 식으로 '내가 화제가 된 바로 그 당사자입니다'라고 하는 말은 거의 빤한 거짓말이라는 게 상식이에요."

리쓰코도 웃는 얼굴로 말을 이었다.

"맞아요, 그래요. 그래서 아버지가 그렇게 나타나서 저를 불렀을 때, 게시판에서는 조금 소동이 벌어졌어요. '가즈미에게 그런 장난을 치면 못쓴다'라고 아버지에게 화를 내는 사람도 나왔어요. 저도 참견 좋아하는 사람들한테 '저런 반응을 진심으로 받아들이면 안 된다', '장난은 그만해라' 그런 말을 들었고요."

다케가미는 조용히 반문했다.

"하지만 리쓰코 양은 그 충고를 듣지 않았다?"

리쓰코는 아무렇지도 않게 인정했다.

"그래요, 전혀 듣지 않았어요."

"아버지에게 너는 어떤 대답을 했지?"

도쿠나가가 끼어들었다. 흥미진진한 표정이다.

"아버지가 이해해주니 나도 기쁘다, 앞으로는 뭐든 아버지에게 털어놓고, 아버지에게 일본에서 제일가는 딸이 되고 싶다, 뭐 그렇게요."

리쓰코는 술술 대답했다. 자랑스럽게 뭐에 홀린 듯 이야기하는 그녀의 말투에 기타조 미노루는 점점 더 질린다는 듯이 얼굴을 찌푸렸고, 도쿠나가는 이번에는 그런 두 사람의 얼굴을 번갈아보며 싱글거렸다.

"그래서 부녀지간이 된 거니?"

"그래요. 멋지죠?"

"현실적이지 못한 부녀관계라고 생각하지는 않았어?"

"어째서 그런 걸 신경 써야 하는데요? 현실적이든 말든, 저한테는 멋진 일이니까 별 상관없잖아요."

"아까는 우리가 이상하다고 생각할까 봐 꽤 겁에 질려 있더니?"

갑자기 말문이 막힌 리쓰코가 매서운 눈초리로 도쿠나가를 쏘아보았다.

"이상한 의심을 사기 싫으니까 그랬죠."

"그랬던가?"

"그래요. 이봐요, 아저씨는 기록 담당이잖아요. 종알종알 떠들지 말고 입 좀 다물어요."

도쿠나가는 입으로 예예, 이거 죄송합니다, 하고 말하는 시늉을 하며 쓴웃음을 지었다.

다케가미는 돋보기를 벗어 더럽지도 않은 렌즈를 꼼꼼히 닦아 다시 쓰고는 물었다.

"시네마 아일랜드의 다른 멤버들은 너희가 충고를 듣지 않아 불쾌했겠구나?"

"주절주절 불평하는 사람들은 많았어요. 하지만 무슨 상관이람."

"그렇구나."

"아버지하고 가즈미는 부녀지간. 인터넷 속에서 아버지가 생긴 거예요. 늘 원했던 타입의 아버지가 말이에요. 그런데 누군지도 모르는 남한테 잔소리를 들을 이유는 없잖아요?"

고민을 들어주고, 진지하게 의논해주고, 이해심 많고 상냥하고, 딸의 행복을 첫 번째로 생각한다고 말로 아름답게 표현해주는 아버지가 생겼으니까.

하지만 그 아버지도 누군지 모르는 남이다.

"그래서 우리 일에 참견하지 말라고 쏘아주었어요. 그랬더니 다들 입을 다물더라고요."

미노루가 엄지손가락 끝으로 맥없이 리쓰코를 가리키며 말했다.

"다들 이 녀석들이 바보라고 생각한 거예요. 가족놀이를 하고 싶으면 마음대로 하세요, 그런 거죠."

리쓰코가 갑자기 지금까지의 웃음과는 전혀 다른 심술궂고 얄미운 웃음을 지으며 미노루의 얼굴을 들여다보았다.

"맞아, 다른 사람들은 그랬지. 하지만 넌 달랐잖아?"

미노루는 흥, 콧방귀를 뀌고 입술을 비죽거리며 두 다리를 아무렇게나 쭉 뻗었다. 미노루가 무슨 말을 하기 전에 리쓰코가 한발 앞서 다케가미에게 말했다.

"저하고 아버지가 사이좋은 아버지와 딸이 되고 2주도 채 지나지 않았을 때였어요. 얘가 제 남동생 미노루라면서 튀어나왔어요."

9

순간 고요해졌다.

"장난 좀 치려고 했던 거야."

기타조 미노루는 신음 같은 목소리로 말했다. 앙상한 어깨를 한
껏 끌어 올려 팔짱을 끼고, 다리를 바들바들 떨기 시작했다.

"이 녀석들이 아버지네 딸이네 알콩달콩 가족놀이를 하면서 근
질근질한 소리만 해대니까 방해하고 싶었어요."

리쓰코가 웃었다.

"다 거짓말. 우리가 부러웠던 거지?"

"누가 부럽대!"

이때 다케가미가 재빨리 손을 뻗어 벌떡 일어서려는 미노루를
말렸다.

"큰소리를 내는 건 좋지 않아."

미노루는 다케가미의 손바닥을 보고, 다케가미의 얼굴을 보더니 갑자기 분이 씻겨 나간 것처럼 의자에 앉았다.

"죄송합니다."

"사과할 필요는 없다. 차분하게 이야기할 수 있으면 그걸로 됐어. 리쓰코 양도."

리쓰코는 웃음을 쏙 지우고 자리에서 한 번 일어서더니 일부러 의자를 움직여 미노루에게서 떨어졌다.

"네가 자신의 의지로 '남동생' 미노루라고 소개했다는 건 어쨌든 사실이지?"

다케가미의 질문에 미노루가 고개를 끄덕이기까지 잠시 시간이 걸렸다.

"역시 시네마 아일랜드 내에서?"

"……그래요."

"게시판에 썼니?"

"네."

"어떤 식으로 썼지?"

리쓰코가 입을 벙긋 열자 다케가미는 이번에는 그녀를 손으로 제지했다. 미노루는 매끈한 미간에 억지로 주름을 잡으며 한참 책상을 노려보다가 낮은 목소리로 입을 열었다.

"극장 개봉 영화를 아버지랑 딸이랑 둘이서 보고 왔다고 해서."

"가즈미하고 아버지가 말이지?"

"맞아요. 무슨 영화였더라? 로버트 드 니로의 신작이었나? 잘 모르겠어요. 제목은 기억 안 나요."

"상관없다. 그래서?"

미노루가 슬쩍 어깨를 들썩거렸다.

"아버지랑 딸이랑 죽고 못 사는 척해도 당신들한테는 다른 가족도 있잖아, 남동생인 나를 잊고 있는 것 아니야? 뭐 그런 식으로 썼던 것 같아요."

"가즈미하고 아버지는 어떤 반응을 보였지?"

"'어라, 미노루?'였나."

"'같이 보러 가자고 불렀는데 안 왔잖아'라고 썼어. 아버지는 '뭐야, 미노루도 이 사이트에 오니?'라고 했고. 그 후로 셋이서 채팅방으로 가서 이야기했어요. 구경꾼들이 꽤 많이 들어왔죠."

리쓰코가 말했다. 다른 멤버들도 새로운 '남동생'의 등장에 관심이 갔던 모양이다.

다케가미는 리쓰코에게 물었다.

"미노루 군이 하는 말이 사실이니?"

"네. 하지만 영화는 그게 아니에요. 드 니로의 신작이 아니라, 케빈 스페이시가 아카데미상을 받은 작품에 대해 썼어요."

도쿠나가가 말했다.

"<아메리칸 뷰티> 말이구나."

"그래요. 기록 담당 형사님은 영화 좋아해요?"

도쿠나가는 대답하지 않고 한마디만 했다.

"그건 가정 붕괴를 다룬 영화야."

"가즈미하고 아버지는 정말로 둘이서 〈아메리칸 뷰티〉를 보러 갔었나?"

"아니에요. 형사님은 아직 잘 모르시나 보네요. 그 무렵 저는 아직 아버지가 어디 사는 누구인지 몰랐다니까요."

"그럼 함께 영화 봤다는 이야기를 꾸며내기 어려웠을 텐데?"

"그건 그냥 호흡을 맞추는 거예요. 그때도 분명 전날이었나? 아버지가 저한테 〈아메리칸 뷰티〉를 봤다는 메일을 보냈어요. 저는 보지 않았지만 잡지로 내용은 알고 있었죠. 그래서 말을 맞춰 답신을 보냈어요. 그랬더니 아버지가 그걸 근거로 시네마 아일랜드 게시판에 딸하고 보러 갔다고 썼을 뿐이에요."

리쓰코는 바보 취급하듯이 입꼬리를 올리며 피식 웃었다.

"그렇게 어려운 일은 아니에요."

어렵지는 않지만 이해할 수가 없다.

"그래서 리쓰코 양도 아버지도 남동생이라는 인물의 등장에 그리 놀라지 않았다?"

"전 조금 놀랐어요. 하지만 아버지는 놀라지 않았어요."

"어떻게 알지?"

"그때는 몰랐죠. 한참 후에 오프 모임에서 도코로다 씨를 만났을 때 들었어요."

"너희들의 '가족회의' 말이지?"

"그래요. 도코로다 씨는 저하고 처음 부녀지간 흉내를 냈을 때,

그러다가 누가 가족의 다른 멤버로 참가하지 않을까, 그러면 재미 있을 것 같았다고 했어요. 가족은 많은 편이 즐겁다면서요."

리쓰코는 기타조 미노루를 쳐다보았다.

"미노루도 함께 있었으니까 알잖아. 도코로다 씨가 그렇게 말한 것 기억 안 나?"

미노루는 대답하지 않다가 이윽고 작은 목소리로 웅얼거렸다.

"장난치러 갔다가 엉뚱하게 이런 일에 휘말리다니, 나도 참 바보지."

"미노루는 바보가 아니야. 그저 외로울 뿐이지."

리쓰코가 갑자기 상냥한 목소리를 내자 기타조 미노루는 고개를 옆으로 돌리고 내뱉었다.

"캑."

다케가미에게는 들렸지만 리쓰코의 귀에는 닿지 않은 듯했다. 리쓰코는 감상에 젖은 목소리로 말을 이었다.

"우리는 다들 외로워. 현실 생활 속에서는 그 누구도 도저히 진정한 나를 이해하지 못하고, 스스로도 진정한 내가 어디에 있는지 모르기 때문에 고독한 거야. 마음을 이어줄 끈이 필요해. 그렇기 때문에 너도 아버지에게 현실의 아버지가 주지 않는 것을 바라고 접근한 거잖아. 장난치려고 했다는 말은 허세야."

기타조 미노루는 머리를 치켜들고 고개를 틀어 리쓰코를 바라보았다. 색조 옅은 눈동자가 창문에서 비쳐 드는 외부의 빛을 받아 반짝 빛났다.

"나는, 무엇보다, 그런 사고방식이, 제일, 싫어."

미노루는 한마디, 한마디 주입하듯이 짧게 끊어서 말했다.

"뭐가 '진정한 나'야? 나는 그런 걸 바라고 인터넷에서 논 게 아니야. 잠꼬대하지 마, 멍청아."

리쓰코는 동요하기는커녕 동정하는 표정을 지었다.

"나는 네 허세가 싫지 않아. 허세를 부릴 수밖에 없는 거지. 외로우니까. 그걸 잘 알아. 그러니까 오프 모임에서 사실은 네가 나하고 같은 나이라는 걸 안 후에도 줄곧 네가 동생 같다는 생각이 들었어."

리쓰코는 온 마음을 실어 중얼거렸다.

"지금도 그렇게 생각해."

"아야!"

갑자기 도코로다 가즈미가 소리를 지르더니 오른손 손가락을 살폈다.

"손톱이 부러졌어."

치카코는 가즈미의 손을 잡았다. 길게 기른 새끼손가락 손톱 끝이 부러졌다. 모양을 가꾸고 예쁘게 다듬었으니 평소에는 매니큐어도 바를 텐데, 지금은 맨손톱이라 약해 보였다.

"그대로 두면 위험하겠구나. 손톱을 깎아야겠어."

곧바로 미키에 순경이 자리에서 일어나려 했지만 가즈미는 고개를 저었다.

"깎기 싫어요. 반창고 줄래요? 붙여놓을게요."

미키에 순경은 재빨리 방에서 나갔다. 치카코는 매직미러 건너편을 바라보았다. 가즈미와 미노루가 입씨름을 하고 있다. 말을 툭툭 내던지고 있는 것은 미노루 쪽이고 가즈미는 마치 친누나가 남동생에게 설교라도 하는 듯한 표정이었다.

"네가 그렇게 뭐든 다 안다는 식으로 말하는 게 짜증 나."

"너는 솔직하지 못해."

도코로다 가즈미는 손톱이 부러진 새끼손가락을 입술에 대고 가만히 두 사람의 모습을 관찰했다. 치카코의 눈에는 가즈미와 미노루가 말로 표현하는 감정이 두 사람의 눈동자에 그대로 비치는 것처럼 보였다. 하지만 가즈미는 달랐다. 그 눈동자는 단순히 거울에 반사된 빛을 밀어낼 뿐이다. 친남매처럼 연기하는 두 사람을 관찰하면서, 그 눈동자는 아무 말도 하지 않는다.

치카코는 가즈미에게 조용히 말을 걸었다.

"어떠니? 두 사람의 동작이나 표정을 보고, 목소리를 들었을 때 뭔가 마음에 걸리는 점이 있니? 기억과 대조해봤을 때 이거다 싶은 점이 있어?"

가즈미는 치카코를 쳐다보지 않고 작은 목소리로 뭐라 말했다. 잘 알아들을 수가 없어 치카코는 가즈미 가까이에 귀를 댔다.

"뭐?"

"……닮았어요."

가즈미는 작은 목소리로 말하더니 왼쪽 집게손가락으로 미노루를 가리켰다.

"저 사람, 닮았어요. 슈퍼마켓 주차장에서 본 사람하고."

치카코는 손에 든 서류를 뒤적였다.

"가즈미 양은 그때, 아버지하고 그 인물이 이야기하는 소리는 듣지 못했지? 거리가 있었으니까."

"네. 하지만 얘기할 때 손짓이나 몸짓이나, 그런 건 봤단 말이에요. 저 애, 아까 이런 동작을 했죠?"

가즈미는 자기도 책상에 두 손을 짚고 일어서려는 동작을 취해 보였다.

"일어나서 몸을 앞으로 숙이고 큰소리를 냈을 때요."

다케가미에게 '의심 살 일은 하나도 없어!' 하고 외쳤을 때의 동작이다.

"그때 틀림없다는 느낌이 왔어요. 그 몸짓, 운전석에 앉아 있는 사람에게 창 너머로 말을 거는 모습하고 비슷하지 않아요?"

"그러네."

"내가 언제 슈퍼마켓 주차장에서 아버지를 봤다고 했죠?"

가즈미는 또다시 치카코가 손에 든 서류를 들여다보려 했다. 치카코는 서류를 살며시 치우며 되물었다.

"시기가 신경 쓰이니?"

"그야 그게 저 사람들이 처음으로 만난 오프 모임 전인지 후인지, 중요한 문제잖아요?"

"문제?"

"그래요. 만약 내가 목격한 게 넷이 오프 모임에서 만나 서로 정체를 밝히기 전에 있었던 일이라면 저 **미노루**라는 애는 거짓말을 하는 셈이잖아요. 오프 모임 전에 우리 아버지를 알고 있었다는 뜻이 되잖아요?"

치카코는 고개를 끄덕였다.

"그래, 그러네. 그런 의미로는 네가 아버지와 처음 보는 사람이 함께 있는 모습을 목격했다는 증언에는 전부 시기의 문제가 얽혀 있구나. 그건 확실히 그래."

가즈미는 눈썹을 팔八 자로 찌푸렸다.

"그럼 미적거리지 말고 얼른 그 점을 확인해요."

가즈미의 화난 목소리에 치카코는 달래듯이 조용히 대답했다.

"하지만 가즈미 양, 너는 세 번 다 목격한 광경은 기억해도 시기에 대해서는 기억이 확실치 않다고 했어. 한꺼번에 많은 질문을 받아 혼란스러워 기억을 못 하는 거겠지."

"난 말했어요. 시기도 말했어!"

"지난 반년 사이. 그런 막연한 대답이라면 말해주었지."

"더 자세하게 말했어요!"

미키에 순경이 돌아와 가즈미에게 반창고를 내밀었다. 가즈미는 치카코와 이야기하는 데 정신이 팔렸는지 반창고를 받아 그대로 손바닥 안에 움켜쥐었다.

치카코는 가즈미의 어깨에 손을 살짝 얹었다.

"가즈미 양. 너무 책임감 느끼지 마. 자세한 사실 관계를 조사하는 건 우리가 할 일이야. 너는 그냥 오늘 이곳에 불려 온 사람들하고 네가 본 사람들이 비슷한지, 리쓰코 양이나 미노루 군의 얼굴을 보고, 목소리를 듣고 뭔가 새로 기억나는 점은 없는지, 그것만 확인해주면 돼."

가즈미는 어깨를 휙 흔들어 치카코의 손을 뿌리쳤다. 그리고 반창고 필름을 떼어내 부러진 손톱에 붙이기 시작했다.

"미안하구나."

치카코가 말했다. 자연히 그 말이 튀어나왔다. 치카코의 거짓 없는 마음이었다.

가즈미는 치카코를 바라보았다. 반창고가 엉망으로 붙어 새끼손가락 끝이 이상한 모양이 되었다.

"왜 사과해요?"

"너한테 이런 일을 강요한 게 잘못이었어."

가즈미는 갑자기 기가 꺾여 눈길을 떨어뜨렸다.

"똑바로 할 수 있어요."

"할 수 있을 거야. 너라면 말이지. 하지만 힘들 거야. 힘든 게 당연해."

매직미러 너머에서는 부루퉁한 얼굴로 고개를 돌린 기타조 미노루를 제쳐놓고 가하라 리쓰코가 열띤 표정으로 손짓 발짓 섞어가며 다케가미에게 이야기하고 있었다.

"보세요, 형사님, 마음은 눈에 보이지 않는 거잖아요? 하지만 인간은 얼굴을 마주하면 얼굴밖에 안 봐요. 외면만 본다고요. 마음을 이어주는 진정한 끈은 그런 외면을 초월한 곳에만 있는데, 친구도 부모도, 제가 웃으면 즐거우니까 웃는다고만 생각해요. 저는 진정한 나를 감추고 남들한테 맞추는 건데 말예요. 다른 사람들하고 똑같은 생각을 하고 똑같은 감정을 느끼는 시늉을 하고, 제가 그렇게 힘겹게 따라하는 줄 알아차리지도 못해요. 아무도 저를 한 사람의 인간으로 보지 않아요. 그냥 풍경인 거예요. 하지만 인터넷 속에서라면 마음을 터놓을 수 있고, 진정한 내 모습을 알아주는 사람이 있고……."

다케가미는 돋보기를 콧등에 얹은 채 잠자코 열변에 귀를 기울였다.

"나도 저런 애는 싫어요."

가즈미가 말했다.

"저런 애라니?"

가즈미는 가즈미를 가리켰다.

"마음을 이어주는 끈이라느니, 진정한 내 모습이라느니, 저런 말을 입에 달고 다니는 애. 밥맛이야."

치카코는 미소를 지었다. 가즈미는 웃지 않았지만 그래도 치카코의 미소에서 동의하는 의사를 느꼈는지 옆얼굴이 누그러졌다.

"저 가즈미는 우리 아버지하고 같은 종류의 인간이에요. 마음이 잘 맞았겠죠. 친딸인 나보다 분명 더 마음이 맞았을 거야. 뭔가 굉장히 이해가 가네요."

"하지만 너는 아버지가 인터넷 속에서 가족놀이를 했다고 몹시 화를 냈잖니?"

"누구라도 화를 내죠. 그렇잖아요? 아니면 화를 내는 제가 이상해요?"

치카코에게는 그것이 여태까지 가즈미가 했던 질문 중에서 가장 진실하게 느껴졌다.

"엄마는 화를 내지 않아요. 그 사람은 늘 그래요. 아버지의 가족 놀이를 알았을 때, 나한테 이렇게 말했어요. '아버지는 외로웠던 거야. 엄마나 가즈미한테는 말 못 할 일이 많았던 걸까? 엄마는 그걸 이해해주지 못했던 거구나.'"

딸 가즈미는 어머니 하루에의 성대모사가 능숙했다. 표정까지 감쪽같았다.

"바보 아닌가 싶었다니까요. 어째서 이 사람은 이렇게 사람이 좋을까 하고. 이상해요? 그런 내 반응이 이상한가요? 네? 치카코 형사님, 내가 차가운 사람인 걸까요?"

매직미러 건너편의 가즈미는 지금 떠들며 웃고 있었다. 매직미러 안쪽의 가즈미는 거울처럼 맑은 눈으로 그 모습을 바라보고 있다. 그 뺨은 미소로 누그러지는 일도 없었다.

"나는 알고 있었어요. 아버지는 만약에 살아 있었더라면 언젠가 어머니나 내가 아버지의 가족놀이를 알아채도록 꾸몄을 거예요. '사실 나는 이런 짓을 했단다, 그 정도로 외로웠어, 내 아내와 딸은 나를 봐주지 않았잖아?' 그렇게 호소하려고요. 인터넷이니 메일이니 수단이 새로울 뿐이지, 그건 지금까지도 그 사람이 줄곧 써먹었던 수법이에요."

치카코가 조용히 물었다.

"아버지의 행동을 '수법'이라고 하는 거니?"

가즈미는 잠시도 망설이지 않고 바로 대답했다.

"그야 그게 사실인걸요. 나는 지긋지긋할 정도로 잘 알아요."

"열여섯 살 딸로서?"

"어린 여자를 지나치게 좋아해서 바람을 피우는 것도 그래요. 근본은 똑같아요. 그런 드라마 같은 짓을 계속하지 않으면 생활을 못하는 거예요. 그런 식으로 흥을 내지 않으면 살아 있다는 실감이 나지 않는 거예요.

치카코 형사님, 나 말이죠. 어렸을 때는 아버지가 정말 귀여워해주셨어요. 어화둥둥, 보물처럼 대해주었죠. 그래서 난 아버지를 정말 좋아했어요. 아버지에게도 저는 자랑스럽고 귀여운 딸이었고요. 너무나 아름다운 관계죠? 아버지는 나라는 딸이 아니라 그런 아름다운 관계를 사랑했어요. 그러니까 내가 어려서 자기 의사가 없이 아버지의 깜찍한 인형으로 있는 동안에는 한없이 애정을 쏟아주셨던 거예요.

어머니에게 못 들었나요? 아버지의 바람기도 제가 어리고 귀여운 가즈미였을 무렵에는 조금 잠잠했을 거예요. 어머니는 눈치챘을 테지만. 하지만 그 사람은 결국 거기서 다른 생각을 할 줄을 몰라요. 아버지가 그런 여자를 고른 건지, 아니면 원래 얌전하기는 해도 자기 의견은 제대로 가지고 있던 여자를 아버지가 그런 식으로 길들인 건지는 모르겠지만."

가즈미는 두 눈을 천장으로 돌리고 짜증스러운 기색으로 주먹을 휘둘렀다.

"하지만 난 달라요. 어른이 되면 내 의견도 가질 거고, 아버지의 이기적인 착각에 언제까지고 맞춰줄 수는 없는 게 당연하잖아요. 하지만 아버지는 그게 싫었던 거예요. 내가 언제까지고 아버지의 귀여운 장난감이기만을 바랐어요. 아버지 말대로, 아버지가 원하는 딸로 자라기만 바랐던 거예요."

"도코로다 씨는 가즈미 양이 어떤 딸이 되기를 바랐을까?"

치카코의 질문에 가즈미는 손을 쭉 뻗어 매직미러 건너편을 가리켰다. 열변도 이제 슬슬 똑같은 내용의 반복으로 변해가는, 가하라 리쓰코가 그곳에 있었다.

"저런 딸요. 진정한 나를 찾고 싶다느니, 사랑해달라느니, 이해해달라느니, 자기가 있을 자리가 필요하다느니, 그런 소리만 주절대는 딸요. 혼자서는 불안해서 못 견디고, 애타게 매달리는 딸요. 하지만 공교롭게도 저는 그런 겁쟁이가 아니었어요. 저는 그 사람 자식이지만, 그렇다고 그 사람 인생의 장식품이 될 수는 없어요. 그런 건 절대 못 참아요!"

다케가미의 이어폰에 이시즈 치카코의 목소리가 들려왔다.

"잠깐 쉬어도 될까요? 가즈미 양이 지친 것 같아서."

다케가미는 가볍게 손을 들어 계속 종알거리는 리쓰코의 말을 끊었다.

"네 의견은 잘 알겠다. 이쯤에서 이야기를 본론으로 되돌리고 싶은데, 괜찮겠니?"

리쓰코는 입술을 비죽거렸다.

"괜찮냐고요? 전 내내 본론을 말하고 있단 말이에요. 우리 '가족'의 관계를."

"알았다, 알았어. 그럼 일단 잠깐 쉬자꾸나. 경찰서는 딱딱한 곳이지만 커피나 음료수 정도는 내줄 수 있단다. 목마르지?"

가즈미는 미키에 순경이 내민 손수건을 사용하지 않고 자기 가방을 뒤져 화장지를 꺼냈다. 여기까지 와서 처음으로 눈물을 보인 것이다.

"큰소리 내서 죄송해요."

"괜찮아. 신경 쓰지 마."

미키에 순경은 매직미러 건너편을 슬쩍 보았다.

"저쪽 출입이 잠잠해지면 뭔가 마실 것 좀 가져올까? 뭐가 좋니? 가즈미 양은 다이어트콜라였나?"

가즈미가 살짝 웃었다.

"경찰서에서 그런 것도 줘요?"

"자동판매기는 있거든."

그렇게 말하며 치카코도 웃었다.

타이밍을 재던 미키에 순경이 나갈 즈음에는 가즈미의 눈물도 말랐다. 아이섀도가 조금 지워졌지만 화장을 고치려고 하지는 않았다.

"가즈미 양은 장래에 대해 뭔가 구체적인 꿈을 가지고 있니?"

"왜요?"

"특별히 깊은 뜻은 없어. 다만 가즈미 양이 정말 똑 부러지는 아가씨라서 말이야. 구체적으로 그런 생각을 하는지 궁금해서."

가즈미는 잠시 고민하다가 대답했다.

"장래는…… 일단 자립하고 싶어요."

"직업을 갖고?"

"네. 경제적으로 자립하는 거예요."

"요즘 젊은 여성들은 많이들 그러지."

"치카코 형사님 세대에서는 드물었지요?"

"직종이 한정적이었으니까. 나는 어쩌다 보니 이렇게 되었을 뿐이야. 가즈미 양처럼 자립을 목표로 직업을 가진 게 아니란다. 집안 사정 때문에 일단 일을 해야 했을 뿐이야."

"나도 그랬다면 좋았을 텐데. 편했을 거예요. 부러워요."

가즈미는 혼잣말처럼 말하고는 웃었다.

"친구들이 그래요. 저는 사고방식이 고리타분하다고. 치카코 형사님하고 비슷한 세대에 태어났더라면 이렇게 되지 않았을지도 모르겠네요."

'이렇게'가 무슨 뜻인지 치카코는 묻지 않았다. 일부러 묻지 않았다는 사실을 가즈미가 눈치채지 못하게 했다.

"여자가 자각하고 경제적인 자립을 꿈꾸는 건 고리타분한 일이 아니야. 지금이 아니면 못 하는 일이란다."

가즈미는 고개를 저었다.

"아니, 그게 아니에요. 자립을 꿈꾸는 것 자체가 아니라, 그 이전의 문제예요. 애초에 그런 문제를 일일이 고민하면서 인생을 선택해야 하는 번거로운 일이 옛날에는 없었잖아요? 치카코 형사님도 지금 그렇게 말했잖아요. 어쩌다 보니 그렇게 됐다고."

일일이 인생을 선택한다. 확실히 치카코는 그런 여유가 없었다. 하지만 자기 딸 같은 아이에게 그 편이 편해서 부럽다는 말을 듣게 될 줄이야.

"난 말이죠, 어머니처럼은 되고 싶지 않아요."

가즈미는 꾸밈없는 말투로 태연하게 잔혹한 소리를 했다.

"한 남자에게 들러붙어서, 마치 기생식물 같아요. 아무 생각 없이 살고, 자기 인생은 어디에도 없고. 그런 건 죽어도 싫어요."

"어머님하고 그런 얘기를 해본 적은 있니?"

가즈미의 눈이 휘둥그레 벌어졌다.

"설마요! 아무리 그래도 어떻게 그런 말을 얼굴을 맞대고 해요?"

"어머님을 모욕하는 셈이니까?"

"응, 그렇잖아요."

"하지만 그건 네가 모욕이라고 믿고 있을 뿐이고, 어머님은 나름대로 할 말이 있을지도 모르잖니?"

가즈미가 내뱉었다.

"그 사람한테 자기 의견이 있을 리가 없어요. 자기 의견이 1밀리미터라도 있었다면 아버지가 그렇게 끝도 없이 바람을 피우는데 잠자코 있을 리 없죠."

결국 거기로 귀착되는구나, 치카코는 생각했다. 가즈미의 분노, 가즈미의 상심.

"우리 아버지는 말이죠, '한 사람의 인간으로서'라느니, '인생 선배로서'라느니 하는 말을 무척 좋아했어요. 하지만 그런 겉멋 든 소리만 하면서 자기가 어머니를 배신하고 있다는 사실에 대해서는 아무 반성도 하지 않았고, 어머니는 그런 아버지를 잠자코 따를 뿐이었어요. 대체 이 부부는 뭐가 싶었다니까요. 나는 이해 못 하겠어요."

"부부 사정은 사실 자식도 잘 모르는 법이야."

가즈미의 눈이 조금 맑아졌다.

"어머, 그러고 보니 그런 소리를 들은 기억이 나요."

"어머님께?"

"네. 아버지 외도가 너무 심해서 어머니더러 그냥 이혼하라고 했던 적이 있었어요. 내가 중학교 2학년 때쯤이었나?"

"그 나이 때부터 너는 아버님이 바람피우는 줄 알고 있었니?"

"알지요. 그야 태도에도 다 드러나고, 집에 전화가 걸려 오기도 한걸요."

"그랬더니 어머님은 뭐라고 하셨어?"

"아이가 부모에게 이혼하라는 말은 하는 게 아니다, 아버지한테는 좋은 점도 많잖니, 아버지하고 어머니는 부부고, 부부에게는 부부밖에 모르는 사정이 있는 법이야, 라고요."

가즈미는 반창고를 붙인 손가락을 잘근거렸다.

"나는 내가 모르는 사정이라 다행이라고 생각했어요."

치카코는 웃었다.

"가즈미 양한테는 조금 이른 소리였는지도 모르겠구나."

"나도 결혼하면 어머니 마음을 알 수 있다는 뜻이에요?"

가즈미는 치가 떨린다는 듯이 눈을 감았다.

"몰라요. 모르겠어요. 알고 싶지도 않아요. 애초에 난 아버지 같은 남자하고는 결혼하지 않을 거니까."

이것은 물론 가즈미의 일방적인 주장이고, 아직 순수하고 다감한 영혼의 강한 믿음에서 오는 극히 앳된 '신념'이다.

하지만 치카코는 그런 점을 고려하더라도 이렇게 생각하지 않을 수 없었다. 도코로다 료스케와 도코로다 하루에, 도코로다 가즈미의 불행의 원천. 크게 떠들 만한 소리는 아니지만 그곳에는 엄연한 사실이 있다. 부모자식 간에도 궁합이 있어, 인간적으로 서로 맞지 않는다면 혈연도 저주스러운 속박이 될 뿐이라는 사실이다.

시간만 있다면 그 속박을 길들여 적당히 거리를 재며 서로 상처 주는 일 없이 생활할 수 있었을지도 모른다. 하지만 이미 도코로다 가정은 그럴 시간을 잃었다.

✉ 발신자 : 아버지
제 목 : 아버지란다!

가즈미, 아버지란다.

깜짝 놀랐지? 하지만 정말 네 아버지야.

네가 이 사이트에 들어오는 줄 어제 우연히 알았다. 아버지도 깜짝 놀랐어.

너는 이곳에서 좋은 사람들을 많이 사귀었더구나. 그래서 솔직하게 너의 속내를 털어놓을 수 있었겠지. 덕분에 아버지도 그 마음을 알 수 있었다.

지금까지 미안했구나. 아버지는 네 진심을 무엇 하나 이해하지 못했어.

앞으로는 더 많은 이야기를 나누어, 너와 좋은 관계를 쌓아가고 싶구나. 아버지를 용서해주겠니? 아버지의 지금 이 마음을 받아주겠니?

10

노크를 하고 문을 열자 도코로다 하루에가 고개를 들었다. 울고 있었는지 눈이 발갰다. 손수건을 움켜쥐고 있다.

치카코는 될 수 있는 한 상냥하게 물었다.

"어떠셨나요? 한번 쭉 보셨나요?"

하루에는 고개를 끄덕이더니 서둘러 손수건으로 눈가를 누르며 일어섰다.

"예. 시간이 많이 걸려서 죄송해요. 이런저런 생각이 나서 그만."

책상 위에 잡다하게 쌓여 있었던 물건들이 가지런히 정돈되어 있다. 하루에가 얌전히 보고 나서 정리한 것이리라.

"남편의 개인 소지품은 분류해놓았어요. 회사에 반납해야 할 물건은 이쪽에."

하루에가 책상 오른쪽 절반을 손으로 가리켰다. 그 속에 코드 같은 물건이 섞여 있었다. 하루에는 그것을 손에 들고 우물거렸다.

"이 물건은 무슨 용도인지 저는 잘 모르겠는데……."

"컴퓨터하고 주변기기를 연결하는 케이블인 것 같군요."

"그런가요?"

"부군께서는 노트북을 가지고 계셨습니다. 알고 계시지요?"

"예. 하지만 그건 여기에 없지요?"

"죄송하지만 아직 저희가 보관하고 있습니다. 본체를 돌려드리지 못하는데 케이블만 여기에 가져오다니, 담당자가 꼼꼼한 건지 눈치가 없는 건지 모르겠네요."

치카코가 쓴웃음을 짓자 하루에도 잠시 입가를 누그러뜨렸다.

"저는 컴퓨터에는 어두워서……. 원래 기계에 약해요. 남편이 가르쳐주어도 모르겠더군요. 그러는 남편도 예전에는 까막눈이라 직장에서 젊은 사람들에게 배웠다는 모양이지만요. 그래서야 체면이 안 선다면서 마음을 단단히 먹더니 공부를 하더군요."

치카코는 '도코로다 씨는 컴퓨터를 잘 아는 것 같으면서도 사실은 그렇지 않았다'라는 기타조 미노루의 말을 슬쩍 떠올렸다.

"부군께서는 컴퓨터 학원에 다니셨나요?"

"아니요, 그렇게까지 하지는 않았어요. 책을 잔뜩 사서 한동안 밤 늦게까지 컴퓨터를 맞대고 앉아 있기는 했지만요."

"언제쯤이었나요?"

"글쎄요……. 2년쯤 전이었을까요."

하루에는 책상 위를 바라보더니 회사에 반납할 쪽에 둔 책을 집었다. 표지를 보니 인터넷 입문서 같았다.

"이 책, 회사 총무과 고무인이 찍혀 있어요. 빌리고 반납하질 않았던 거겠죠."

"뭐, 흔한 일 아니겠어요?"

하루에는 그 책을 또 얌전히 책상 위에 올려놓았다.

"종이봉투나 상자 좀 얻을 수 있을까요?"

치카코는 바로 준비하겠다고 말했다.

"여기 계시는 동안 누가 왔던가요?"

"여경 한 분이 커피를 가져와주셨는데……. 왜 그러시나요?"

"아니요. 그냥 방해가 되지 않았나 싶어서요. 그리고 죄송하지만 가즈미 양 쪽은 아직 시간이 걸릴 것 같습니다. 어떻게 하시겠습니까? 기다리시겠어요?"

치카코는 그렇게 물으면서 하루에의 눈을 들여다보았다. 치카코가 이곳, 이 자리에서 그렇게 눈을 들여다보았을 때 하루에가 과연 시선을 피할지가 무엇보다 궁금했다.

하루에는 피하지 않았다. 그 눈동자에는 어머니다운 애달픈 빛만 감돌았다.

"기다려도 괜찮을까요?"

"물론입니다. 조금 더 계시기 편한 자리를 마련하지요."

"저는 여기도 상관없어요. 짐도 싸고 싶고요. 다만, 저……."

망설이며 우물거리는 하루에를 다독일 요량으로 치카코는 미소를 지었다.

"왜 그러시나요?"

"가즈미는 정말 수사에 도움이 되고 있나요?"

치카코는 손짓으로 하루에에게 의자를 권했다. 상심한 어머니는 손으로 의자를 더듬어 다시 앉았다.

"그 점은 처음부터 많이 걱정하셨지요. 하지만 몇 번이나 말씀드렸듯이 가즈미 양의 증언은 중요하지만, 따님 한 사람에게 막중한 책임을 전가하는 일은 결코 없을 테니……."

하루에는 치카코의 말을 끊고 고개를 저었다.

"예, 그럼요, 그건 알고 있어요. 다만 저기…… 저는, 이제 와서 이런 생각을 하다니 부모로서 무책임할지도 모르지만……."

하루에의 마음이 몸속에서 단어가 되어 밖으로 나오려고 출구를 찾는 모습이 선히 보였다. 치카코는 기다렸다.

"오늘 이곳에 계속 이러고 있었더니, 뭐랄까요, 갑자기 자신감이 사라져서."

"자신감요?"

"예. 누군지 모르는 사람과 남편이 함께 있는 모습을 보았다, 그것도 몇 번이나 보았다니, 가즈미가 또 뭔가 착각하고 있는 게 아닐까요? 착각이라고 해야 하나, 오해라고 해야 하나. 스토커 문제도 그랬잖아요?"

치카코는 천천히 고개를 끄덕였다.

"그렇군요, 그런 의미였군요."

"스토커 때도 경호까지 해주시고, 여러분께 폐를 끼쳤어요. 이번 일도 가즈미가 단순히 봤다고 증언할 뿐이라면 모르지만, 이런 식으로 실제로 사람을 불러서 대질이라고 하나요, 이런 수고를 끼치다니. 시간도 걸리시잖아요. 그런데 또 착각이었다면, 제가 면목이 없어서."

"그런 점은 걱정하지 마세요. 아무리 작은 의문점이라도 하나하나 확인해가는 게 저희가 할 일입니다."

그렇게 말하면서 치카코는 다시 하루에의 눈동자 속을 보았다. 그곳에는 역시 다른 빛은 보이지 않았다. 단어 그대로의 감정이 솔직하게 비칠 뿐이었다.

어머니란 서글픈 생물이다. 문득 그런 생각이 들었다. 우리네 어머니들은 서글프다. 남겨진다. 홀로 남는다.

갑작스럽게 밀려든 그 감상은 너무나 강렬했다. 목구멍까지 치민 단어를 치카코는 억지로 집어삼켰다.

"짐 넣을 상자를 찾아가지고 올게요."

치카코는 그렇게 말하고 자리에서 일어섰다. 씁쓸한 자기혐오를 곱씹으며, 하루에에게 그것을 들키지 않으려고 재빨리 복도로 나갔다.

내선전화가 울리자 기타조 미노루와 가하라 리쓰코가 동시에 움찔 떨었다. 조금 지나치게 과민한 그 반응에 다케가미는 가슴이 덜컥했다.

도쿠나가가 수화기를 들고 두세 마디 주고받다가 다케가미를 보았다.

"가미 씨, 잠시만요."

전화를 받으라는 뜻인 줄 알았더니 그게 아니었다. 밖으로 나가자는 뜻이었다.

"잠깐만 너희 둘이서 여기에 좀 있어라. 우리가 없어야 더 편히 쉬겠지?"

다케가미가 일부러 편안한 목소리로 말하자 미노루가 얄밉게 대꾸했다.

"어차피 감시할 거잖아요? 둘이 있고 자시고 할 게 뭐 있어."

"감시하다니, 그럼 우리 용의자인 거야?"

리쓰코가 미노루에게 작은 목소리로 그렇게 묻고 있다. 그 소리를 어깨너머로 들으며 다케가미는 취조실에서 나왔다. 도쿠나가가 손짓으로 복도 끝을 가리켰다. 걸음을 서둘러 따라가니 모퉁이를 돌자마자 아키쓰와 덜컥 맞닥뜨렸다.

"뭐야, 자네였나?"

아키쓰는 가까이 있던 문을 열고 다케가미와 도쿠나가를 밀어넣더니 재빨리 문을 닫았다. 보아하니 그곳은 창고인지, 좁은 실내에 비품이 꾸역꾸역 쌓여 있었다.

"대체 무슨 일이야?"

다케가미는 그렇게 묻고 나서 가장 먼저 머리에 떠오른 생각을 말했다.

"나카모토 씨 용태에 변화가 있나?"

아키쓰가 당황했다.

"아니, 아닙니다. 나카 씨는 별일 없습니다. 그게 아니라……."

"나왔답니다."

도쿠나가가 말했다.

"뭐가?"

다케가미는 눈을 부라렸다.

"밀레니엄 블루 파카."

아키쓰는 불만스러운 눈치로 도쿠나가를 찌릿 노려보았다.

"핵심을 가로채지 마."

그런 건 아무래도 좋다. 다케가미는 호흡을 가다듬었다.

"어디에서 나왔나?"

덩치 큰 아키쓰는 다케가미의 머리를 굽어보며 침착한 목소리로 말했다.

"히가시 고엔지 역에서 600미터쯤 떨어진 북쪽에, 도산해서 문을 닫은 볼링장이 있습니다. '가미키타 볼링'이라고 하는데, 거기 쓰레기장에서 나왔습니다."

다케가미는 머릿속으로 지도를 그렸다. 히가시 고엔지. 볼링장.

"문은 석 달 전에 닫았다는데, 흔히 그렇듯 채권자하고 옥신각신하느라 가게는 방치 상태였고 쓰레기장에는 가게에서 꺼낸 비품과 잡동사니가 산더미처럼 쌓여 있었습니다. 그걸 오늘 아침에야 겨우 업자가 들어와 처분하기 시작했는데……."

산더미 같은 쓰레기 속에서 선명한 파란색 파카가 나왔다는 것이다.

아키쓰는 자기 가슴에서 배 근처를 손으로 가리켰다.

"핏자국이 찐득하니 잔뜩 묻어 있었답니다. 며칠 지났으니 썩어서 코가 비뚤어질 정도로 냄새가 지독했을 겁니다. 인부들도 처음에는 그냥 간이 떨어지게 놀랐을 뿐이랍니다. 그러다가 누가 스기나미 사건 뉴스를 기억해내고 바로 신고해준 겁니다."

"아직은 파카뿐인가?"

"그렇습니다. 유류품 감식반 녀석들이 헐레벌떡 달려 나갔어요."

"그 쓰레기장은 밖에서 드나들 수 있겠지?"

"볼링장 뒤편에 있고 철책으로 둘러놓은 게 전부라고 하니까요. 쓰레기를 던져 넣을 수는 있겠지요."

다케가미는 천천히 고개를 끄덕였다. 도쿠나가가 팔짱을 끼며 말했다.

"그나저나 이 타이밍에 나오다니. 어느 쪽으로 굴러갈지는 모르지만, 뭔가 나카모토 씨의 집념 같은 게 느껴지지 않습니까?"

다케가미는 주먹으로 턱을 괴었다.

"어쩔까요, 가미 씨?"

"내가 정할 일이 아니야."

아키쓰가 콧구멍을 벌름거렸다.

"약한 소리를 하시는군요. 가미 씨답지 않습니다."

"나는 원래 소심한 사람이야. 시모지마 경감님은?"

"제가 나왔을 때는 전화에 들러붙어 계셨는데요. 취조실 쪽은 어떻습니까?"

"휴식 시간이다. 아키쓰, 치카코 씨를 불러와주게. 도코로다 하루에 쪽에 있을 거야. 1층 소회의실이야. 나는 경감님하고 이야기하겠네."

예예, 하면서 아키쓰는 성큼성큼 떠났다. 다케가미와 도쿠나가도 창고에서 복도로 나왔다.

"도쿠나가, 취조실로 돌아가. 아무 소리 마. 미키에 순경에게도 아직 알릴 필요 없어."

"알겠습니다."

"두 사람을 취조실 밖으로 못 나가게 해. 잘해."

"맡겨주세요."

다케가미가 일단 수사본부가 있는 훈시실로 돌아가려고 계단을 반쯤 올라왔을 때 반대편에서 순경이 헐레벌떡 내려왔다.

"다케가미 경사님."

"이야기는 들었네. 경감님은 어느 쪽에?"

"서장실입니다."

청결한 서장실에는 다치카와 서장과 시모지마 경감뿐만 아니라 가미야 경감도 함께 있었다. 가미야 경감의 첫마디는 도쿠나가와 똑같은 것이었다.

"나카 씨의 집념이 파카를 찾아냈군."

다케가미가 대답했다.

"무서운 요행입니다. 이쪽은 예정대로 진행하고 있습니다만."

시모지마 경감은 침착했다.

"상황은 어떤가?"

"지금은 아직 뭐라 말씀드릴 수 없습니다."

다치카와 서장이 끼어들었다.

"그럼 예정하고 다르잖나. 시작한 지 벌써 2시간이나 지났는데. 파카가 나온 이상, 이제 조사를 중단해도 좋네."

다케가미는 온화하게 되받아쳤다.

"파카가 나와서 사태가 바뀐다면 중단해도 좋다고 생각합니다만, A코 쪽은 어떻습니까?"

"이쪽에서는 알리지 않았네. 유류품 감식반이 나갔으니 기자들도 눈치챘겠지만, 지금은 시간이 어중간하니까."

오후 3시가 되려는 참이었다.

"묻어두면 저녁 뉴스 때까지는 시간을 벌 수 있어. 방송국이 뉴스 특보 자막을 내보낼 정도의 기삿거리는 아니니까."

"A코에게 붙어 있는 기자나 리포터가 흘릴지도 모릅니다."

"그걸로 반응을 살피는 방법은 있지. 어쨌든 증거품은 쓰레기장에서 나왔지? 혈흔 감정은 할 수 있어도 모발이나 지문은 거의 찾지 못할 테지. 제품번호로 유통 루트를 조사하면 군말 없이 끝나는 일인데, 그러려면 또 시간이 걸려."

시모지마 경감은 다케가미와 가미야 경감이 아니라 서장에게 말했다.

"파카 발견 소식을 듣고 A코가 동요해서 나불나불 떠벌리지 않는 한 A코를 둘러싼 사태는 아무것도 변하지 않습니다."

그 말을 들은 다케가미는 마음이 놓였다. 시모지마 경감은 아직 계속할 심산이다.

"히가시 고엔지라고 하던데, A코가 잘 아는 지역일까요?"

"지금까지 조사한 바로는 고엔지 주변이 나온 적은 없네. 하지만 그건 그쪽도 마찬가지이지?"

"그렇습니다. 이쪽은 파카 정보를 이용해도 될까요?"

서장이 입을 벙긋 열었지만 시모지마 경감이 더 빨랐다.

"암. 그쪽이 효과가 빠를 것 같군."

다치카와 서장의 이마에 굵은 주름이 생겼다.

"너무 위험합니다. 만일 그렇게 확증을 잡는다 쳐도 기소 후에 변호사가 물고 늘어지지 않을지."

"속이는 게 아니니 큰 문제 없습니다. 파카가 발견된 건 사실이니까요."

"하지만……."

다케가미는 조용하게 말했다.

"저희가 원하는 것은 자백입니다. 아니, 그 이상이지요. 가능하면 자수를 끌어내고 싶습니다. 가사이 관리관께도 그 내용으로 허가를 받았습니다."

"그런 건 이제 와서 말할 필요도 없네."

"파카의 발견으로 그 가능성이 비약적으로 높아졌습니다. 이대로 속행하게 해주십시오."

다치카와 서장의 얼굴이 붉어졌다.

"A코일 가능성이 사라진 것도 아닌데, 자신감이 대단하군."

"확증은 물론 없습니다. 그렇기 때문에 확실하게 밝히고 싶은 겁니다."

"저도 부탁드립니다."

뒤에서 들려온 목소리에 일동은 일제히 고개를 돌렸다. 이시즈 치카코가 문 앞에 서 있었다.

"실례했습니다. 노크는 했습니다만."

"도코로다 하루에는?"

"가즈미 양을 기다리겠다고 합니다."

"도코로다 하루에도 붙잡아두길 잘했군."

"몹시 불안한 눈치입니다."

치카코는 다케가미의 얼굴을 보았다.

"파카 소식은 들었습니다. 저도 빨리 일을 진행해 결과를 끝까지 지켜보고 싶습니다. 속행하게 해주십시오."

다케가미와 치카코는 나란히 머리를 조아렸다. 비록 수사 지휘관의 허가가 있더라도 이 자리에서 다치카와 서장의 감정을 긁어놓고 진행할 수는 없다. 훗날까지 분쟁의 씨앗이 된다.

"이건 결국 함정수사란 말입니다."

다치카와 서장이 투덜거렸다. 그것도 처음부터 다 아는 일이니 이제 와서 들먹거려도 소용없지만 다케가미도, 치카코도 잠자코 계속 머리를 조아렸다.

"뭐, 여기서 중지하면 죽도 밥도 안 되니까요."

서장은 불안한 목소리로 말했다. 이때다 싶은 시모지마 경감이 맞장구를 쳤다.

"그렇고말고요. 아무 이상 없으면 A코 쪽 수사에 박차를 가하면 그만입니다. 아시겠지요?"

치카코가 안도의 한숨을 내쉬었다. 다케가미는 시계를 보았다. 오후 3시 15분. 슬슬 휴식 시간을 끝내지 않으면 도쿠나가가 난처하리라.

복도로 나오자 가미야 경감이 재빨리 물었다.

"가미 씨, 도리이하고 연락해봤나?"

"아니요, 아직입니다. 그쪽에서도 지금은 아직 아무 소식 없습니다. 직전까지 움직이지 말라고 못을 박아두었습니다만."

도리이도 4계의 형사로, 가미야 경감의 부하이자 다케가미의 후배였다.

"파카를 써먹으려면 그쪽에 지원을 보내야 할 거야. 그 녀석은 그런 갑작스러운 전개에 약하거든."

도리이는 우수하지만 다소 융통성이 부족한 면이 있어 과거에 몇 번, 사건 관계자와 문제를 일으킨 적이 있다. 본인도 자신의 약점에 대해서는 충분히 알고 있고 반성도 하고 있으므로 다케가미는 이번에 일부러 도리이에게 역할을 넘겼다.

"아키쓰를 보낼까요?"

"기운은 넘치지만 그 녀석을 보내면 도리이의 체면을 짓밟는 꼴이야. 내가 가지. 그 편이 진행이 빨라."

가미야 경감은 태연히 말했다.

다케가미는 살짝 웃었다.

"헛걸음이 될지도 모릅니다."

경감의 입꼬리가 올라갔다.

"진심으로 하는 말인가?"

"아니요. 하지만 겨우 30분 전까지만 해도 반신반의했습니다. 지금도 사실 관계만으로 생각하면 과연 나카모토 씨의 가설을 믿어도 될지, 자신이 없습니다."

"그런 것치고는 서장한테 꽤나 강경하게 밀어붙였잖나. 뭐, 강경하면서도 상대의 비위를 잘 맞추는 게 가미 씨 특기이지만."

"그건 그러니까, 아까 경감님이 하신 말씀하고 똑같습니다."

"나카모토의 집념이다 이건가?"

"여태 발견되지 않았던 파카가 이 타이밍에 나왔다는 것은 이 사건에 저희 눈에는 보이지 않는 길이 나 있다는 뜻 아니겠습니까?"

가미야 경감은 고개를 끄덕이며 쓴웃음을 지었다.

"그럴지도 모르지. 하지만 수사 측의 그런 믿음이 원죄를 낳는다는 사실을 연수에서 배웠겠지?"

다케가미는 말했다.

"제가 마지막으로 연수를 받은 지가 벌써 10년도 더 됐습니다.

하지만 나카모토 씨에게는 지금도 많이 배우고 있습니다."

"자, 연락함세."

경감은 다케가미의 어깨를 툭 두드리며 한마디를 남기고는 문을
나섰다.

"가실까요?"

이시즈 치카코가 말했다. 완전히 '엄니'의 얼굴이었지만 그 온화
한 미소에는 날카롭던 예전의 그림자가 있었다.

어젯밤 새집을 보러 갈 때 데려가주어서 고마웠어요. 왠지 정말 우리 집을 미리 보는 것 같아 굉장히 가슴이 설레었답니다. 오래된 집이 얼른 팔려서 빨리 자금이 마련되면 좋겠네요.

저는 지금까지 정말 외로운 인생을 살아왔어요. 앞으로도 그리 큰 변화는 없겠지요. 그래서 당신을 알게 되어 경험할 수 있는 일들이 무척 소중하답니다.

가급적 폐가 되지 않도록 당신 생활을 방해하지 않을 테니, 앞으로도 잘 부탁해요.

11

다케가미가 취조실로 돌아가자 뭐가 우스운지 가하라 리쓰코가 깔깔거리며 웃고 있었다. 기타조 미노루는 완전히 인상을 구기고 있어 도저히 10대 소년으로 보이지 않았다.

"형사님, 이 형사님 재미있어요."

리쓰코는 책상에 앉은 도쿠나가를 가리키며 말했다. 도쿠나가는 무척 진지한 표정이다.

"자리를 비워 미안하다."

다케가미는 자리에 앉아 다시 돋보기를 썼다. 이어폰으로 이시즈 치카코의 목소리가 들려왔다.

"재개하시는 거죠? 가즈미 양이 가하라 리쓰코가 몸을 앞으로 숙이고 작은 목소리로 말하는 모습을 보고 싶다고 합니다. 가능하다면 이쪽에 등을 돌리고요."

다케가미는 들고 있던 서류로 눈길을 떨어뜨리며 살짝 고개를 끄덕였다.

"자, 그럼. 가즈미, 아버지, 미노루 세 사람이 만난 부분까지는 들었는데."

다케가미는 고개를 들어 리쓰코와 미노루의 얼굴을 번갈아 쳐다보았다.

"셋이서 여기저기 다른 사이트에 들어가서 그때마다 부모 자식처럼 대화를 나누는 게 너희 가족놀이의 전부는 아니었지?"

미노루는 퉁명스럽게 대꾸했다.

"굳이 그렇게 묻지 않아도 도코로다 씨 컴퓨터를 조사했으면 알거 아니에요? 경찰은 다 아는 내용도 일부러 묻는다더니 진짜인가보네."

"메일도 주고받았고, 우리 가족만 쓰는 게시판도 만들었고, 채팅도 했어요. 채팅은 온라인에서 대화하는 걸 뜻해요. 도코로다 씨가…… 아버지가 게시판을 빌렸거든요. 채팅 서비스도요."

리쓰코가 대답했다.

"그게 언제지?"

"언제였지? 응? 미노루."

리쓰코는 기타조 미노루 쪽으로 몸을 기울였다.

"나, 기억이 잘 안 나."

미노루는 허공을 노려보며 생각에 잠겼다.

"생각보다 금방 만들었어. 작년 10월쯤 아니었나?"

"그 후로 도코로다 씨가 그곳을 관리도 했던 거지?"

"네. 하지만 특별히 돈은 들지 않았을 거예요. 그런 건 무료 서비스가 얼마든지 있으니까요."

"거기는 말하자면 너희 '가족'의 소중한 집이었던 셈이구나."

"맞아요. 형사님, 말씀 잘하신다."

"거기에 어머니가 참가하게 된 경위는?"

리쓰코는 어째서인지 갑자기 풀이 죽더니 곁눈질로 미노루의 표정을 살폈다. 미노루 쪽은 리쓰코에게는 관심도 보이지 않고 시선을 들어 다케가미를 보았다.

"그 여자, 잘못 들어왔어요."

"잘못 들어와?"

"그래요. 우리가 빌린 게시판에요. '가족'이니 '집'이니 하는 단어로 검색했더니 나왔나 봐요. 연말이었나? 크리스마스쯤이었나?"

미노루는 앙상한 어깨를 움츠리며 다케가미를 향해 입술을 비죽거렸다.

"하지만 그런 건 본인에게 물으면 되잖아요? 그 여자도 왔죠? 번거로운 짓 하지 말아요."

"그래. 그럼 들어오라고 할까? 같이하는 게 낫지?"

"있잖아요, 형님."

리쓰코가 갑자기 안절부절못했다.

"미노루 말처럼 분명히 전 그 사람을 의심해서……."

다케가미는 입을 다물고 있었다.

"도코로다 씨가 살해당하고 바로 그 사람이 메일을 보냈어요. 아버지가 큰일 나셨다고요. 하지만 전 갑자기 그런 생각이 들었어요. 그때는 충격이 커서, 그래서 말이죠."

"'**당신이 죽였어?**' 그런 메일을 보냈다는 거니?"

리쓰코는 움츠러들었다.

"그렇게 말로 하니까 굉장히 흉악하게 들리잖아요."

"흉악하지는 않지만 흘려들을 수 없는 반문이구나."

"그러니까 그건 어쩌다 보니……."

"우리는 원만하지 못했던 거야. 삐걱거렸어. 줄곧. 그것도 알고 있죠? 도코로다 씨 컴퓨터 데이터를 봤다면 알고 있을 텐데요."

기타조 미노루가 재빨리 끼어들었다. 거기에는 리쓰코를 감싸려는 의도가 보였다.

"분명 네가 보낸 메일이 가장 적더구나."

다케가미는 자료를 보았다.

"우리는 올해 1월 15일 밤 10시, 도코로다 료스케 씨가 가즈미에게 보낸 메일부터, 살해당하기 전날인 4월 26일 낮, 점심시간에 회사에서 썼을 어머니 앞으로 보내는 메일까지 봤는데 말이다."

"와우."

미노루가 어깨를 움츠렸다.

"도코로다 씨는 가즈미하고 어머니하고는 빈번하게 연락을 주고받았더구나. 하지만 **미노루**는 무척 적어. 달이 갈수록 줄어들었지."

"슬슬 지겨워졌거든요. 나는 이 녀석들하고 달라서 현실 생활에 불만이 있어서 인터넷으로 도망친 게 아니었으니까요."

"나도 아니야."

리쓰코가 뻗댔다.

"하지만 미노루 군은 슬슬 지겨워졌다고 하면서도 4월 3일 오프 모임에는 참가했지?"

"첫 오프 모임이었어요. 마지막 오프 모임이 되어버렸지만. 궁금하잖아요. 어떻게 생긴 인간들인지 만나보고 싶었어요. 그래서 나갔던 거고요."

다케가미는 돋보기 너머로 가만히 기타조 미노루의 얼굴을 보았다. 미노루는 보기 드물게 당황하더니 의자를 들썩거리며 다리를 바꿔 꼬았다.

"일단 너희는 잠깐 자리 좀 비켜줘야겠다. 어머니에게 이야기를 듣고 바로 다시 부를 테니, 다른 방에서 기다려주겠니?"

리쓰코의 얼굴이 일그러졌다.

"우리가 없으면 그 여자, 자기 멋대로 떠들어댈 거예요."

"우리로서는 무슨 말을 그렇게 멋대로 떠들어댈지 들어보고 싶구나."

다케가미는 내선으로 순경을 불러 리쓰코와 미노루를 취조실에서 내보냈다. 미노루가 다리를 약간 질질 끌며 먼저 나갔다. 다케가미가 그 뒤를 따라가려는 가하라 리쓰코를 불러 세웠다.

"잠깐."

책상을 사이에 두고 손짓으로 불러 리쓰코가 다케가미 쪽으로 몸을 내미는 자세가 되었을 때, 살짝 물었다.

"작은 목소리로 대답해. 너는 기타조 미노루가 무섭니?"

리쓰코는 한순간 눈을 크게 뜨고 속삭이듯 대답했다.

"조금 무서워요."

"그 애를 의심하니?"

"그건……."

"다른 방에 있는 동안 그 애하고 이야기하면 안 된다. 순경을 붙일 테니 잠자코 있으렴."

"네."

리쓰코는 순순히 고개를 끄덕이고 도망치듯 취조실에서 나갔다.

치카코는 가즈미의 옆얼굴을 보았다. 가즈미는 턱을 쏙 집어넣고 입술을 굳게 다물고 매직미러를 바라보고 있었다.

"닮았어. 슈퍼마켓 주차장에서 본 건 저 여자애 쪽이었던 것 같아요."

가즈미가 낮게 말했다.

"미노루 군이 아니라?"

"네. 역 플랫폼에서 본 사람은 잘 모르겠어요. 그냥 제 착각이고 이웃 사람이었을지도 몰라요. 아버지는 반상회 활동도 했으니까, 이웃하고도 꽤 가깝게 지냈거든요."

"가즈미 양."

자기 이름을 부르는 줄 몰랐는지 가즈미는 아무 반응도 없다가 이윽고 흐리멍덩한 초점으로 힘겹게 치카코 쪽을 바라보았다.

"왜요?"

"피곤하지 않니?"

"저요? 괜찮아요."

가즈미는 눈앞으로 내려온 머리카락을 쓸어 넘기며 단호하게 말했다.

"괜찮아요. 끝까지 할 수 있어요. 빨리 어머니인지 뭔지 하는 사람을 불러요."

가즈미는 가방 안을 뒤져 빗을 꺼냈다. 그때 휴대전화가 무릎에서 굴러떨어졌다. 가즈미는 황급히 휴대전화를 주워 왼손으로 꼭 움켜쥐었다. 그리고 화난 태도로 머리카락을 마구 빗기 시작했다.

치카코는 가즈미를 지켜보면서 온화하게 말했다.

"오늘 오후 내내 여기에 붙어 있는데, 다쓰야 군이 걱정하지 않을까?"

머리카락을 빗던 가즈미의 손이 멎었다. 한 박자 쉬고 대답이 돌아왔다.

"방금 메시지 받았어요."

치카코는 미소를 지었다.

"그러니? 그래서 답신을 보낸 거구나. 남자친구가 보낸 메시지라면 신경 쓰일 법도 하네."

가즈미는 잠자코 머리카락을 빗고 나서 빗에 감긴 머리카락을 빼내기 시작하더니 이내 발밑에 버렸다. 익숙한 동작이었다.

"다쓰야 군은 낮에 일을 하지?"

치카코가 물었다.

"편의점."

가즈미는 최소한의 단어로 대답했다.

"어머, 주유소가 아니었니?"

"치카코 형사님이랑 미키에 순경님이 왔을 때는 그랬죠. 그 후에 바꿨어요."

"그랬니? 편의점은 밤 근무가 시급이 높다던데."

"맞아요. 하지만 다쓰야는 밤에 또 다른 아르바이트를 하니까."

"술집이라고 했던가? 열심히 하는구나."

"돈을 모아야 하거든요. 장사를 하고 싶어 하니까."

"그건 처음 듣는 소리네."

치카코는 미키에 순경에게 말했다. 여경은 미소를 지었다.

"저는 들은 적 있어요. 카페를 열 거지?"

가즈미는 빗을 가방에 넣고 다리를 꼬았다.

"처음에는 프랜차이즈로 할 거예요. 독립하기 전에 경험을 쌓아야죠. 그것 때문에 보증금이 필요해요."

"가즈미 양도 도울 거니?"

"그럴 생각인데, 대학에는 가야 하니까."

가즈미는 짜증스러운 기색으로 머리카락을 매만졌다.

"내 사정이 대체 무슨 상관이에요? 빨리 시작해요."

정말 죄송합니다. 모레 약속을 미룰 수 없을까요? 1주일 후, 4월 30일 정도는 어떻겠습니까? 모처럼 연락을 주셨는데 정말 죄송합니다.

12

"앉으시지요."

다케가미가 말했다.

나이는 서른 중반쯤 되었을까? 늘씬한 체구에 차분한 인상의 여자였다. 연녹색 정장을 갑갑할 정도로 차려입었다. 화장도 연했다. 옷깃에는 진주 핀 브로치. 아이 입학식에 가는 어머니 같았다.

"실례합니다."

비죽한 턱. 작은 눈. 색이 옅은 입술. 이목구비는 나쁘지 않다.

"미타 요시에 씨 맞습니까?"

"예, 그렇습니다."

"현주소는 음, 사이타마 현 도코로자와 시……."

상대는 고개를 살짝 끄덕여 다케가미가 묻는 사항을 확인했다.

"이쪽에서는 혼자 사시지요?"

"예."

"결혼은 안 하셨고요."

"예."

"근무처는 '지즈카전자', 이 주소는 본사인가요?"

"도쿄 본사예요. 저는 총무2과에 있습니다."

처음 이곳에 발을 들여놓았을 때의 미노루와 리쓰코와는 근본부터 다른, 침착한 어른의 모습이었다. 목소리는 다소 작지만 표현도 명료했다. 회사에서 전화 응대에 이력이 난 인상을 받았다.

"총무2과는 어떤 업무를 하는 부서입니까?"

"사원들의 유급휴가 관리나, 잔업 계산이나, 사택 관리도 포함됩니다."

"아하. 그러면 내부 살림을 꾸리는 거로군요."

"총무과는 대개 그런 법 아니겠어요?"

접대용 미소의 부스러기 같은 웃음이 요시에의 뺨에 희미하게 감돌았다.

요시에의 표정 변화를 본 다케가미는 그제야 이것이 언뜻 보기에는 옅은 화장 같지만 사실은 대단히 공을 들인 꼼꼼한 화장이란 걸 눈치챘다.

"입사한 지 얼마나 되셨습니까?"

"올해로 15년입니다."

"베테랑이시군요."

미타 요시에는 대답하지 않고 고개를 숙였다. 두 손은 무릎 위에 가지런히. 깔끔하게 자른 손톱. 둥근 받침에 작은 녹색 알이 박힌 반지를 오른손 넷째 손가락에 끼고 있다. 비취일까?

요시에가 몹시 조심스러운 목소리로 입을 열었다.

"저……. 저를 이곳에 부른 이유는 도코로다 료스케 씨가 살해당한 사건 때문이지요?"

마치 단골 거래처나 은행에 문의 전화를 거는 말투였다.

다케가미는 간결하게 대답했다.

"그렇습니다."

"저를 의심하시는 건가요? 그러니까 그게…… 제가 용의자인 셈인가요?"

"어째서 그렇게 생각하십니까?"

요시에는 주위를 살폈다.

"여기는 취조실이지요?"

"그렇습니다."

"이런 장소로 부른 이유는 저를 의심하고 계셔서 그런 것이 아닌가요?"

"꼭 그런 것은 아닙니다."

다케가미의 짤막한 대답에 요시에는 난처한 기색이었다. 요시에를 난처하게 만드는 것이 다케가미의 목적이었으니 이는 대단한 성과였다.

"연락을 받고…… 아는 분께 상의를 드렸어요."

"그러셨군요."

"변호사 선생님을 부르는 편이 나을까 싶어서요."

"그래서 오늘 함께 오셨습니까?"

"아니요. 아직 의뢰하지 않았어요. 하지만 언제든 소개해주신다고 하더군요."

다케가미는 대답하지 않고 말없이 요시에의 얼굴을 보았다. 미타 요시에는 무릎 위로 깍지를 끼었다 풀었다 하더니, 불편한 듯 입술을 축이고 고개를 들었다.

"어째서 저를 의심하시는지 사정은 이해합니다."

"허. 어째서 그런다고 생각하십니까?"

요시에는 한 손을 들어 심장께를 누르더니 다시 시선을 숙이고 일사불란하게 말했다.

"저와 도코로다 씨는 인터넷으로 만난 친구였어요. 그런 제 신원을 경찰분들이 아신다는 것은, 결국 조사를 하셨다는 뜻이죠?"

"조사했습니다."

그렇게 대답한 다케가미는 돋보기를 벗고 콧마루를 손가락으로 문질렀다. 그리고 말을 이었다.

"당신들이 가족놀이를 했다는 사실도 알고 있습니다."

미타 요시에는 눈을 꾹 감아버렸다.

"그럼 미노루하고 가즈미도……. 그렇군요, 그 아이들도 여기 불러 왔나요?"

다케가미는 대답하지 않았다.

요시에의 손이 올라가더니 이번에는 입가를 눌렀다. 그대로 목멘 목소리로 말했다.

"그 아이들은 저를 의심하고 있어요. 여러분께도 그렇게 말했겠지요?"

"아직 직접 듣지는 못했습니다. 다만 가즈미 양은 도코로다 씨가 살해당한 소식을 안 당신이 그들에게 메일을 보냈을 때, '당신이 죽였어?'라고 되물었지요?"

요시에는 두 손으로 얼굴을 가렸다.

도코로다 가즈미의 오른손 엄지가 정신없이 움직였다. 또 메시지다. 재빠르고 정확한 손놀림. 진지하기 그지없는 표정으로, 눈초리는 휴대전화에 찰싹 들러붙을 기세다.

치카코는 가즈미가 발신 버튼을 누를 때까지 잠자코 기다렸다가 물었다.

"다 했니?"

"네?"

가즈미는 움찔 놀랐다.

"네, 죄송해요. 남자친구가 또 걱정해서."

취조실에서는 미타 요시에가 얼굴을 손에 푹 파묻고 있었다. 다케가미는 책상에 얹은 두 손으로 깍지를 끼고 요시에를 가만히 지켜보았다.

"이제 세 사람 다 어떤 사람들인지 알았지?"

가즈미는 매직미러 건너편으로 시선을 던졌다.

"얌전해 보이는 아줌마네."

"진짜 한 아이의 어머니라고 해도 이상하지 않겠어."

"그래요. 우리 아버지 취향하고는 다르지만, 가족놀이의 어머니 역으로는 딱 좋았을지도 모르죠. 뭐, 인터넷에서는 얼굴이 보이지 않으니 잘 모르지만."

가즈미가 갑자기 미워죽겠다는 듯이 입술을 찡그렸다.

"저런 사람들은 꼭 익명의 세계에서는 인격이 바뀌지 않아요? 묘하게 대담해진다거나. 대체 언제까지 저렇게 내버려둘 작정이에요? 저 사람, 혹시 우는 건가?"

"괜찮으십니까?"

다케가미는 가볍게 헛기침을 하고 요시에를 불렀다.

요시에는 겨우 고개를 들었지만 한 손으로 눈을 가리고 입꼬리를 굳게 다물고 있었다.

다케가미는 말을 이었다.

"잠시 사실 관계를 확인하겠습니다. 당신이 인터넷에서 그들 세 사람의 '집'이었던 게시판을 우연히 발견한 게 계기였다고 들었습니다만."

요시에는 몇 번이나 고개를 끄덕였다.

"그게 언제쯤이었습니까?"

"작년 연말, 12월 중순이었던 것 같아요."

"게시판을 발견하고 바로 글을 썼습니까?"

"아니요……. 1주일인가 열흘 정도는 일단 지켜봤어요."

"롬ROM이었다?"

"예? 아, 예, 보고 있었습니다."

"어떻게 생각하셨지요? 재미있었습니까?"

요시에는 겨우 손을 떼고 얼굴을 보였다. 눈언저리에 화장이 번져 있었다.

"무슨 말씀인지……."

"아버지와 누나와 남동생의 조합이지요. 진짜 부모 자식이라고 생각했습니까?"

요시에는 지친 기색으로 고개를 저었다.

"설마요. 장난인 줄 금방 알았습니다."

"어째서지요?"

"왠지 지나치게 완벽했어요."

"음, 저는 잘 모르겠는데, 어떤 식으로 완벽했습니까?"

요시에는 몸을 조금 뺐다.

"당신들 '가족'이 사용했던 게시판에서 주고받은 대화만 봤을 때에는, 한눈에 '아, 이건 진짜 부모 자식이 아니구나' 하고 구분이 갈 것 같지는 않던데요. 개별 메일은 별개입니다. 그쪽을 보면 당신들이 역할연기를 하고 있다는 것을 쉽게 짐작할 수 있어요."

요시에는 몸을 움츠렸다.

"저는 도코로다 씨와…… 그게……."

"그건 나중에 합시다. 그들 '부모 자식 세 사람'의 무엇이 지나치게 완벽했습니까?"

"대화 내용……이라고 할까요?"

"구체적으로 어떤 내용 말씀이지요?"

요시에는 천장을 올려다보았다.

"예를 들어, 가즈미가 성적이 떨어져서 실망했다는 글을 게시판에 쓰면 아버지가 바로 보듬어줘요. 관대하고 상냥하게 격려하는 거예요. 선생님이 교무실로 불렀다고 하니까 학교 진로 상담이라면 아버지가 가주마, 뭐 이런 식으로요. 그런 아버지가 과연 있을까요?"

"세상은 넓으니까요, 있을지도 모르지요."

요시에가 처음으로 짜증스러운 기색을 보였다.

"있을지도 모르지만, 제대로 설명을 못 하겠네요. 뭐라 말할 수 없는 그 위선적인 감각은 직접 보지 않으면 못 느낄 거예요."

다케가미가 강경하게 말했다.

"어쨌든 당신은 그들에게 관심을 가졌습니다. 그리고 아버지와 딸, 아들의 조합에 부족한 어머니 역할을 하겠다고 마음먹었어요. 처음부터 다짜고짜 '어머니란다' 하고 글을 썼습니까?"

"예."

"가족놀이인 줄 안다는 내색은 내비치지 않고?"

"예, 그렇습니다."

"어떤 식으로?"

"그러니까…… 다들 요새 즐겁게 컴퓨터 앞에 앉아 있다 했더니 이런 페이지를 만들었구나, 어머니도 끼워주렴, 이렇게요."

"그야말로 가식적이지 않습니까?"

"그러니까 그런 가식적인 모습이 통용되는 분위기가 있었어요. 도코로다 씨와 아이들도 금세 받아들여주었는걸요. '이야, 어머니, 드디어 왔군요.' 이런 느낌이었어요, 연극처럼. 그게 즐거웠습니다."

"현실과 다른 즐거움이 있었다?"

"예, 예, 맞아요."

다케가미는 책상에 팔꿈치를 괴고 몸을 앞으로 내밀었다.

"하지만 당신들은 인터넷을 떠나 직접 만났지요? 4월 3일 오후, 첫 오프 모임에서 네 사람이 모두 모였습니다. 그렇지요?"

요시에의 뺨이 굳었다.

"비현실을 즐기고 있었다면 어째서 그런 짓을 했습니까? 그런 짓을 하면 즐거운 가족놀이가 허사가 되지 않습니까?"

요시에는 무릎 위로 주먹을 굳게 쥐고 입가를 일그러뜨렸다.

"저희…… 장난은 그만두려 했어요. 그걸 위한 오프 모임이었습니다."

요시에의 목소리는 긴장 때문에 높고 가늘었다.

다케가미는 두 눈썹을 치켰다.

"하지만 오프 모임 후에도 가족놀이는 계속되었지요? 오히려 도코로다 씨는 가즈미 앞으로 즐거웠으니 또 만나고 싶다는 메일을 보냈는데요."

요시에는 몸을 뒤척거리며 고개를 저었다.

"저는 그런 말 못 들었습니다. 가즈미가 게시판에 '즐거웠다'라고 메시지를 올린 건 보았지만."

"당신 혼자만 끝내고 싶었던 것 아닙니까?"

요시에는 옷깃을 움켜쥐고 되물었다.

"제가? 제가요? 어째서요?"

"도코로다 료스케 씨와 개인적인 관계를 가지고 싶었으니까요. 아니, 이미 가지고 있었습니다. 일대일의 남녀관계를. 아닙니까?"

요시에는 입술을 파르르 떨며 다케가미를 노려보았다.

"알고 계시잖아요?"

"가즈미나 미노루를 빼고 깊이 교제하고 싶었다. 그렇지요?"

침묵.

다케가미는 요시에를 몰아세웠다.

"도코로다 료스케는 가족이 있었습니다. 가정을 파괴할 마음은 추호도 없었어요. 당신도 그건 알고 있었겠지요. 그가 낡은 자택을 처분하고 구입하려는 분양주택을 함께 보러 가기도 했지요? 그리고 도코로다 료스케에게 메일을 보냈습니다. 진짜 우리 집을 미리 보러 간 기분이었다, 즐거웠다. 그렇게 보냈지요? 아닙니까? 더군다나 그곳은 사건 현장입니다. 도코로다 료스케가 칼에 찔려 죽은 현장이란 말입니다."

묵묵부답.

"당신은 현실과 당신이 말하는 연극 사이의 벽을 없애고 싶었습니다. 정말로 도코로다 료스케의 아내가 되고 싶다는 생각을 하기 시작했어요. 당신의 그런 의지, 아니, 욕망이라고 하는 편이 나을까요? 그것이 가족놀이 현장에까지 묻어 나오는 것을 느낀 미노루는 거리를 두기 시작했어요. 실제로 미노루의 글은 점점 띄엄띄엄해졌습니다. 알고 계셨습니까?"

요시에는 고개를 숙이고 눈만 깜박거렸다. 얼굴의 다른 부분은 전혀 움직이지 않았다.

"가즈미가 요시에 씨에게 도코로다 료스케를 죽인 게 당신이냐고 물은 것 역시 가즈미도 당신 내면에 싹튼, 더 이상 장난이 아닌 부분을 깨달았기 때문이겠지요. 그렇습니다, 미노루와 가즈미는 당신을 의심하고 있어요. 방금 전까지 이 취조실에 있었고, 이야기해주었습니다. 두 사람 다 당신이 도코로다 료스케와, 그와 가까운 사이였던 이마이 나오코를 죽인 게 아닌지 의심하고 있습니다."

"저는 죽이지 않았습니다."

요시에는 고개를 숙인 채 말했다. 여전히 눈은 깜박거리고 있다.

"도코로다 씨는 물론이고, 이마이 나오코 양 사건은 알지도 못했어요."

다케가미는 요시에의 항변을 귀담아 듣지 않았다. 자료를 뒤적여 다른 페이지를 펼치고 천천히 물었다.

"4월 3일 오프 모임은 어디에서 했습니까?"

"예?"

"오프 모임 장소 말입니다. 어디에서 만났습니까?"

갑자기 이야기의 흐름이 바뀌자 요시에는 조금 당혹스러운 기색이었다.

"그건…… 역에서……."

"신주쿠 동쪽 출구? 오후 2시."

"그, 그래요. 조사해서 전부 다 아시잖아요? 저희는 메일로 연락해 시간과 장소를 정했으니까요."

"네 사람 다 인터넷 정보지를 들고 모일 것. 그 잡지를 표식으로 삼았군요."

"예."

"하지만 역 앞에 서서 몇 시간이나 흐뭇하게 이야기를 나눌 수는 없겠지요. 그다음에 어딘가로 이동했지요?"

"아, 그런 의미라면…… 카페에 갔습니다."

"가게 이름은?"

"기억나지 않아요. 도코로다 씨가 앞장섰습니다. 역에서 그리 멀지 않았습니다만."

"네 명이 모였지요?"

"그렇습니다."

"어떻게 생각했습니까?"

"어떻게라니, 무슨 뜻이지요?"

"예상치 못한 멤버였습니까? 아니면 인터넷으로 가족놀이를 했을 때와 마찬가지로 그리 위화감이 없었습니까?"

요시에는 어째서인지 안도한 듯 고개를 끄덕였다.

"아, 그거라면 미노루도 가즈미도 어린아이들이었으니 진짜 제 아이라 해도 이상할 것 없다는 생각이 들었습니다."

"도코로다 씨도? 당신 남편이라 해도 이상할 것 없다는 생각이 들던가요?"

"……."

"위화감은커녕 딱 맞아떨어지는 느낌, 이상적이라는 생각이 들지 않았습니까? 적어도 당신에게는."

"형사님, 저를 유도 심문하시는군요."

"그럴 의도는 없습니다만."

"유도하고 있어요. 결국 제게서 '예'라는 대답을 끌어내고 싶지요? 제게서 도코로다 씨와 남녀관계로 만나고 싶었다는 말을 끌어내고 싶은 거지요? 그렇지요?"

다케가미는 요시에의 질문을 무시했다. 자료의 다른 페이지를 뒤적여 천천히 물었다.

"4월 23일에, 도코로다 씨는 당신 앞으로 메일을 보냈더군요. 회사에서 그의 컴퓨터로요. 당신과 만날 약속을 뒤로 미루고 싶다는 내용의 메일입니다. 1주일 후 30일이 어떠냐고요."

요시에는 또다시 혼란스러워했다.

"그런 메일은 받았습니다. 하지만 날짜는 정확히 기억나지 않아요. 그렇게 맥락 없이 질문하시니 내용을 따라갈 수가 없군요."

"사실 이 메일에는 날짜보다 중요한 사실이 있습니다."

다케가미는 말을 이었다.

"도코로다 씨는 이 메일을 본명으로 썼습니다. 당신 이름을 집어 가면서요. 아버지도 어머니도 아닌, 도코로다 료스케가 미타 요시에 앞으로 보냈습니다. 어째서일까요?"

요시에는 도망치듯 책상에서 몸을 뗐다.

"모릅니다. 오프 모임에서 만난 후였으니 그냥 그랬던 것 아니겠어요? 저는 신경도 쓰지 않았어요."

"그럴까요? 저는 이게 당신과 도코로다 씨가 개인적인 관계로 발전했다는 표시인 것 같습니다만."

"지나친 생각이에요!"

"23일에는 둘이서 만날 약속이었지요?"

"……"

"그건 오프 모임이 아닐 텐데요."

"……그러니까."

"뭡니까? 잘 들리지 않는군요."

"어째서 그런 것까지 말씀드려야 하나요?"

다케가미는 또 질문의 방향을 바꾸었다.

"4월 3일 첫 오프 모임은 어떤 분위기였습니까? 화기애애한 분위기였습니까?"

"저는 그렇게 느꼈습니다만."

"도코로다 씨와 함께 사건 현장이 된 분양주택에 간 것은 3일 오프 모임 이후였지요?"

"……그래요. 날짜는 잊어버렸습니다."

"그곳은 도코로다 씨 집에서 도보로 10분도 안 되는 장소입니다. 자동차나 자전거라면 2, 3분 거리입니다. 도코로다 료스케의 부인이나 따님에게 미안한 마음은 들지 않던가요?"

"평일이었으니까요. 토요일이나 일요일에 끼어든 게 아닙니다."

"특이한 논리로군요."

"저는 따라간 것뿐입니다. 도코로다 씨는 부동산 선택에 신중해서 시간을 바꾸어 몇 번이나 그 분양주택을 보러 가곤 했어요. 밤에도 몇 번 보러 갔습니다. 회사에서 돌아오는 길에 들르는 거예요. 그날도 그럴 예정이라고 해서 따라갔을 뿐입니다."

"몇 시쯤이었습니까? 살펴본 후에 당신은 스기나미에서 도코로자와까지 돌아가야 했을 텐데요?"

"그리 늦은 시각은 아니었습니다. 9시쯤이었을까?"

"그럼 이웃 사람들 눈에 띄었을지도 모르겠군요."

요시에가 흥분한 목소리로 외쳤다.

"누가 보면 어떻다는 거예요? 제게 꺼림칙한 구석은 전혀 없습니다!"

그녀가 외친 소리의 메아리가 사라질 때까지 다케가미는 어디까지나 냉정하게 요시에를 쳐다보고 있었다. 그러고는 냉담하게 말했다.

"슬슬 미노루와 가즈미도 부를까요?"

"이상해."

도코로다 가즈미가 중얼거렸다.

"왜 그러니?"

치카코는 가즈미 쪽으로 몸을 숙였다.

가즈미는 매직미러 너머로 요시에를 가리켰다.

"저 여자, 미타 요시에. A코라고 범인 취급당하는 여자보다 저 사람이 훨씬 수상하지 않아요? 미노루나 가즈미도 저 여자를 의심하는데 아무도 주목하지 않다니. A코는 사진 주간지 기자들한테까지 쫓겨 다니는데."

치카코는 가즈미의 손가락이 가리키는 쪽을 보았다. 미타 요시에의 옆얼굴은 밋밋했는데 특히 턱 부근이 그러했다.

"경찰은 사실 저 여자를 의심하면서도 일부러 정보를 드러내지 않고 숨기고 있는 거예요?"

"결정적인 단서가 없잖니."

"그건 A코도 마찬가지이잖아요."

"미타 요시에 씨는 이마이 나오코 양하고는 아무런 연관이 없으니까."

"아버지한테 들었을 거야, 분명히."

가즈미는 냉담하리만치 딱 잘라 말했다.

"직접 말이죠. 둘이서 만나던 사이라면서요? 현장에도 갔다면서요? 그때 듣지 않았겠어요?"

"가즈미 양."

치카코는 무릎을 틀어 가즈미 쪽으로 몸을 돌렸다. 가즈미는 치카코를 쳐다볼 생각도 않고 여전히 미타 요시에의 옆얼굴을 쳐다보고 있었다.

"너는 네 아버지가 정말 그런 짓을 했다고 생각하니?"

"그런 짓이라니, 어떤 짓?"

"이마이 나오코 양이라는 여자친구가 있다는 이야기를 다른 여성에게도 했을까?"

가즈미는 차갑게 입술만 움직여 내뱉었다.

"그 인간이라면 그러고도 남아요. 상상이 가고도 남아. 미타 요시에가 달려드니까 난처해서, 사실 나한테는 무서운 애인이 있다, 그 한 사람만으로도 벅차다, 그랬을걸요. 그 인간이라면."

"그 말을 들은 요시에 씨가 나오코 양만 없으면 도코로다 씨와 깊은 관계를 가질 수 있을 거라는 생각에 나오코 양을 죽였다는 말이니?"

"그래요. 그런 셈이죠."

"하지만 그렇다면 요시에 씨는 그런 짓까지 해서 손에 넣고 싶었던 네 아버지를 어째서 죽여버렸을까?"

"그 인간이 넘어오지 않아서 그런 것 아니겠어요?"

"아버지가 요시에 씨에게?"

"그래요. 몇 번이나 말했잖아요. 그 인간은 젊은 여자를 좋아한다고요. 저런 아줌마는 상대하지 않아요."

가즈미는 손을 휘휘 저었다.

"그래서 요시에 아줌마가 열 받은 것 아니겠어요? '겨우 남자가 생겼다 싶었는데' 하고요."

가즈미는 짓궂은 표정으로 눈썹을 찌푸리며 가성으로 말했다.

"'저는 지금까지 정말 외로운 인생을 보냈어요.' 그런 애처로운 소리를 하던데 말이에요, 물론 외로웠던 건 사실이겠지. 그러니까 남의 남자라도 손에 넣을 수 있을 만하다 싶으니 제어를 못 한 것 아니겠어요?"

치카코는 조용히 말했다.

"만약 그렇다고 한다면 그다음에는 너희 어머니를 노렸을지도 모르겠구나."

"네?"

가즈미는 눈을 깜박거리며 그제야 치카코의 얼굴을 쳐다보았다.

"그야 설사 요시에 씨가 이마이 나오코를 없앴다고 해도 도코로다 씨에게는 부인이 있으니까. 네 어머니가."

"아, 그러네요."

가즈미는 그렇게 말하며 어깨를 움츠렸다. 깊이 파인 가슴께에서 쇄골이 우아한 곡선을 그렸다.

"위험했을지도 모르겠네요."

"상상만 해도 무섭지 않니?"

가즈미는 눈을 피했다.

"글쎄요. 그러고 보니 우리 어머니는 뭘 하고 있어요?"

"널 기다리고 계셔."

"먼저 돌아가도 되는데."

가즈미는 그렇게 말하며 휴대전화에 시선을 떨어뜨렸다. 시간을 보는 듯했다.

"벌써 시간이 이렇게 됐네! 4시 반이야. 피곤해요. 여기 더 있어야 해요?"

"그래……. 좋다 나쁘다는 게 아니라, 미타 요시에 씨를 보니 어떤 생각이 드니? 본 적이 있니? 네가 목격한 사람들과 겹치는 부분이 있어?"

가즈미는 그런 문제는 까맣게 잊고 있었다는 얼굴로 순순히 깜짝 놀란 내색을 했다.

"그렇구나, 나 그것 때문에 여기에 있었지."

가즈미는 뒤늦게 매직미러로 다가갔다.

"하지만 저 여자는 잘 모르겠어요. 집 앞에서 어슬렁거리던 사람이 여자였던 것 같기도 한데, 그건 저 여자의 저런 모습을 보고 이야기를 들어서 그냥 그런 생각이 드는 걸지도 모르고."

치카코는 이 아가씨가 얼굴만 아름다운 게 아니라 머리 회전도 빠르다고 생각했다.

"어쨌든 내가 이러쿵저러쿵하지 않아도 저 여자가 진짜 아버지를 죽였다면 그리 오래 속이지 못할 것 같은데요? 히스테리 부리기 직전이잖아요. 당장이라도 자백할 것 같아. 저 형사님, 무뚝뚝하기만 하고 아무것도 못 할 줄 알았더니 제법 하시네요. 그렇죠?"

"다케가미 씨 말이구나."

치카코는 미소를 지으려 했지만 마음대로 되지 않았다. 가즈미의 입술, 뚜렷한 능선을 그리는 아름다운 입가를 보면서, 그 입이 단호한 의지를 지니고 '죽여버릴 테다', '복수할 테다'라는 말을 내뱉었다는 순간을 상상하고 있었다…….

미노루, 어떻게 지내?

난 너무 우울해.

그 여자하고 얘기했어? 역시 우리한테 화내고 있지? 나는 어머니하고 이야기할 마음이 들지 않아서 메일이 와도 무시하고 있어.

아버지가 돌아가신 지 오늘로 벌써 13일이나 지났네. 나는 범인이 잡힐 때까지 매일 달력에 X 표시를 할 거야. 그러고 있으면 슬프지만, 그렇게 하지 않으면 현실감이 사라져서 그만 자칫하면 아버지에게 메시지를 보낼 것만 같아. 도코로다 씨는 내게 굉장히 소중한 사람이었어. 아버지였어. 인터넷을 하길 잘했다고, 정말 그렇게 생각했어. 너도 즐거웠지? 하지만 그것도 끝일까? 내 잘못이야?

범인이 누구인지는 모르겠지만 미노루도 아니고 나도 아니야. 나는 역시 어머니가 의심스러워.

대답해줘. 어제도 그저께도 메일을 보냈는데 계속 아무 말도 없잖아?

난 지금 너무 외롭고 무서워. 미노루를 만나고 싶어.

미리 말해두지만 이건 마지막 메일이야.

어머니는 경찰에게 꽤 끈질긴 조사를 받은 모양이야. 네가 있는 소리 없는 소리 종알거렸다고 화를 내더라. 그 여자는 너한테 화가 난 거지, 나는 상관없어. '우리'라고 싸잡아서 말하지 마.

어머니는 도코로다 씨가 살해당했을 때 오사카로 회사 연수를 갔대. 그게 밝혀져서 혐의는 풀렸나보더라. 하지만 형사가 회사까지 찾아오는 바람에 그만둬야 할지도 모른다고 징징거리고 있어. 신문 기사로 나오지는 않았으니 괜찮을 줄 알았는데, 역시 그런 큰 회사에서는 단순히 경찰이 조사를 했다는 사실만으로도 힘들다고 하더라.

나는 이번 일이 처음부터 끝까지 지긋지긋해. 신문 읽었어? A코라고 불리는 그 녀석이 체포당하겠지. 그걸로 마무리가 날 거야. 나는 너만큼 도코로다 씨를 좋게 보지 않아. 남자로서 나는 그 사람의 행동이 옳다고 생각할 수 없어. 지금이라서 그런 소리를 하는 게 아니라 오프 모임 이후로 줄곧 그랬어. A코가 좀 불쌍하다는 생각도 들어. 물론 멍청한 여자이지만. 너도 A코처럼 되지는 마라.

우리는 이제 이걸로 끝이야. 가즈미의 남동생 미노루는 사라질 거야.

안녕.

13

가즈미와 미노루가 취조실에 돌아오기를 기다렸다는 듯이 내선전화가 울렸다. 도쿠나가는 일부러 호출음을 두 번까지 듣고 나서 수화기를 들었다.

"가미 씨."

다케가미는 일어서서 책상 맞은편에 있는 세 사람에게 등을 돌리고 전화를 받았다.

잡음 섞인 목소리가 신원을 밝혔다.

"도리이입니다. 통화 괜찮으십니까?"

다케가미는 가볍게 대답했다.

"여, 수고가 많아. 어떤가?"

사전회의 때 다케가미가 '위가 쓰리겠어'라고 말하지 않는 한 예정대로 대화를 나누어도 된다는 규칙을 만들었다. 하지만 그래도 역시 도리이는 신중하게 목소리를 낮추었다.

"나카모토 씨 추리가 맞았습니다. 그 친구는 눈에 띄게 동요하고 있습니다."

"흐음."

내심 크게 동요했지만 다케가미는 콧소리로 대답했다. 별 관심도 없다는 듯이. 그래도 무슨 일인지 궁금한 표정을 짓는 취조실의 세 사람. 매직미러 너머 도코로다 가즈미는 어떤 눈으로 이 모습을 보고 있을까?

"가미야 경감님께 파카 이야기는 들었습니다. 아직 보도는 없습니다. 라디오에서도 아무 말 없으니 그 친구 귀에는 들어가지 않았겠지요."

"그렇군."

"그쪽에서도 아직?"

"그래."

"이제부터 말씀하실 거지요?"

"조금 더 있어야 해, 응."

"그 친구가 가게에서 나올 기미를 보이면 불러 세우겠습니다."

"알겠네."

다케가미가 수화기를 내려놓고 의자를 빼자 가하라 리쓰코가 흥미진진한 기색으로 몸을 내밀었다.

"지금 통화, 저희하고 상관있어요?"

213

다케가미는 돋보기를 썼다.

"우리는 도코로다 씨 사건만 다루는 게 아니거든."

"에이, 뭐야."

리쓰코는 그렇게 말하며 아이처럼 다리를 앞뒤로 흔들었다. 그런 동작과는 달리, 다케가미는 이렇게 마주해보니 사실 세 사람 가운데 리쓰코가 가장 긴장하고 있다는 사실을 깨달았다.

취조실 내 분위기가 변했다. 어깨를 짓누르는 그 무게, 감촉까지 느낄 수 있을 정도로. 축축하게 물기를 머금은 솜뭉치 속에 있는 것 같다. 다케가미는 이곳에서 헤엄쳐 출구까지 찾아가야만 한다.

미타 요시에는 일부러 '아이들'에게서 의자를 멀리 떼어 비스듬히 앉았다. 기타조 미노루는 요시에를 물끄러미 훑어보며 보란 듯이 이마에 주름을 잡고 다케가미에게 물었다.

"그래서, 이 사람 자백했어요?"

요시에가 얻어맞은 것처럼 펄쩍 뛰어올랐다. 비싸 보이는 가방이 무릎에서 굴러떨어져 덮개가 열렸다. 내용물이 쏟아졌다. 작은 파우치. 휴대전화. 핑크색 표지의 수첩. 요시에는 속옷이라도 보인 것처럼 당혹스러운 얼굴로 서둘러 물건들을 주워 모아 가방에 쑤셔 넣었다.

"괜찮으십니까?"

"예, 예."

다케가미는 요시에가 의자에 다시 앉기를 기다려 천천히 말을 꺼냈다.

"오랜만에 만나는 걸 텐데 사이가 참 좋구나."

아무도 입을 열지 않았다.

"자, 모두 모였으니 한 가지 알려줄 소식이 있다만."

반응은 셋 다 제각각이었다.

"밀레니엄 블루 파카가 발견되었다."

놀라는 모습도 셋 다 제각각이었다. 진실한 경악. 거짓 없는.

다케가미는 돋보기 너머로 기타조 미노루의 얼굴을 바라보며 말했다.

"신문 보도로 알고 있겠지? 범인이 이마이 나오코의 목을 졸라 죽였을 때에도, 도코로다 료스케를 칼로 찔러 죽였을 때에도 입고 있었던 것으로 추정되는 수입 의류 말이다. 조끼인지 파카인지 판정하지 못했는데 파카였다고 하더군."

"어째서 나한테 말하는 건데요?"

미노루가 안색을 바꾸었다.

"꼭 너한테 말하는 건 아니야."

"내 얼굴을 보고 있잖아요! 파카도 남성용이라는 보장은 없죠?"

절묘한 타이밍, 더할 나위 없이 짓궂은 말투로 미타 요시에가 말했다.

"하지만 캐나다의 그 회사는 기본적으로 여성용 의류는 만든 적이 없어. 난 알고 있다고."

"당신 말이야!"

미노루가 의자를 걷어찼다. 요란한 소리를 내며 파이프 의자가 쓰러졌다. 다케가미는 책상에 팔꿈치를 괴고 깍지를 낀 채 꼼짝도 하지 않았지만, 리쓰코가 말리려고 끼어들었다.

"그만해! 그만하라니까!"

리쓰코는 미노루에게 매달려 우는 소리를 냈다.

"이 사람 하는 말에 신경 쓰면 안 돼! 그게 수법이니까!"

요시에가 되받아쳤다.

"그리고 금세 그런 식으로 말하는 게 네 수법이지? 착한 아이 가즈미는 금세 징징거리는 게 특기이니까."

리쓰코가 번개처럼 몸을 돌려 요시에를 때리려 했다.

"그만둬."

다케가미가 재빨리 말렸다.

"발견된 파카에는 대량의 혈흔이 묻어 있었다. 도코로다 씨의 피겠지."

리쓰코가 갑자기 얌전해지더니 의자에 도로 털썩 주저앉았다. 미노루도 파이프 의자를 바로 세워 삐걱삐걱 소리를 내며 앉았다.

다케가미가 되풀이했다.

"도코로다 씨가 흘린 피야. 스물네 군데나 찔렸으니까."

"어디에서…… 발견됐어요?"

리쓰코가 갈라진 목소리로 물었다. 다케가미는 말없이 다시 미노루의 얼굴을 보았다.

"그러니까 저는 모른다니까요. 자꾸 내 얼굴 보지 말아요, 아저씨."

미노루가 아까보다는 억누른 목소리로 항변했다.

"너한테만 따지는 게 아니야."

다케가미는 자세를 바꾸어 의자에 깊숙이 앉아 팔짱을 끼고 세 사람의 얼굴을 똑같이 견주어 보았다.

"'증거가 말해준다'는 말을 들은 적 있나? 물증은 많은 이야기를 해주는 법이지. 다양한 사실을 알려줘. 파카가 발견되었으니 이제 사건의 출구는 이미 눈앞에 나타난 셈이지."

꿀꺽. 누군가의 목이 울렸다.

"그래도 우리는 쓸데없는 수고와 시간을 생략하고 싶다. 너희 세 사람 가운데 마음에 걸리는 게 있는 사람이 있다면 지금 이 자리에서 말하도록 해라."

다케가미는 손목시계를 흘끔 쳐다보았다.

"3분 기다리마."

초침이 정확히 12시 눈금을 통과한 참이었다. 알기 쉽다.

침묵.

"어, 어째서 우리 세 사람한테 그러는 거예요? 어째서 우리 셋을 똑같이 취급하는 거예요?"

리쓰코가 떨리는 목소리로 말했다.

다케가미는 손목시계를 보고 있었다.

"30초 지났다."

미노루가 우스꽝스러울 정도로 얼굴을 찡그렸다.

"형사님, 혹시 우리 셋이 한패라고 생각하는 건가요?"

"말도 안 돼!"

리쓰코가 버럭 외치더니 두 손으로 뺨을 눌렀다.

"그런 거야? 그런 식으로 생각했어요? 그래서 일부러 우리 셋을 부른 거예요?"

"정신 나갔어. 아저씨, 미친 거 아니야?"

다케가미는 손목시계에서 눈을 떼지 않았다.

"이제 곧 1분이다."

도코로다 가즈미도 한 손으로 입가를 가리고 있었다.

"저 말 진짜? 진짜예요?"

가즈미의 목소리가 손가락 틈새로 새어 나왔다.

"네? 진짜예요? 파카를 발견했다는 게 진짜예요?"

"그래, 찾아냈다더구나. 방금 전에 연락을 받았어."

치카코는 조용히 대답했다.

"그거, 범인이 입었던 파카예요?"

"피가 묻어 있다고 하니까."

미키에 순경이 가즈미 곁으로 다가왔다.

"가즈미 양?"

가즈미는 갑자기 고개를 푹 숙였다. 머리카락이 흐트러져 그녀의 얼굴을 가렸다.

"나, 속이 이상해요. 갑자기 피투성이니 뭐니 그러니까."

"갑자기 알게 해서 미안하구나."

"언제 찾았어요? 혹시 텔레비전에 나왔어요?"

"지금쯤이면 뉴스로 나오겠지."

순간, 가즈미의 커다란 눈이 허공을 보았다. 그러더니 갑작스레 그 자리에서 무엇을 보고 있는지 누구에게도 들키면 안 된다는 사실을 깨달은 듯, 가즈미는 두 손으로 머리를 싸매고 몸을 웅크리더니 신음 소리를 냈다.

"속이 이상해요. 어지러워……."

치카코가 몸을 숙여 가즈미의 등에 손을 얹자 손바닥에 빠른 숨소리가 전해졌다. 가능하다면 지금 이 소녀의 몸속을 도는 감정과 사고를 본인의 눈으로 직접 보고 싶었다.

그래도 이 소녀의 머리는 돌아간다. 가능한 범위 안에서 한껏 돌아가고 있다. 최대한 집중해서 생각하기 위해 고개를 숙이고 몸을 웅크리고 있는 것이다. 이제 그럴 필요 없다고 말해주고 싶었다. 그러지 말고 가장 편한 길을 가렴. 이제 됐어, 이제 더는 없어, 이제 끝났어.

한 1분이나 그러고 있었을까. 갑자기 가즈미는 난폭하게 미키에 순경을 밀어내고 가방을 와락 붙잡고 일어섰다.

"화장실 가고 싶어요."

"혼자서 괜찮겠니?"

가즈미는 눈을 바짝 치켜뜨고 버럭 소리를 질렀다.

"따라오지 말아요!"

노성에 가까웠다. 미키에 순경이 깜짝 놀라 손을 거두었다. 그 모습을 본 가즈미가 그제야 자기 실수를 깨닫고 겁먹은 표정을 지었다.

"……미안해요."

"괜찮아. 화장실은 어디 있는지 아니? 복도를 돌아 가면 오른쪽에 있어."

"알아요."

또각또각 굽 소리를 내며 가즈미는 복도로 나갔다. 발이 뒤엉켜 샌들 한쪽이 벗겨질 뻔했다. 문이 닫힌 후에도 가즈미의 발소리가 들렸다.

"왠지 잔혹하군요……."

미키에 순경이 발치에 시선을 떨어뜨리고 중얼거렸다. 무심코 새어 나온 말. 치카코는 말없이 그 뒷말을 기다렸다.

하지만 그 뒤는 없었다. 젊은 여경은 대신 이렇게 말했다.

"죄송합니다."

"사과할 필요 없어요. 나도 같은 심정이니까."

그리고 치카코는 재빨리 자리에서 벗어나 미키에 순경에게 고갯짓을 하고 복도로 빠져나갔다. 문이 닫힐 때, 미키에 순경이 마이크에 얼굴을 대고 보고하는 목소리가 들렸다.

"지금, 가즈미 양이 방에서 나갔습니다. 치카코 씨가 따라갔습니다."

치카코는 밑창이 고무로 된 구두를 신고 있었다. 발소리는 나지 않는다. 들리는 것은 자기 심장의 규칙적이고 침울한 고동 소리뿐.

만일을 위해 화장실 근처 창고 앞에서 걸음을 멈추고 귀를 기울였다. 약 1시간 전, 다케가미 일행이 뛰어들었던 창고다.

구조를 모르는 장소에서 가즈미가 무작정 가까운 문 안으로 뛰어들 리는 없으니 어디까지나 만일을 위해서였지만, 역시 아무 소리도 들리지 않았다. 치카코는 화장실로 향했다.

이 층의 여성용 화장실은 좁다. 복도로 난 문을 열면 부딪칠 만한 거리에 세면대가 있다. 그 안에 칸막이 화장실이 두 칸. 가즈미는 아마 칸막이 안에 있을 것이다.

그래도 또 한 번 만일을 위해 화장실 앞에 있는 계단 쪽도 살펴보았다. 층계참에는 아무도 없었지만 계단 밑 아래층 출입구에서는 수런거리는 사람 목소리가 들렸다. 사무실이지만 제복 경관도 들락거린다. 가즈미가 이곳으로 내려갈 수는 없었겠지.

복도로 돌아와 화장실 문에 귀를 기울였다. 물소리도 사람 목소리도 들리지 않는다. 치카코는 가만히 문을 열고 안으로 고개를 쑥 들이밀었다.

그 순간 안쪽 칸막이 화장실에서 목소리가 들렸다.

"그러니까 괜찮다고 하잖아."

가즈미의 목소리였다. 빠른 목소리로, 서두르고 있다. 설득하는 것 같기도 하고 달래는 것 같기도 하다.

"가게에 있지? 뉴스를 봐도 당황하지 마. 절대 아무 일 없으니까. 장담할게. 응? 응? 그러니까 알았지? 부탁이야. 부탁이니까 정신 똑바로 차려. 응?"

혹은, 눈물 작전 같기도 하다.

"웅? 맞아, 그래. 경찰은 괜찮다니까. 아무 의심도 안 해. 정말이라니까. 다른 사람들을 의심하고 있어. 그래! 내가 이곳에 온 이유하고는 아무 상관없다니까!"

열심히 목소리를 낮추려고 애쓰는 모양이다. 하지만 아무래도 말꼬리가 자꾸 올라갔다. 역시 잔혹하다. 잔혹했다고, 치카코는 생각했다.

하지만 이미 사람이 둘이나 죽었다. 그 사실과 비교하면 어느 쪽이 잔혹한가?

만약 손을 놓고 있었다면 아직도 살인이 계속되었을지도 모른다. 바쁜 동작으로 메시지를 보내는, 가즈미의 그 손가락. 그 정도로 강한 분노와 상심을 달리 어떤 방법으로 막을 수 있었을까.

어느 쪽이 잔혹한가?

'나카모토 씨.'

치카코는 마음속으로 이름을 불렀다. 집중치료실에 누워 있는 나카모토의 모습은 아무래도 상상이 되지 않아 수사본부에 불려가 처음으로 나카모토를 만나 그의 가설을 들었을 때를 생각하고, 그때의 얼굴을 떠올렸다.

'대단하십니다.'

그리고 왔을 때처럼 살금살금, 도망치듯 복도로 되돌아갔다.

"가즈미 양은 전화를 하고 있습니다."

다케가미의 귀에 이시즈 치카코의 목소리가 들려왔다.

"틀림없습니다. 나카모토 씨 예상대로 되었습니다."

다케가미가 눈썹을 험악하게 찡그리는 바람에 책상 맞은편의 세 사람이 등줄기를 꼿꼿하게 폈다.

"저하고 교대로 미키에 순경이 지금 화장실 앞에 가 있습니다. 가즈미 양이 돌아오면 알려드리겠습니다."

알겠습니다, 하고 다케가미는 매직미러를 향해 고개를 크게 끄덕였다. 그리고 도쿠나가에게 말했다.

"도리이를 불러주게. 도코로다 가즈미는 지금도 통화 중인 모양이야."

도리이는 첫 번째 호출음이 끝나기도 전에 전화를 받았다.

"가미 씨이십니까?"

"어떤가?"

"그 친구는 안쪽에 틀어박혀 아직 카운터로 돌아오지 않았습니다. 전화가 걸려온 것은 확인했습니다만."

"가즈미가 건 전화다. 뒷문은?"

"괜찮습니다. 감시하고 있습니다. 편의점이라 다행이에요. 거의 유리벽이니까요."

"그 친구를 위협해서는 안 돼."

"알고 있습니다."

"너무 강하게 밀고 나가지 말고."

"가미 씨."

도리이의 목소리가 가라앉았다.

"가미 씨, 저도 실수하면서 조금은 배우기도 합니다. 이번에는 맡겨주십시오."

"부탁하네. 여기까지 와서 실패하면 나카 씨를 볼 면목이 없어."

수화기를 내려놓은 다케가미는 손으로 얼굴을 쓱 훔치고 나서 도쿠나가에게 물었다.

"내가 식은땀을 흘리고 있나?"

"괜찮습니다. 지금까지와 아무 차이도 없어 보입니다."

"자네는 침착하군."

"기록 담당은 배경 같은 신세이니까요."

도쿠나가는 다케가미를 올려다보았다.

"나카모토 씨가 옳았습니다."

"음."

"계산이 맞았어요. 의외로 요즘 아가씨는 솔직하네요."

"결국 어린애라는 뜻이겠지."

도쿠나가는 살짝 씁쓸한 표정을 지었다.

"이런 걸 두고 '어린아이 팔을 꺾는다'라고 하는 것 아닐까요?"

다케가미는 말이 없었다.

"쓸데없는 소리를 했습니다. 죄송합니다."

"괜찮아. 그보다, 마음 놓지 말게."

다케가미는 취조실의 세 사람을 돌아보았다. 단호하고 맑은 세 쌍의 눈이 다케가미를 올려다보았다.

14

　도코로다 가즈미는 수선스럽게 돌아왔다. 부드럽기는 하지만 미키에 순경이 가즈미의 팔을 붙잡고 있다. 그 행동에 저항하는 모양이었다.

　"기분은 어떠니?"

　치카코가 재빨리 다가갔다.

　가즈미는 치카코의 얼굴을 보려 하지 않았다.

　"돌아가고 싶어요. 돌아가겠다고 했는데, 미키에 순경님이 들어주지를 않아서."

　치카코는 가즈미의 등을 끌어안아 어떻게든 의자에 앉히려 했다. 가즈미는 두 다리로 힘껏 버티며 마구 저항했다.

　"난 이제 싫어요! 이런 거 싫어!"

치카코는 가즈미의 얼굴을 들여다보았다.

"갑자기 왜 그러니? 왜 또 뜬금없이 이렇게 흥분한 거지?"

온화하지만 의심이 묻어나는 치카코의 질문이 겨우 귀에 닿은 모양이다. 가즈미는 몸에서 힘을 뺐다.

"너무 기분이 나빠서 토할 것 같아요. 집에 보내줘요."

가즈미의 이마에 땀이 맺혀 있다. 손도 덜덜 떨고 있다.

"아빠 피가 묻은 파카를 상상했더니 더 못 견디겠어요. 숨이 막힐 것 같아. 더 이상 여기에 있고 싶지 않아요."

"그럼 어머님께 데리러 오시라고 해야겠구나. 그래서 함께 돌아가면 되겠다."

"그런 건 됐어요!"

"모셔 오겠습니다."

미키에 순경이 빠릿빠릿하게 복도로 나갔다. 견디기 어려운 감정의 조각이 그 발걸음에 드러났다. 그럴 만도 하다. 치카코는 용케 여기까지 함께했다고 생각했다.

"차를 준비해서 집까지 바래다줄게. 잠깐만 기다리렴."

집음 마이크를 통해 취조실에 있는 미타 요시에의 목소리가 들렸다. 가즈미는 두 팔로 몸을 끌어안고 방구석을 바라보며 우뚝 서 있었다. 치카코는 매직미러 건너편을 바라보았다.

"아무도 자백하지 않았는데요."

요시에는 고개를 숙이고 혼잣말처럼 말했다.

"그래도 저희는 의심을 받아야 하는 건가요?"

"30분을 기다려도, 3시간을 기다려도, 3일을 기다려도 결과는 마찬가지야."

미노루가 다시 다리를 덜덜 떨기 시작했다.

"파카는 모르는 일이야. 나는 몰라."

"저도 몰라요."

리쓰코가 덧붙였다.

"동기가 있는 사람이라면 더 있잖아요. 도코로다 씨는 가정에 문제가 있었고, 집안 분위기가 싸늘하다고 그랬는걸요."

요시에는 그렇게 말하며 한숨을 내쉬었다.

미노루가 비웃었다.

"그래서 당신은 그 인간이 이혼하고 당신하고 결혼할 줄 알았던 거로군. 바보 아냐? 그런 건 불륜남의 기본 기술이야. 나잇살이나 먹어가지고 그것도 몰랐어?"

요시에가 미노루를 노려보았다.

"도코로다 씨가 나한테만 그런 불평을 한 게 아니잖아! 너희도 들었잖아? 오프 모임 때, 실컷 얘기했잖아!"

"그랬던가? 나는 당신이 혼자라 외롭고 지루하다는 이야기만 들은 기억밖에 없는데."

"작작 좀 해!"

"오오, 무서워라."

탁!

227

다케가미가 자료를 들고 책상 위에 내리치면서 가지런히 모서리를 맞추었다.

미노루가 목을 움츠리며 말했다.

"저것 봐. 형사님이 화내시잖아."

미타 요시에가 두 손으로 책상 모서리를 붙잡고 몸을 내밀었다.

"알아주세요. 도코로다 료스케 씨는 고독한 사람이었어요. 저는 거기에 공감했어요. 저도 고독했으니까요. 저희 가족놀이에는 어엿한 의미도 가치도 있었어요. 분명히 있었어요."

미노루가 고개를 가로젓고 있다.

"도코로다 씨의 진짜 인생은 불행했습니다. 부인과도 따님과도 원만하지 못했어요. 자기 인생이 너무 허망하게 느껴진다고 말하곤 했어요. 사는 보람이 없다고요."

다케가미는 조용히 대답했다.

"그래서 이마이 나오코와 사귄다는 말도 했습니까?"

요시에는 주눅 들지 않았다.

"확실히 여성에게 약한 부분은 있었습니다. 여자들이 도코로다 씨를 내버려두지 않는 감이 있었어요. 회사 안에서도…… 남녀관계 문제가 있었던 모양이고."

"잘 아시는군요."

"조사하셨잖아요?"

"저희는 모릅니다. 오리온푸드 동료나 부하들은 그래도 입이 제법 무겁더군요. 어디에서도 듣지 못했습니다."

리쓰코가 요시에에게 쏘아붙였다.

"멍청하기는. 말이 너무 많아. 당신이 끼어든 후로 우리 사이도 삐걱거렸어. 알고나 있어?"

"어째서 그렇게 나만 나쁜 사람으로 모는 거니?"

"당신이 나쁘니까 그렇지."

"어디가? 대체 내 어디가 나빠? 말해봐, 구체적으로 말해보란 말이야."

리쓰코는 흥, 하고 험악하게 웃었다.

"말 못 하잖아. 결국 너도 질투하는 것뿐이니까."

리쓰코의 눈이 크게 벌어졌다.

"질투? 누구한테?"

"도코로다 씨는 나를 어머니로서 소중하게 대해주었어. 너는 그게 보기 싫었지? 더 이상 네가 1순위가 아니었으니까 화를 냈던 거잖아?"

리쓰코는 옆에 있는 미노루의 팔꿈치를 두드렸다.

"저거 들었어? 이 아줌마, 뭔가 근본적으로 착각하고 있어."

"뭐라고!"

요시에가 리쓰코에게 덤벼들었다. 미노루가 일어섰다. 다케가미는 호통을 쳤다.

"그만!"

세 사람은 움찔 동작을 멈추었다. 실내가 고요해졌다.

한 박자 늦게 뭔가가 바닥에 툭 떨어졌다. 도쿠나가의 필기구였다. 그는 일동의 얼굴을 한 차례 둘러본 다음 천천히 몸을 숙여 그 필기구를 주우며 말했다.

"실경."

묘한 공백이 생겼다.

"에헤헤."

리쓰코가 아이처럼 웃더니 미노루에게 말했다.

"저것 봐, 저 기록 담당 형사님 정말 이상하지? '실경'이라니 무슨 말이야?"

다케가미가 무뚝뚝하게 설명했다.

"실례했다는 뜻이다. 일상적인 대화에서는 잘 사용하지 않는 말이야."

또다시 고요해졌다.

그 정적 속으로 멀리서 희미하게 경찰차 사이렌이 미끄러지듯 다가왔다. 창밖. 시부야 거리를 지나 다가온다. 이쪽으로 온다.

리쓰코가 중얼거렸다.

"또 사건이야? 경찰도 바쁘네요. 우리 문제는 이제 그만 된 것 아니에요?"

미노루도 덩달아 끼어들었다.

"그래. 파카를 발견했으니 이제 됐잖아요? 그걸 단서로 조사하면 범인을 금방 잡을 수 있는 것 아니에요?"

도쿠나가가 수화기를 들고 바로 받은 누군가를 향해 엄숙한 목소리로 물었다.

"지금 사이렌은? 여기까지 훤히 들립니다."

상대가 뭐라 설명하고 있다.

"알겠습니다."

도쿠나가는 그렇게 대답하고 내선전화를 끊더니 다케가미에게 말했다.

"도착했답니다."

"누구 얘기예요?"

리쓰코는 끈질겼다.

"네? 형사님, 다른 사건이라니, 또 어떤 걸 다뤄요? 그쪽도 살인이에요?"

다케가미가 말했다.

"너하고는 상관없는 일이야. 게다가 살인사건이라면 너희에게는 도코로다 료스케 씨만으로도 족하지 않니? 우리도 그쪽 범인을 찾는 데 전념하고 싶구나."

요시에가 별안간 묘하게 단정치 못한 태도로 다리를 툭 뻗더니 말했다.

"부인이야."

입가에서 악의가 뚝뚝 떨어지는 듯한 말투였다.

"부인이 범인이야. 뻔하잖아. 사건 현장에서 여자 비명이 들렸다고 했죠?"

"그게 당신의 가설입니까?"

다케가미가 물었다.

"예, 그래요."

요시에는 고개를 빳빳하게 쳐들었다.

"도코로다 씨와 이마이 나오코를 죽일 만큼 증오할 만한 사람은 부인밖에 없어요."

"그런가요?"

"형사님은 그 부인에게 동정적이로군요. 확실히 표면적으로 보면 바람을 피운 남편이 나쁜 셈이지요. 하지만 부부 사이가 원만하지 못한 게 꼭 한쪽 책임은 아니잖아요."

"나는 그렇게 생각하지 않아. 그건 도코로다 씨 잘못이야."

미노루가 말했다.

요시에는 이제 미노루도 가즈미도 상관하지 않기로 결심했는지 다케가미를 똑바로 바라보며 말을 이었다.

"부인이 범인이에요. 먼저 이마이 나오코를 죽이고, 그다음이 도코로다 씨. 그 사람을 몇 번이나 찔러댄 것도 감정이 북받쳐서 그랬을 테지요."

"도코로다 부인이 범인이라면 집 안에서 사건이 일어날 법하지 않습니까?"

"꼭 그렇다고 할 수는 없어요. 도코로다 씨가 퇴근길에 그 현장에 들르는 줄 알고 숨어서 기다렸을지도 모르죠. 살해한 후에 서둘러 집으로 도망쳤겠지요. 근처이니까 충분히 가능했을 거예요."

"과연. 하지만 당신의 그 가설의 근거는 단순한 감정론뿐이지 않습니까?"

232

"아니요, 근거는 확실히 있습니다."

요시에는 얌전한 표정을 벗어던지고 승부욕을 얼굴에 드러내더니 가즈미와 미노루를 흘깃 쳐다보았다.

"오프 모임에서 나온 이야기이니까 이 애들도 알겠지만, 도코로다 씨는 감시를 당하고 있다고 했어요."

"감시?"

다케가미는 얼굴을 찌푸렸다.

"예. 외출했을 때 미행당하는 느낌이 든 적도 있다고요. 아무래도 따님인 것 같다고 했어요."

"도코로다 가즈미 양 말입니까?"

"예. 애초에 오프 모임을 그날 오후 2시라는 어중간한 시간으로 정한 것도 그래요. 4월 3일 토요일에 가즈미 양이 학원에서 시험을 보는데, 그게 굉장히 중요한 시험이라, 절대 그 애에게 미행당할 걱정이 없다고 했거든요."

리쓰코와 미노루가 얼굴을 마주 보고 있다.

"정말이니?"

다케가미가 물었다.

"예, 뭐."

"그런 말을 하기는 했어요."

"역 앞에서 만났을 때도 뭔가 불안한 눈치였고요. 딸이 미행하면 곤란하다는 말을 하면서요."

리쓰코는 자기 손톱을 보았다.

"전 불행한 부녀라고 생각했어요. 도코로다 씨 딸, 가즈미라는 그 애 성격이 그렇게 나쁜가요?"

다케가미는 리쓰코에게는 대답하지 않고 요시에에게 물었다.

"만약 딸인 가즈미 양이 아버지의 동향을 주시했더라도 그것은 어디까지나 가즈미 양의 문제입니다. 부인을 의심할 근거는 되지 않을 텐데요."

요시에는 답답하다는 듯이 언성을 높였다.

"그러니까 부인이 딸을 이용해 뒤를 캐지 않았겠어요?"

"꽤 비약하는군요."

"하지만 여자는 그런 법이에요. 부인은 도코로다 씨의 바람기를 지긋지긋할 정도로 잘 알았을 테지요? 알면서 내심 화는 났지만 용서하는 시늉을 했겠죠. 그러니 체면상 자기가 남편의 신변을 캐고 다닐 수는 없지 않겠어요? 그래서 딸을 이용한 거라고요."

요시에는 자신만만한 기색으로 입술을 비죽거리며 말했다.

"그 딸도 제 발로 협력했을지 모르죠. 여자애는 어머니 편이니까. 글쎄, 딸이라는 가즈미 양이 도코로다 씨의 컴퓨터 데이터를 훔쳐봤다고도 했어요. 도코로다 씨가 자기는 알고 있다고 했는걸요. 하지만 딸의 반응이 궁금해서 일부러 모르는 척, 그대로 훔쳐보게 내버려두었다고요."

"즉 도코로다 가즈미 양은 자기 아버지가 당신들과 함께 가족놀이를 하는 줄 알고 있었다, 이 말입니까?"

요시에는 당당하게 턱을 젖히고 말했다.

"그렇다니까요. 그러니까 오프 모임 때도 만일에 따님이나 부인이 뛰어들면 곤란하니까 신경을 썼던 거예요. 도코로다 가즈미 양은 알고 있었어요. 그야 알면 탐탁지 않았겠지요."

"거짓말이야."

정신을 차리고 보니 가즈미는 또 매직미러 쪽으로 고개를 돌리고 있었다. 두 팔로 점점 더 몸을 꽉 끌어안는 가즈미의 목에 힘줄이 솟아 있다.

"거짓말이야."

다시 한 번 되풀이하고 가즈미는 고개를 저었다. 흐트러진 머리카락이 밤색 물결이 되어 어깨에서 튀어 올라 뺨을 때리고 등에서 출렁거렸다.

"저런 건 다 거짓말이야."

"……가즈미 양."

"나는 몰라! 아무것도 몰랐어! 거짓말, 거짓말, 거짓말, 거짓말, 거짓말이야!"

"한 가지 묻고 싶습니다만."

다케가미는 천천히 바로 앉아 등받이에 체중을 싣고 세 사람의 얼굴을 보았다.

"도코로다 료스케 씨에게는 외동딸인 가즈미 양이 있었습니다. 친딸이지요. 현실에서 혈육을 나눈 그의 자식입니다."

미노루는 아랫입술이 보이지 않을 정도로 입을 꽉 다물고 책상 위를 바라보고 있었다. 리쓰코는·다케가미를 보고 있다. 요시에는 콧대를 높이 세우고 창문 쪽으로 시선을 던졌다.

"그런 가즈미 양이 도코로다 씨와 당신들이 만들어낸 인터넷 속의 가족을 보고 있었다. 보고 있었다는 사실을 도코로다 씨는 알고 있었다. 당신들은 도코로다 씨가 그렇게 말하는 이야기를 분명히 들었다. 그렇지요?"

리쓰코가 고개를 끄덕였다.

"그는 또 그 사실을 알고는 있었지만 딸의 반응이 궁금해 일부러 그대로 내버려두었다고 말했고요."

다시 한 번 리쓰코가 고개를 끄덕이고 눈길을 떨어뜨렸다.

"그리고 도코로다 씨는 당신들에게 자기 가족 사이가 원만하지 않다는 사실도 털어놓았다는 말씀이군요? 아내와도 딸과도 싸늘하게 식은 사이다. 그래서 고독하다고."

잠시 뜸을 들인 후 다케가미가 말했다.

"제게는 그 말이 정말 이기적인 변명으로 들리는군요."

요시에는 그제야 눈을 깜박거렸지만 그래도 아직 완고하게 고개를 돌리고 있었다.

다케가미는 말을 이었다.

"물론 닭이 먼저인지 달걀이 먼저인지는 모릅니다. 집안 분위기가 냉담해서 도코로다 씨가 바람을 피웠는지도 모릅니다. 인터넷 속에서 이상적인 상대를 찾아 가족놀이를 했는지도 모릅니다. 혹은 도코로다 씨가 그렇게 멋대로 구니까 집안 분위기가 차가워졌는지도 모릅니다. 어느 쪽이 먼저인지는 모릅니다. 혹은 견해가 다를 뿐, 거의 동시인지도 모르지요."

"전……."

리쓰코가 작은 목소리로 말을 꺼냈다가 바로 입을 다물어버렸다.

"도코로다 씨 개인은 자신이 아내나 딸에게 얼마나 이기적이고 잔혹한 짓을 했는지 자각이 없었겠지요. 당사자는 그런 법입니다."

요시에가 싸울 기세로 물고 늘어졌다.

"인터넷 속에서 가족놀이를 하는 게 그렇게 이기적이고 잔혹한 짓인가요? 저희는 도코로다 씨와 진짜 가족이 된 게 아닙니다. 그저 연극을 했을 뿐이에요. 그것도 인터넷이라는 공간 속에서만 그랬고요. 이상적인 가족을 흉내 내며 노는 거죠. 서로 역할연기를 즐겼던 거예요. 그게 그렇게 나쁜 짓인가요?"

다케가미는 천천히 고개를 저었다.

"아니, 그것 자체는 이기적이지도, 잔혹하지도 않습니다. 다소의 환상은 누구에게나 필요하니까요."

"그럼 무슨 상관이에요."

"하지만 그것이 현실에 영향을 준다면, 별개의 문제입니다."

요시에는 기가 꺾였고 리쓰코는 고개를 더욱 푹 수그렸다.

"가즈미 양에게 들킨 시점에서 도코로다 씨는 그만두었어야 했어요. 하지만 그는 그러지 않았습니다. 그 후에도 한 번 더 브레이크를 걸 기회가 있었어요. 다름 아닌 오프 모임이었습니다. 도코로다 씨가 당신들과 얼굴을 맞대고, 그의 진짜 인생에 대해 불만을 털어놓고, 가즈미 양이 그의 컴퓨터 속 대화를 훔쳐보았다고 알렸을 때입니다. 리쓰코 양."

다케가미가 리쓰코를 불렀다.

"도코로다 가즈미 양은 너하고 같은 또래의 아가씨야. 그건 알고 있었니?"

리쓰코는 대답하지 않았다.

"도코로다 씨를 만나 그의 변명을 들었을 때, 너는 아무 느낌도 없었니? 아무리 가식적이고 이상적인 가족놀이라고 해도, 그것을 가즈미 양에게 당당히 보여주는 것은 옳지 않다고 생각하지 않았니? 입장을 바꿔 가즈미 양의 심정을 상상해볼 수는 없었니?"

"하지만 저는……."

"너 역시 네 행동에 무관심한 부모에게 불만을 가지고 있지. 그렇게 말했지?"

다케가미는 말을 이었다.

"네 아버님이나 어머님이 네게는 전혀 관심을 갖지 않고, 착한 딸을 연기하는 남을 찾아내서 그 아이의 좋은 부모가 되어 연기하는 모습을 본다면 너는 어떻게 생각하겠니? 상처 입지 않을까? 화를 내지 않을까? 어떻지?"

미노루가 몸을 뒤척이며 말했다.

"나는 그래서 싫었던 거야."

다케가미는 잠자코 미노루를 보았다. 미노루도 다케가미를 보았지만 그리 오래 처다보지는 못했다. 미노루가 먼저 눈을 돌렸다.

"왠지 이런 건…… 옳지 않다고 생각했어요."

"그걸 도코로다 씨에게 말했니?"

"말하지 않았어요."

"어째서 그랬지?"

"거기까지 간섭할 사이는 아니었으니까."

"가족이었잖아?"

미노루가 입가를 움찔 떨더니 웃으며 자포자기한 듯이 단호하게 말했다.

"그런 거 아니에요. 결국 서로 그저 입맛에 맞는 부분만 챙기는 장난이었으니까."

"입맛에 맞는 부분만 챙겨?"

"접속했을 때만 기분이 좋으면 그만이라는 거죠. 난 누나나 여동생이 갖고 싶었거든요. 말이 통하는 아버지도 좀 있었으면 했고."

미노루는 그저 그뿐이었다고, 점점 기어들어가는 목소리로 말했다.

"하지만 결국 그렇게 되지는 않았어요. 귀찮아지기만 했어. 그래서 난 그만 벗어날 작정이었어요."

변명 같은 뒷부분의 말은 거의 알아들을 수 없었다.

다케가미는 리쓰코에게 물었다.

"너는? 너는 오프 모임 이후에도 이렇다 할 변화를 보이지 않고 가족놀이를 계속했지?"

"그야…… 소중했으니까요."

"네게는 소중했구나."

"현실에는 없는 세상이니까요. 저도 부모님하고 원만하지 않다는 건 진짜예요."

"그래서 도코로다 가즈미 양 사정은 생각하지 않았다?"

리쓰코는 머리카락을 쓸어 올리며 고개를 끄덕였다.

"그 애는 그 자리에 없었으니까요. 얼굴도 보이지 않았고, 어떤 사람인지도 몰랐고. 애초에 가즈미라는 애가 정말 존재하는지도 몰랐는걸요."

"하지만 도코로다 씨에게 들었잖니?"

"그게 정말인지 아닌지 어떻게 알아요? 인터넷에는 그런 일이 흔해요. 오프 모임에서 만났다고 그걸로 그 사람의 신원이 완전히 밝혀지는 게 아니란 말이에요."

"그럼 도코로다 씨가 거짓말을 하고 있을지도 모른다고 생각했다는 거니?"

"그래요……. 그렇게 생각하는 편이 편하기도 했고."

"너희 가족은 편한 쪽을 선택하면 그만이라는 관계로 거리를 유지할 수 있었던 거로구나. 인터넷이라 그런 걸까?"

"형사님은 인터넷에 편견을 가지고 있는 모양입니다만."

갑자기 요시에가 쌀쌀하게 입을 열었다.

"사이버 공간에서 자라나는 인간관계에는 현실 사회의 인간관계와 비슷한 가치도 있고 온기도 있어요. 허위나 거짓말만 횡행하는 건 아니에요. 그야말로 얼굴을 맞대지 않기 때문에, 자기 모습이나 입장에 얽매이지 않기 때문에 털어놓을 수 있는 본심도 있고, 거기에서 자라나는 친애의 감정도 있는 거예요."

미노루가 침이라도 내뱉을 기세로 말했다.

"말은 잘하네, 아줌마."

"너는 입 다물고 있어! 인터넷이 네게는 장난이나 치는 곳일지 몰라도 나한테는 아니야!"

"나도 장난친 적은 없어. 그 말 그대로 되돌려주지. 나는 말이야, 그런 잘난 소리를 당신이라는 사람한테서는 듣기 싫다 이거야. 아줌마가 뭘 모르네."

요시에는 책상을 내리쳤다.

"그 말밖에 모르지, 아줌마, 아줌마, 아줌마! 나한테도 엄연히 내 이름이 있어!"

"아줌마이니까 아줌마라고 하지. 틀렸어? 아참, 당신은 그냥 아줌마가 아니지. 욕구불만 아줌마이지. 자기 욕구불만을 여기저기에 늘어놓는 것뿐이잖아."

요시에가 신음 섞인 목소리로 반박했다.

"뭐가 욕구불만이라는 거야. 그렇게 여자를 바보 취급하는 너희들 때문에 우리가 얼마나 불쾌한 일을 겪는지 조금이라도 생각해본 적 있어? 이제 젊지 않다는 사실만으로, 남편이 없다거나 아이가 없다는 사실만으로 마치 인간이 아니라는 듯이 말하는데, 그런 소리를 듣는 여자 심정을 네가 알아?"

다케가미에게까지 침이 튀었다.

"나는 그런 현실이 정말 지긋지긋해! 지쳤단 말이야. 하지만 살아가야만 해. 일을 하지 않으면 먹고살 수가 없어. 회사에서도 불편해하는 줄 다 알아. 하지만 이제 와서 일을 그만두고 뭘 어쩌라는 거지? 어디로 가라는 거야?"

리쓰코가 얼이 빠져 눈을 휘둥그레 뜨고 요시에를 바라보았다.

"피난처가 필요했어. 그래서 즐거웠어. 어머니가 되는 게 즐거웠어. 인터넷 안이라도 좋았어. 내 인생까지 바뀐 것 같아서, 그것만으로도 나는 행복했어!"

그래서 도코로다 가즈미의 마음까지는 헤아리지 못했다. 상상하지 못했다. 그뿐인가, 인터넷에 그치지 않고 현실의 도코로다 료스케에게도 다가서고 싶었다.

"저는 편견을 가질 만큼 인터넷 사회를 잘 몰라서 말입니다."

뺨을 붉히는 요시에에게 다케가미는 조용히 말했다.

"다만 어떤 매체가 있으면 그곳에 인간관계가 발생한다는 것쯤은 압니다. 현실 사회에 진실과 거짓이 혼재하는 것과 마찬가지로, 인터넷 사회에도 진실과 거짓이 함께 존재하리라는 것쯤은 이해할 수 있어요."

요시에는 손가락으로 눈초리를 훔치며 고집스럽게 내뱉었다.

"우리 관계는 진실했어요."

미노루와 가즈미는 말이 없었다.

다케가미는 집게손가락을 코앞에 세웠다.

"만약, 만약에 말이지만, 이런 사건이 일어나기 전에 도코로다 가즈미 양이 당신들을 찾아내 만나러 왔다면, 당신들은 어떻게 했겠습니까?"

잠시 침묵이 이어졌다. 이윽고 리쓰코가 물었다.

"그 애, 진짜로 있어요?"

"물론이고말고. 살아 있는 진짜 사람이야."

그리고 다시 세 사람 다 입을 다물고 말았다.

다케가미는 초침이 한 바퀴 돌 때까지 기다렸다가 한숨과 함께 선언했다.

"협력해주셔서 고맙습니다. 오늘은 그만 돌아가십시오."

도코로다 가즈미가 울고 있다.

오른쪽 눈에서 한 줄기, 왼쪽 눈에서 한 줄기, 두 줄기, 눈물이 주르륵 흘러나와 뺨을 타고 떨어졌다. 가즈미가 우뚝 서 있었기 때문에 눈물방울은 턱에 맺혔다가, 아래로 떨어져, 그녀의 샌들 발등에 튀었다.

가즈미는 아직 제 손으로 몸을 끌어안고 있었다. 본인은 울고 있다는 사실을 깨닫지 못했는지도 모른다.

"가즈미 양."

치카코는 가즈미의 어깨를 끌어안았다. 가즈미의 입가가 바르르 떨렸다. 어떤 말이 나올 것인가. 우리가 원하는 말이어야 할 텐데. 이것으로 끝날 수 있도록. 치카코는 마음속으로 빌었다.

하지만 가즈미는 이렇게 말했다.

"나, 돌아가고 싶어."

치카코는 기운이 쭉 빠졌다. 몹시 서글퍼서 눈앞이 문득 침침해지는 기분이었다.

"잠깐 여기서 기다려주겠니?"

"돌아가고 싶어요."

"한 명만 더, 네가 봐주었으면 하는 증인이 있어."

치카코는 가즈미를 남기고 취조실로 향했다. 다리가 무겁다. 등도 무거웠다.

문을 연 치카코의 얼굴을 본 다케가미는 바로 책상 밑으로 손을 뻗어 집음 마이크를 껐다. 치카코는 고개를 가로저으며 짧게 한마디만 했다.

"불러주세요."

다케가미는 도쿠나가에게 고갯짓을 했다.

수화기에 손을 뻗던 도쿠나가가 살짝 망설였다. 다케가미 쪽을 쳐다보지도 않았고, 그 망설임도 한순간이었다. 도쿠나가는 바로 마음을 고쳐먹은 듯이 재빨리 수화기를 붙잡았다. 하지만 그 옆얼굴은 심각했다.

'이런 걸 두고 '어린아이 팔을 꺾는다'라고 하는 것 아닐까요?'

그래 맞아, 젊은이. 다케가미는 마음속으로 생각했다. 필요하다면 설령 어린아이 팔이라도 확실하게 꺾어야 하는 게 바로 우리 역할이니까.

경찰의 상상 이상으로 그는 동요하고 있었다. 순경이 한 명 따라 붙었고, 도리이가 그의 허리께에 손을 얹어 부축하고 있었다. 신장 175센티미터인 도리이보다 머리 하나는 더 크고, 도코로다 가즈미와 비슷한 색깔의 밝은 머리카락은 자다 깬 아이 머리처럼 비죽비죽 서 있다. 아무 장애물도 없는 취조실 바닥에 스포츠샌들을 신은 발끝이 걸려 휘청거렸다.

다케가미는 일어서서 그를 맞이했다.

"다쓰야 군 맞지? 이시구로 다쓰야 군."

청년은 몇 번이나 고개를 끄덕였다. 턱을 덜덜 떨고 있었다. 눈가는 붉게 물들었고 움켜쥔 주먹은 옆구리를 두드리고 있었다.

"힘든 결심을 하고 와주었네."

이시구로 다쓰야는 고개를 깊이 숙이고 머리를 붕붕 흔들었다. 무엇에 대해 그러는 건지, 부정인지 긍정인지, 혼란인지 비탄인지. 그의 목소리를 듣기 전에는 그 누구도 판단할 수 없었다.

"가, 가즈미를 만나게 해주세요."

떨리는 그의 목소리는 지금까지 누구의 성대에서도 나온 적 없었던 깊은 배려와 상심으로 가득했다.

"가즈미를 만나고 싶어요. 여기 있죠? 만나게 해주세요. 저희는, 이제……."

거짓말.

도코로다 가즈미는 그렇게 말했다. 그녀가 이 단어를 입에 담는 게 몇 번째일까. 거짓말, 거짓말, 거짓말. 가즈미에게는 모든 것이 거짓이다. 모든 이가 그녀에게 거짓말만 들려주었다.

치카코는 아무 말도 하지 않았다. 가즈미 뒤에서 그저 그녀를 바라보고 있었다.

"어째서……?"

가즈미는 중얼거리면서 매직미러에 두 손을 짚었다.

"어째서? 어째서? 지지 않겠다고 했잖아! 힘내겠다고 했잖아! 어째서야!"

두 손이 움직이더니 매직미러를 두드렸다. 한 번, 두 번, 세 번. 치카코는 급히 가즈미를 붙잡아 매직미러에서 떼어냈다. 그래도 가즈미는 정신없이 두 손을 휘두르며 여전히 매직미러를 두드리려 했다.

매직미러 너머의 이시구로 다쓰야가 소리를 알아차리고 다가왔다. 그가 두 손을, 가즈미보다 훨씬 억센 두 손을, 매직미러에 바싹 붙였다.

"가즈미."

집음 마이크가 담은 목소리가 실내에 가득 찼다.

"가즈미, 이제 그만두자."

가즈미는 여전히 몸부림쳤다. 의자가 쓰러지고 가방이 날아갔다. 순경이 문을 열고 뛰어 들어왔다. 치카코는 강한 눈짓으로 순경을 제지하고 혼자서 가즈미를 품에 끌어안았다.

"이제, 그만두자."

이시구로 다쓰야는 울음을 터뜨렸다. 두 손을 매직미러에 댄 채 고개를 떨어뜨리고 울음을 터뜨렸다.

"이제 못 해. 가즈미, 응? 다 그만두자. 이제 끝났어. 우리 그만 끝내자."

가즈미는 치카코의 팔 안에 붙잡힌 채로 주르르 쓰러졌다. 고개를 숙이고, 최대한 작은 존재가 되려는 듯이 무릎을 세우고 어깨를 움츠렸다. 그리고 무릎을 끌어안고 웅크렸다.

치카코는 그런 가즈미의 온몸을 단단히 품에 끌어안았다. 이 세상이 끝나는 날 아이를 품는 어머니처럼, 단단히 끌어안았다.

✉ 발신자 : 가즈미
　　제　목 : 다시 만나요

안녕? 다들 일어났어요? 오늘 아침은 내가 1등인가?
어제는 즐거웠죠! 맞다, 눈치챘어요? 우리 옆 테이블에 있던 젊은 애들,
다들 우리가 진짜 가족인 줄 알던데요.
부모 자식끼리 찰싹 들러붙어서 뭐냐는 표정이었지만, 그래도 조금 부
러워하는 것처럼 보이기도 했어요.
여러분을 알게 되니 점점 더 즐겁네요. 꼭 다시 만나요!

15

도코로다 가즈미의 눈은 이미 말라 있었다.

그리고 아무것도 보고 있지 않았다. 옆에 앉은 이시즈 치카코도, 맞은편의 다케가미도. 벽도, 창도, 의자도, 그대로 완벽하게 배경이 된 도쿠나가의 옆얼굴도.

이 방 그 자체도.

그저 텅 빈 공간을 바라보고 있다. 무릎에 얹은 두 손바닥 안에 감싼 공간을.

"기분은 어떠니?"

딱히 뭐라 말할 구실도 없어 다케가미는 그렇게 물었다. 심문의 베테랑들은 이럴 때 어떻게 할까? 어떤 말을 건넬까? 다케가미는 서류 철하는 방법은 안다. 파일을 정리하는 방법도 안다. 현장 검증

입을 열기를 간절히 바란 나머지 환청을 듣고 말았구나 싶었다.

"다쓰야는 어디?"

가즈미가 다시 한 번, 이번에는 희미하게 속눈썹을 떨면서 물었다. 시선은 그대로, 손바닥 안이다. 거기에 대고 묻는 것처럼.

이시즈 치카코가 조용히 다케가미의 얼굴을 보고 나서 입을 열었다.

"다른 취조실에 있어."

답을 들었지만 가즈미는 멍한 표정을 바꾸지 않고 그저 가만히 앉아 있었다. 그리고 그대로 이렇게 말했다.

"그 사람은 집에 돌려보내줘요."

다케가미는 몸을 아주 살짝 앞으로 기울여 가즈미와의 거리를 좁혔다.

"어째서?"

"상관없으니까."

"그는 상관이 없다?"

"내가 끌어들인 것뿐이니까."

"그는 그렇게 생각하지 않는 모양이던데."

가즈미가 갑자기 시선을 들었다. 그리고 취조실 벽의 매직미러를 보았다.

"지금도 저 건너편에 누가 있어요?"

"아무도 없단다."

"또 거짓말이야, 분명."

"아니, 거짓말이 아니야. 확인해보겠니?"

가즈미는 희미하게 망설이는 기색을 보였다. 어깨가 움직였다. 다케가미는 솔직하게 말했으니 난처할 일은 없다.

"가보겠니?"

치카코가 일어서려 했다. 하지만 가즈미는 고개를 저었다.

"아니, 됐어요."

그리고 가즈미는 다시 손바닥 안을 보았다. 다케가미는 일어서서 가즈미 옆으로 돌아가 함께 그 손바닥을 들여다보면 내게도 뭐가 보일까 하는 생각을 했다.

"정말 어머님은 안 계셔도 되겠니?"

치카코가 물었다. 첫 번째 단계에서 가즈미는 도코로다 하루에에게 동석을 부탁하겠냐는 배려를 그 자리에서 거부했다.

"됐어요. 필요 없어."

중얼거리는 목소리로 혼자서도 괜찮다고 말했다.

"형사님."

"응."

"언제부터 날 의심했어요?"

"알고 싶니?"

"응. 가르쳐줘요."

"괴롭기만 할지도 몰라."

"괜찮아요. 이제 와서 뭘."

말꼬리가 갑자기 갈라지더니 목소리가 흔들렸다.

"내 기분은 아무래도 상관없잖아요. 그보다 내가 어디에서 실수했는지 알려줘요."

치카코는 눈길을 떨어뜨렸다. 그렇게 가즈미와 나란히 있으니 진짜 모녀지간처럼 보이기도 했다.

다케가미가 입을 열었다.

"네가 아버지 노트북을 훔쳐보고 있었다는 건 꽤 일찌감치 알고 있었단다. 그 점은 하드디스크 내용을 자세히 조사하기도 전에 알았어."

가즈미의 코끝이 살짝 움직였다. 어른이라면 콧잔등에 주름이 잡히기도 할 테지만 이 소녀의 어린 피부는 아직 그런 것과는 인연이 없었다.

"네 지문을 받았으니까. 기억 안 나니? 어머님께도 부탁드렸어. 아버님 소지품에 남은 지문을 조사할 때 가족의 지문은 배제해야 하거든."

"아, 그러고 보니."

"시커먼 잉크를 손에 묻혔지?"

"정말 지우기 힘들었어요."

"그랬구나. 우리도 현장에서 자칫 뭐라도 건드렸을 때는 똑같이 지문을 채취하거든. 그게 참 싫지."

"내 지문이 아버지 컴퓨터에 잔뜩 묻어 있었어요?"

"뭐, 그랬단다. 게다가 도코로다 씨는 컴퓨터 보안에는 전혀 신경을 쓰지 않았어. 그럴 마음만 있으면 누구든 속을 볼 수 있는 상태였지. 그러니, 뭐, 추측을 한 셈이지."

그래도 역시 도코로다 료스케가 딸이 훔쳐보는 줄 알면서도 그대로 내버려두었다는 사실까지는 미처 몰랐지만.

"지문은 신경도 안 썼어."

가즈미는 기복 없는 목소리로 말했다.

"가족 소유물이니 지문쯤이야 묻어 있어도 별일 아니라고 생각했어요."

"그래. 우리도 그랬어. 컴퓨터를 공유하는 가족도 있을 테고, 그래서 그 시점에서는 아무도 네게 혐의를 두지 않았다. 바로 얼마 전까지는 아무도 너를 수사 대상으로 생각하지 않았어."

소박하게 의외라는 생각이 들었는지 가즈미는 고개를 들어 다케가미를 바라보았다.

가즈미가 아직 아무것도 모르고, 아무 말도 듣지 못하고, 이곳에 와서 인사를 나누었을 때의 얼굴과 지금의 얼굴은 크게 달랐다. 많은 것들이 떨어져 나갔다. 사라졌음을 확실히 알 수 있는 형태로 떨어져 나갔다. 긴장. 흥분. 주의.

그리고 무엇보다도 분노가.

"수사가 막 시작되었을 무렵, 한때나마 우리는 네 어머님을 의심했던 적이 있단다."

가즈미는 고개를 끄덕였다.

"어머니도 그런 말을 했어요. 경찰이 자신을 의심하고 있다고. 그럴 만도 하다고. 굉장히 기운 없는 목소리였지만."

"그래. 어쨌든 이마이 나오코의 존재가 있었으니 어머님은 가장 먼저 의심을 살 입장이었어."

"하지만 어머니는 취조실에 끌려가지 않았어요. 한 번도."

"그래. 이유는 첫 번째로 도코로다 씨 사건 때 신고를 했던 후카다 도미코라는 사람의 목격 증언이 있었기 때문이야. 너는 도미코 씨를 아니? 그 동네 아주머니야."

"글쎄요⋯⋯. 잘은."

"그렇겠지. 너희는 동네 반상회 모임과는 상관이 없는 나이니까. 하지만 네 아버님과 어머님은 다르지. 후카다 도미코 씨는 네 어머님을 잘 알고 있었어. 밤에 멀리서 봐도, 현장에서 비닐시트를 걷고 튀어나온 인물이 도코로다 하루에 씨였다면 바로 알아보았을 테지."

"아, 그렇구나."

가즈미는 중얼거렸다. 듣고 보니 시시한 이유네.

"게다가 네 어머님은 몇 번을 물어도, 어느 측면에서 조사를 해도, 아버님과 이마이 나오코의 관계를 모르는 눈치였어. 남편이 여대생과 사귀었다는 말을 듣고도 그리 놀라는 기색이 없어서 처음에는 우리도 의아하게 생각했지. 하지만⋯⋯."

다케가미는 단어를 골라 말했다.

"네 부모님은 한참 전에 아버님이 다른 여성과 사귀는 문제에 대해 휴전협정을 맺은 분위기가 있었단다. 그걸 알게 되었지. 드문 일이지만 전혀 상상할 수 없는 일도 아니지. 그런 도코로다 하루에 씨가 난데없이 이마이 나오코를 죽이고 남편을 죽였다고 생각하기는 어려워."

"그래서 어머니는 용의자가 아니었다?"

"그런 셈이지."

"그 사람의 그런 포기한 삶도 쓸모 있을 때가 있네."

빈정거리는 소리가 아니었다. 가즈미의 솔직한 생각이었다.

"어머님은 어머님 나름대로, 아버님은 아버님 나름대로, 서로를 인정했던 게 아닐까?"

가즈미는 그 말에는 반응하지 않았다.

"더군다나 우리는 곧 다른 용의자를 발견했어."

다케가미는 온화한 말투 그대로 말을 이었다.

"너도 알다시피 이마이 나오코와 서로 연애 때문에 문제가 있었던 여성이지. 그녀가 첫 번째 용의자였다. 다들 그녀 쪽만 보게 되었어."

"A코 말이죠."

가즈미가 말했다.

"이렇게 됐으니 그 여자를 계속 A코로 불러서 다행이겠네요? 경찰이 욕먹지 않고 끝나잖아요."

"그건 경찰보다 보도 기관의 문제이지만 말이야."

"앞으로는 내가 A코가 되는구나. 소녀 A겠네."

가즈미는 살짝 웃었다.

아무도 그녀의 웃음에는 동조하지 않았다. 가즈미는 혼자 웃고,

혼자 침묵했다.

"뭐 마시고 싶지 않니?"

"아니, 필요 없어요. 저기요, 형사님."

"왜 그러지?"

"그 사람들 관계는, 언제 알았어요?"

"그 사람들?"

"인터넷 사람들 말이에요."

"내가 그들을 찾아낸 건 아니지만, 이메일 주소를 알고 있었으니 그리 어려운 작업은 아니었다고 들었다. 다만 이런저런 수속을 밟아야 했거든. 이래저래 사건 발생 후 한 1주일은 걸렸지."

"그렇구나……."

가즈미는 다시 손바닥 안을 들여다보았다.

"하지만 경찰이라면 가능하군요. 그 정도 수고와 시간으로."

그 말에 대해 당장이라도 말해주고 싶은 이야기는 있었지만 다케가미는 기다렸다. 가즈미가 뭐라 말을 이을지.

"그 사람, 미타 요시에."

"음."

"나머지 두 사람도 그 여자를 의심했죠. 형사님들은 그 여자를 전혀 의심하지 않았나요?"

"의심했지."

"그럼 조사했어요?"

"조사했어. 그랬더니 도코로다 씨 사건 때 확고한 알리바이가 있다는 사실을 바로 알았지."

가즈미의 눈이 벌어졌다.

"아, 그랬지."

"그래. 회사 연수 때문에 오사카에 있었어. 2박 3일로 미타 요시에는 전날부터 도쿄를 떠나 있었다."

"나, 알리바이는 생각도 못 했어요."

"보통은 그런 법이야. 게다가 미타 요시에는 운이 좋았어. 사건 때문에 혐의를 받았을 때, 그런 확실한 알리바이를 증명할 수 있는 경우는 흔치 않단다."

"흐응."

가즈미는 초등학생 같은 목소리를 냈다.

"그랬더니 달리 의심할 사람도 없고, 줄곧 A코 한 사람만 수상했던 거죠?"

"그래……."

"그럼 내가 나올 차례는 없잖아요. 아, 나올 차례라는 표현은 틀리지만."

"너는 머리가 좋구나."

가즈미는 표정도 바꾸지 않고 시인했다.

"성적은 좋아요, 응. 그래서 바보는 싫어."

"그러니?"

"머리를 쓰지 않는 사람은 정말 싫어. 그래서 어머니도 싫은 거예요."

다케가미는 치카코를 보았다. 치카코는 가즈미의 손바닥 안을 들여다보고 있었다. 뭔가 보입니까, 엄니.

"사실은 말이지."

다케가미는 자세를 고쳐 앉았다.

"지금 여기에 있는 나는 대역이란다."

"대역?"

"그래. 사실은 이곳에 다른 형사가 앉을 예정이었어. 내 입장에서 보면 베테랑 선배고."

이번 대본을 쓴 진짜 기획자고.

"수사본부 안에서 가장 먼저 네 입장을 생각한 형사야."

"내 입장?"

"그래."

"어떤 식으로 생각했다는 거예요?"

그 질문에는 여태까지 보지 못했던 감정이 깃들어 있었다. 다케가미는 가즈미의 손바닥 안에 싸여 있던 공간에서 자그마한 날개 돋친 생명체가 훌쩍 날아올라 그녀의 어깨 근처에 내려앉는 광경을 본 것 같았다.

"그 형사는 나카모토라고 하는데, 우리는 나카 씨라고 부르지."

다케가미는 말을 이었다.

"어느 날 나카 씨가 내게 이렇게 말했어. 이봐, 다케가미, 어째서 아무도 모를까? 어째서 아무도 알아주지 않을까?"

'우리는 도코로다 료스케를 살해할 동기를 가진 사람을 찾고 있

잖나? 결과적으로 살인까지 하게 될 정도로 강한 감정을 품은 사람을 찾고 있잖나?'

여기에 있지 않느냐고, 나카모토는 말했다. 도코로다 료스케의 컴퓨터를 엿보고 있던 딸이 있지 않은가.

"내가 이 가즈미라는 여자애라면 분명 크게 화를 낼 거야. 반드시 화를 내겠지. 이런 일에 화를 내지 않을 수 있을까? 나카 씨는 그렇게 말했단다."

'도코로다 료스케는 가즈미하고는 냉전 상태였다면서? 그건 괜찮아, 사춘기 아이가 있는 집에서는 다들 한번은 그런 시기를 거치지. 하지만 이건 못써. 인터넷이니까, 정보뿐이니까, 놀이니까 괜찮다는 변명은 통하지 않아. 도코로다 료스케는 딸과 똑같은 이름의 여자애를 조달해서 같이 놀면서, 그 모습을 가즈미에게 보여주고 있어. 이런 건 절대 부모가 해서는 안 될 짓이야. 이런 짓을 하면, 당하는 쪽은 참을 수가 없어. 참을 수가 없지. 수사본부 사람들은 어째서 이걸 모르는 걸까?'

"내가 도코로다 가즈미라면 미쳐버릴 정도로 화를 내겠지. 나카씨는 내게 그렇게 말했어."

가즈미는 눈을 부릅뜨고 여전히 손바닥 안을 들여다보고 있었다. 하지만 그 손바닥은 바르르 떨려서, 당장이라도 주먹을 꽉 움켜쥘 것만 같았다.

뭉개버리지 마. 다케가미는 마음속으로 빌었다. 손가락을 펼쳐, 그것을 밖으로 내보내주렴.

'하지만 가즈미는 그 분노를 직접 아버지에게 쏟아낼 수 없을 거야. 그런 짓을 하면 아버지는 딸이 패배를 인정했다고 볼 테니까. 그게 도코로다 료스케가 노리는 바이니까. 그래, 너는 역시 아버지 딸이야, 아버지가 다른 곳에 가면 쓸쓸하구나, 너는 역시 아버지 딸이구나, 너는 역시 아버지 말을 들을 거지? 오냐오냐, 착한 아이구나, 알면 됐다, 이런 식이지. 그 말을 하고 싶어서 하는 짓이니까.'

도코로다 료스케는 평생을 그렇게 살아왔다. 그가 구축한 인간관계는 어디까지나 그를 둘러싼 인간관계일 뿐이었다. 중심은 도코로다 료스케였다. 그는 자신을 중심에 두고 위성으로 움직여주는 인간만을 원했다.

하지만 가즈미는 처음으로, 더군다나 그의 피를 이어받은 자식이면서 자기 의사로 그것을 부정하고 거기에서 벗어나려 했다.

너무나 일반적인, 사춘기 아이로서.

하지만 도코로다 료스케는 그것을 인정할 수 없었다. 아내를 길들인 것처럼 딸도 길들이려 했다. 그래서 그는 몹시 짓궂은 방법으로 가즈미에게 제동을 걸려 했다.

그것이야말로 가즈미가 가장 원하지 않는 일이건만.

"내가 도코로다 가즈미라면 상처 입고 화내고, 그리고 궁금해할 거야. 내 아버지가 하는 이런 지독한 짓에 가담한 사람은 대체 어디 사는 어떤 인간들이지? 얼굴도 보이지 않고, 정체도 모르고, 실체가 없는 공간 속에서 대체 누가 내 아버지와 이 취미 고약한 장난감 같은 환상을 공유하고 있지? 모른 채 넘어갈 수 없어. 반드시 밝혀낼 테야. 반드시 확인해서 현실에서 혼쭐을 내줄 테야, 그렇게 생각할 테지."

다케가미는 나카모토가 했던 말을 있는 그대로 가즈미에게 들려주었다.

"이 두 살인사건은 그 과정에서 일어난 불행한 '사고'가 아니었을까? 나카 씨는 그렇게 말했어. 하지만 수사본부에서는 이 의견을 좀처럼 받아들이지 않았어. 딱딱하게 굳은 경찰관 머리로는 그런 동기를 좀처럼 이해할 수 없거든. A코가 내걸고 있는 남녀 사이의 치정 싸움이라는 고전적인 동기가 훨씬 더 이해하기 쉬우니까."

다케가미가 입을 다물자 취조실은 쥐 죽은 듯 고요해졌다. 그래도 다케가미는 아까 가즈미의 손바닥 안에서 날아오른 감정이 살랑살랑 파닥이는 소리를 들었다.

가즈미에게도 그 날갯짓 소리가 들릴까? 다케가미보다 더 잘 들릴 것이다. 가즈미는 고개를 살짝 갸우뚱거리며, 눈을 갸름하게 뜨고, 자기 내부에서 날아올라 퍼드덕거리는 날개 소리를 듣고 나서, 천천히 입을 열었다.

"……착각했어."

사람을 착각했어.

"난 아버지를 감시하고 있었어요."

"역시 그랬구나."

"오프 모임 때도 시험을 보다가 중간에 빠져나와 신주쿠에 갔어요. 거기에 가면 네 사람이 모여 있을 테니 단번에 어떤 사람들인지 알 수 있잖아요. 얼굴도 볼 수 있고요. 모임에 확 뛰어들까 하는 생각도 했어요."

다케가미는 고개를 깊이 끄덕였다.

"하지만 역시 시간이 늦어서 찾지 못했어요. 기회를 놓쳤다고 생각하니 분해서 마음이 다급했어요."

"다음 오프 모임까지 기다릴 수 없었니?"

"그러면 좋았을 텐데. 하지만 안달이 나서 싫었어요. 그래서 아버지 생활을 살피기 시작했어요. 하지만 형사님, 어려웠어요."

또 아이 같은 목소리를 내며 가즈미는 다케가미를 쳐다보았다.

"뭐가 어려웠지?"

"사람을 미행하는 거요."

"아아, 그래."

"평일에는 불가능하지만 주말에 아버지가 외출할 때 몇 번이나 시도했어요. 하지만 언제나 놓치거나 들킬 뻔해서 포기했죠."

"그래, 이해한다."

"딱 한 번, 제대로 따라갔을 때, 아버지가 주얼에 갔어요."

거기에서 도코로다 료스케가 이마이 나오코와 친근하게 이야기하는 모습을 목격한 것이다.

"난 분명히 그 여자가 가즈미인 줄 알았어요. 틀림없다고 생각했어요."

도코로다 료스케가 또 만나고 싶다고 메일을 보냈으니까.

"그날은 그 여자 이름하고 그곳에서 일한다는 사실만 확인하고,

그리고……."

다시 찾아갔다. 이시구로 다쓰야와 함께.

"다쓰야한테는 뭐든 털어놓았어요. 그래서 다쓰야는 내가 너무 걱정돼서 따라와준 거예요."

"그는 그때 밀레니엄 블루 파카를 입고 있었지."

"네."

가즈미는 손으로 입가를 훔쳤다.

"헌 옷 가게에서 샀는데, 색이 너무 화려해서 마음에 안 든다고 쭉 처박아놨어요. 그런데 그날 밤, 그걸 입고 왔어요."

가즈미의 목소리가 둔해졌다.

"분명 즐거운 용건으로 나가는 게 아니니 평소에는 입지 않는 옷을 입었던 거겠죠."

"이마이 나오코를 만나 어쩔 작정이었지?"

"일단 어디로 데려갈 생각이었어요. 차분히 이야기하고 싶었으니까."

"이마이 나오코는 싫어했을지도 모르겠구나."

"싫어했죠. 하지만 협박이라도 해서 끌어낼 작정이었어요. 그래서 나, 끈을 가지고 갔었어요."

가즈미는 눈을 감았다.

"우리 어머니, 비닐 끈 같은 건 절대 버리지 않아요. 돌돌 감아서 챙겨두죠. 그걸 가져갔어요. 이마이 나오코를 묶어둬야 할지도 모른다고 생각했거든요."

"만나보니 어땠지?"

"……재수 없는 여자였어요."

"그러니?"

"이야기를 해보고 금세 그 여자가 가즈미가 아니라는 걸 알았어요. 하지만 아버지하고 사귀는 것 같았고, 게다가 그 여자가 날 알고 있었어요."

"이마이 나오코가?"

"네. 사진을 본 적이 있대요. 아버지가 보여준 거예요."

'네가 가즈미야? 흐응.'

고개를 푹 수그린 채로 가즈미는 눈을 부릅떴다.

"웃고 있었어요. 내 얼굴을 보고, 나를 손가락질하면서, 웃었어."

뭐가 우스웠는지. 뭘 보고 웃었는지. 이 여자와 아버지 사이에서 대체 무엇이 웃음의 대상이었는지.

"나, 그 여자를 때렸어요. 분명 엄청난 힘이었을 거예요. 그 여자가 쓰러졌고, 그리고 도망치려 했어요. 안색이 변하더군요. 하지만 난…… 나는…….'"

가즈미가 주먹을 쥐었다. 하지만 그곳에는 이미 짓뭉개질 감정이 없었다. 손가락 틈새로 빠져나가 연이어 날아오른다. 가즈미의 마음의 조각이 보이지 않는 물살이 되어 허공으로 솟아올랐다.

가즈미가 작은 목소리로 말했다.

"죽인 건 나예요. 다쓰야는 손대지 않았어요."

치카코가 살짝 고개를 저었다.

"아버지는 알고 있었어요."

가즈미는 여전히 주먹을 쥐고 있었지만 이미 물살은 그쳤다. 눈동자는 허공을 보고 있다. 자기 안에서 나온 감정을 보고 있다.

"이마이 나오코를 죽인 게 나인 줄 알고 있었어. 그건 정말……무슨 직감 같은 게 아니었을까? 태도로 알았어요. 그래서 그날 밤, 내가 먼저 그 분양주택에서 만나자고 했어요. 어머니에게 걱정을 끼칠 테니 집에서는 이야기하고 싶지 않다고."

"그래서 또 이시구로 다쓰야 군에게 함께 가달라고 했니?"

가즈미는 입가를 일그러뜨리고 고개를 까딱 끄덕였다.

"미안해."

그 한마디는 지금 이 자리에 없는 이시구로 다쓰야를 향한 것이리라.

"그 과도는 누구 것이었지?"

"샀어요."

"네가?"

"……네."

"어째서?"

"아버지에게…… 대항하고 싶었으니까."

"맞을 줄 알았던 거니?"

"아뇨. 하지만 경찰에 끌려갈지도 모른다고 생각했어요."

"아버지하고 서로 대화해 네 마음을 전하고 나서도, 경찰에 출두할 생각이 없었어?"

"그야 아버지가 바로 알려줄 거라 생각하지 않았으니까요."

"뭘 알려준다는 거지?"

"가즈미랑 다른 사람들 신원."

"이마이 나오코 사건 후에도 여전히 그걸 알고 싶었니?"

가즈미는 입을 다물었다. 그 순간, 다케가미는 가즈미 안에서 아마도 그녀 자신도 모를, 고집스럽고 악의로 가득하고 증오로 불타오르며 결코 다른 것을 용서하지 않는 영혼의 핵을 본 듯했다.

"가즈미나 그 사람들이 누군지 알고 싶어서 시작한 일인걸요."

도코로다 가즈미는 확고한 의지를 담아 그렇게 말했다.

"만나서 얼굴을 맞대고 말해주고 싶었어요. 당신들이 나를 장난감으로 삼았기 때문에 내가 사람을 죽였다고. 아버지에게도 그 모습을 보여주고 싶었어요. 난 아버지를 협박해서라도 다른 사람들 앞에 날 데려가게 만들 작정이었어."

그 장소, 그 순간에 서 있던 자리에서 반걸음만이라도 물러설 수는 없었던 것일까? 반만 몸을 비틀어 다른 각도에서 볼 수는 없었던 것일까?

"하지만 아버지는 나를 감싸주겠다고 했어요."

가즈미의 오른쪽 눈에서 눈물이 굴러떨어졌다.

"너는 아버지 딸이야, 아버지가 너를 감싸주지 않으면 누가 감싸겠냐면서. 너를 경찰에 데려가지는 않겠다, 이마이 나오코 사건은 이제 됐다, 나쁜 꿈이었다고 생각하고 잊으렴."

아버지가 너를 지켜주마.

"바보 같아."

눈물이 흐른다.

"아버지는 아무것도 몰랐어요. 아무것도 변하지 않았어. 인터넷 속 가즈미에게 말했던 것처럼 번지르르한 소리로 나 역시 인터넷 속 가즈미하고 똑같이 취급하려고 했을 뿐이에요. 내가 사람을 죽이고, 상처 입고, 약해졌으니까 이제 가즈미나 그 사람들하고 똑같이 대해도 된다고, 그냥 그런 식으로 생각할 뿐이었어!"

그래서 죽였어.

"형사님."

"응?"

"나를 경찰서에 불러서 눈앞에 그 사람들을 데려오면 내가 반드시 다쓰야한테 연락할 거라고 생각한 사람도 그 나카모토라는 형사님이에요?"

"그래."

"내가 혼자 한 짓이라고 생각하지는 않았어요?"

"그래. 네가 다쓰야 군에게 의지하는 모습과 사건 후에 네가 다쓰야 군에게 '복수할 테야'라느니 '죽어버릴 거야'라고 말했다는 이야기를 들었으니까."

도코로다 하루에는 그것을 가즈미가 미지의 살인범에 대한 분노라고 해석했지만.

"범죄로 가까운 사람을 잃은 유족은 그렇게 바로 분노를 드러내지 못하는 법이야. 분노보다 절망이 먼저지. 네 어머니가 그런 것처럼."

"그렇구나……."

"여자아이 혼자서는 살인을 못 한다고 말하지는 않겠다. 하지만 이 사건에서는 네가 혼자라고 생각할 수 없었어."

가즈미는 뺨을 적신 채로 고개를 갸웃거렸다.

"하지만 내가 이 자리에서 다쓰야에게 전화를 건다는 보장은 없었잖아요?"

"실제로 걸었잖니."

"걸었지만…… 그건 내가 형사님이 불러주는 그 사람들 신원이나 본명을 메모하면 분명 이상하게 여길 거라 생각했으니까."

"그래서 문자 메시지로 다쓰야 군에게 알렸지?"

"네."

"그럴 줄 알았던 거야. 내가 아니라, 나카모토 씨가 말이야."

'그 또래 아이들은 종이나 연필은 쓰지 않아. 휴대전화를 들려주면 바로 사용할 테지.'

"그래서 다쓰야를 감시하고 있었어요?"

"그래."

"다쓰야가 겁을 먹을 거라고 생각하고?"

"맞아. 너는 아직 포기하지 않았지. 그 사람들이 어디 사는 누구인지, 실체가 있는 인간으로 파악하고 싶었어. 그랬지?"

"그래요."

269

"그래서 우리가 도코로다 씨에게 인터넷 가족이 있었다는 사실을 파악하자 갑자기 그런 목격 증언을 말하기 시작했던 거지?"

"그야⋯⋯."

"그렇게 하면 우리가 그 사람들을 찾을 테니까."

"실제로 찾아냈잖아요."

"그래, 찾았지. 그 점에서는 네 추측이 맞았어."

"스토커 얘기도 그래요, 그런 건 엉터리였는데."

"네 나름대로 수사를 혼란시키고 싶어서 그런 말을 했던 거니?"

"네. 그때는 아직 A코 소식을 몰랐으니 의심을 받을까 봐 무섭기도 했고."

"그랬구나."

"하지만 다들 내 말을 믿고 경호도 해주었으니까."

가즈미는 약간 민망한 눈빛으로 말했다.

"거짓말만 잘하면 가즈미나 다른 사람들도 분명 찾아줄 거라고 생각했어요."

"하지만 너는 다른 부분에서는 큰 착각을 했지."

"다른 부분?"

"다쓰야 군은 그런 너를 더 이상 따라갈 수 없었어."

가즈미는 색을 잃을 정도로 입술을 세게 깨물었다.

"다쓰야 군은 네가 경찰에 불려갔다는 사실만으로도 충분히 동요했을 거야. 그러고 있는데 네가 정말로 그 사람들의 신원을 알아냈다고 알렸지. 그 친구는 이제 그만두고 싶었는데. 끝내고 싶었는데 말이다."

"하지만 파카만 아니었으면 괜찮았어요."

가즈미의 눈동자가 깊은 곳에서 번득였다.

"만약 파카가 나오지 않았다면 다쓰야는 버틸 수 있었어요."

"글쎄 그럴까?"

오늘 이 순간에 파카가 발견된 것은 분명 행운이었다. 하지만 그것이 없어도 나카모토의 대본으로는 '심문' 속에서 거짓 목격 증언을 꺼낼 예정이었다. 이시구로 다쓰야가 블루 파카를 입은 모습을 보았다는 가짜 증언을.

'하지만 사실은 이런 거짓말은 하고 싶지 않아.'

나카모토도 나름대로 속을 앓았다. 이 계획의 가식적인 면이 그대로 드러나는 부분이었기 때문이다. 형사가 용의자에게 거짓 정보를 들려주는 것은 특별히 드문 일도 아니다. 하지만 나카모토도 심문 현장에서 떠난 지 오래라, 그에 대한 면역이 사라졌다.

그렇기 때문에 실제로 파카를 발견한 일이 나카모토의 집념의 결실 같았다.

"나는 형사님들 연극에 속은 거죠? 덫에 걸리고 말았네."

말이 짓궂다고 가즈미를 탓할 수 없었다. 실제로 그러했으니까.

"하지만 형사님들 생각이 짧았을지도 몰라요."

"뭐가 말이지?"

"난 아직 화가 풀어지지 않았어요. 아직 포기하지 않았다고요. 용서하지도 않았고."

"가즈미 일행을?"

"그래요. 난 미성년이고 인생은 길잖아요. 자유로이 풀려나면 또 그 사람들한테 갈지도 몰라요. 그렇게 되면 경찰은 책임이 막중하겠네요."

아이의 허세다. 그렇게 생각해도 다케가미는 마음이 발밑까지 가라앉는 감각을 느꼈다.

얄궂은 일이다. 도코로다 가즈미는 아버지를 많이 닮았다. 자신을 믿고, 자신에게 강하게 의지하고, 자신의 의지를 관철하기 위해서라면 어떤 짓이든 불사한다.

그것이 요즘 유행인 걸까? 자아, 자아, 자아. 모두가 남의 시선이야 어떻든 진정한 자아를 찾는 세상이다. 찾을 필요도 없이 이미 확고한 자아가 있다고 자부하는 이가 그것을 실현하기 위해 수단을 고르지 않고 주위 사람들의 심정을 돌아보지도 않는 것은 어쩔 수 없는 일인가?

"그 사람들은 진짜가 아니야. 취조실 안에서 네가 본 것도 연극이었어."

다케가미가 말했다.

순수한 경악이 가즈미의 얼굴 가득 번졌다.

"……뭐라고요?"

"세 사람 다 경찰이야. 가즈미하고 미노루는 신입 순경에게 부탁했는데, 10대로 보이지 않을까 봐 사실은 조금 조마조마했지."

그들이 취조실에서 말한 내용은 진짜 가즈미와 미노루, 어머니에게 들은 증언을 정리해 재구성한 것이며 거기에 거짓은 없다. 하지만 그 외에는 전부 가공의 설정이었다.

"물론 이름도 주소도 경력도 그래. 그러니 이 점에 관해서는 무엇 하나 상황은 바뀌지 않았단다. 너는 진짜 **가즈미나 미노루**를 찾아낼 수 없어."

아니, 차라리 찾아내지 않는 편이 낫다. 그런 건 이제 잊는 편이 낫다. 누구라도 좋다, 어떤 말이라도 좋다, 지금까지 누군가가 가즈미에게 그렇게 말해주었다면 길은 달랐을지도 모르는데.

가즈미가 의자에서 일어섰다.

"하지만 그럼 그 이메일은? 아버지가 미타 요시에한테 보낸 이메일. 그건 나도 봤어요. 날조도 거짓도 아니야. 연극으로 만들 수 있을 리 없잖아. 그 사람이 어머니 맞죠?"

다케가미를 대신해 치카코가 말했다.

"미타 요시에 씨는 어머니가 아니야."

"그럼 대체 누구라는 거야!"

"A코."

가즈미는 두 손으로 뺨을 눌렀다.

"미타 요시에 씨는 네 아버님께 이런저런 복잡한 감정을 가지고 있었을 거야. 하지만 이마이 나오코 양과의 트러블을 해결하기 위해 결국에는 아버님께 상의를 했지. 그 메일은 도코로다 씨가 거기에 보낸 대답이었어."

가즈미가 그 메일을 보았을 가능성이 있었다. 그래서 오늘 이 연극 속에 미타 요시에의 이름을 적당히 엮어서 사용해야 했다. 나카모토는 대본을 짤 때 이 부분에서 꽤나 고심했다.

"네 아버님이 미타 요시에 씨와 만난 경위에 대해서는 알고 있지?"

도코로다 료스케가 나오코는 다루기 힘든 아가씨이니 자기에게 의논하라면서 미타 요시에에게 명함을 건넸다.

"미타 요시에 씨는 그 말에 매달릴 마음이 들었던 거겠지. 미타 요시에 씨를 의심하는 입장에서 보면 그 메일도 그녀가 도코로다 씨에게 접근하려는, 즉 죽일 수 있었다는 상황 증거가 되는 셈이지만……. 하지만 가즈미 양, 이렇게 생각해보면 어떨까?"

가즈미는 아연히 팔을 늘어뜨리고 거의 이야기를 듣고 있지 않았다.

"네 아버님은 분명 이런저런 약점이 있는 사람이었어. 하지만 남들이 의지하는 경우가 많았던 건 사실이란다. 이마이 나오코 때문에 만났다고 해도 미타 요시에 씨가 네 아버님께 의논하려고 했다는 뜻은 뭔가 네 아버님께 그래도 될 만한 상냥함을 느꼈다는 증거가 아닐까?"

"……상냥함?"

가즈미는 눈썹을 치켜세웠다. 흘려들을 수 없는 말을 들었다는 듯이.

"그래. 사람의 단점은 뒤집어보면 장점이 되는 경우가 흔히 있어. 네 아버님은 상냥한 분이었어."

"그래서 나를 감싸겠다고 했다는 건가요?"

가즈미의 목소리에는 일말의 온정도 없었다.

"웃기지 말아요. 나는 그런 상냥함은 필요 없어."

"그럼 너는 뭐가 필요하지?"

그렇다. 도코로다 가즈미에게는 무엇이 필요할까?

"올바른 일."

가즈미는 대답했다.

"정의요. 누구든 이기심 때문에 남을 상처 입히면 그에 응당한 대가를 받는 거야. 그뿐이에요. 당연한 일이죠. 내가 원하는 건 그것뿐이에요."

누구든 나를 배반하고 상처 입히는 존재는 결코 용서치 않겠다.

다케가미는 네가 말하는 그것은 정의가 아니라 보복이라는 말을 하려다가 입을 다물었다.

이런 번거로운 짓을 하지 않아도 이시구로 다쓰야를 찔러보면 간단히 자백을 받을 수 있지 않을까? 다케가미는 처음에 그렇게 생각했다. 애초에 남자 쪽이 더 심약한 법이다. 하지만 나카모토는 반대했다.

'이 경우에는 그런 짓을 하면 좋지 않은 결과가 될 것 같아.'

'어째서?'

'도코로다 가즈미는 의지가 강해. 자기를 배반하는 사람을 용서하지 않을 거야. 설령 남자친구라도 말이야.'

나카모토는 그렇게 말했다.

'덫을 치려면 두 사람에게 동시에 쳐야지, 안 그러면 위험해. 반

드시.'

어째서? 어째서? 어째서? 절규하면서 매직미러를 두드리던, 가즈미의 그 손. 그때의 얼굴.

나카모토는 이 부분도 옳게 내다보았다. 정말 수사 현장으로 돌아갈 텐가, 나카 씨?

이시즈 치카코는 가즈미 옆에서 한 손을 턱에 대고 잠시 무슨 기억이 떠오른 듯이 고개를 가볍게 주억거렸다.

"……정의라. 좋은 말이지."

목소리는 여전히 부드러웠다.

"하지만 나는 말이지, 가즈미 양. 너 이상으로 확고하게 정당한 정의를 믿고 결과적으로 수많은 사람들을 죽이고 만 여성을 알고 있단다."

치카코의 강등 원인이 된 방화 살인사건의 관계자다. 치카코가 그 사건에 대해 말하는 것을 다케가미는 처음 들었다. 지금까지 치카코가 그 사건에 대해 무슨 말을 했다는 소문조차 들은 적이 없었다.

"너하고 마찬가지로 젊은 사람이었어."

치카코는 말을 이었다.

"그녀의 결말은 결코 행복하지 않았어. 나는 그게…… 지금도 너무나 안타까워."

"나는 후회하지 않아요."

가즈미가 말했다.

어느 쪽이 진실일까. 아까의 '미안해'와 지금 이 말 가운데…….

가즈미가 취조실에서 나간 후에도 다케가미는 방에 메아리치는 가즈미의 목소리에 귀를 기울이며 가만히 그 자리에서 생각했다.

가즈미는 말했다. 인터넷 속의 가족놀이는 즐거웠다고. 그곳에서만 얻을 수 있는 것이 있었다고. 소중했다고. 어머니도 말했다. 그곳에는 고독한 인생을 위로해주는 상대가 있었다고. 미노루가 삐딱하게 굴면서도 가상가족에게서 눈을 뗄 수 없었던 것도 '말이 통하는 아버지도 좀 있었으면 했다'라는 소소한 꿈을 그곳에서라면 불완전한 형태로나마 이룰 수 있었기 때문이리라.

만일 도코로다 가즈미가 인터넷에 발을 들여놓았다면 어땠을까? 허망한 상상이지만 다케가미는 문득 그런 생각을 했다. 가즈미가 자신의 얼굴을 보여주지 않고, 목소리도 들려주지 않고, 닉네임의 그늘에 온전히 몸을 숨기고 그 속내를 누군가에게 말할 기회를 얻었더라면? 분노로 어둡게 그늘진 눈동자나, 상심으로 완고하게 일그러진 입매는 숨긴 채, 그저 언어로 그런 감정을 누군가에게 전하고 쏟아낼 수 있었다면?

어쩌면 그 인터넷 속의 누군가는, 피와 살을 갖추고 행동력이 있었던 탓에 어설프게 가즈미에게 휘둘린 이시구로 다쓰야가 하지 못했던 역할을 해주었을지도 모른다. 가즈미에게 사로잡히지 않고, 가즈미에게 휘말리지 않는 거리에서 그녀에게 말을 건네고, 그녀를 보듬으며, 그녀의 분노를 이해하는 역할을.

하지만 나카모토 같은 이해자를 만날 수 있었을지도 모르는데.

내선전화가 울렸다. 짧은 대화 끝에 도쿠나가가 말했다.

"시모지마 경감님이 부르십니다."

"그래."

이거 참. 다케가미는 등을 쭉 폈다.

"치카코 씨는 괜찮을까요?"

"뭐가?"

"아니, 방금 전 그 얘기요."

도쿠나가가 어깨를 살짝 으쓱했다.

"옛날 사건에서 아직 못 벗어난 것 아닙니까?"

"글쎄, 모르지."

"그런가요."

도쿠나가는 그렇게 중얼거리다가 생각났다는 듯이 말했다.

"맞다, 나카모토 씨 용태는 변함없는 모양입니다."

"지금 전화에서?"

"예. 아키쓰가 병원에 문의했다더군요."

"빨리 깨어나야 할 텐데. 나 같은 대역은 이제 원래 자리로 돌아가고 싶단 말이지."

다 함께 연기한 단막극. 겨우 끝났다. 최고 기획자가 언제까지 자고 있을 셈인지. 빨리 기운을 차리고 돌아오게나. 그리고 이 대역의 분투를 들어줘야지.

아니, 그보다 우선 도코로다 가즈미를 만나게 해야지.

가즈미를 만나, 나카모토밖에 하지 못할 말을 나카모토가 직접 해주길 바랐다.

"즉흥 연기를 해보신 소감은 어떻습니까?"

"내 체질에는 안 맞아."

"그런가요? 훌륭하시던데요."

"연기라고 생각하니 심문할 수 있었지. 이게 일이라면 못 해."

나는 데스크에서나 프로다.

"그 세 사람도 칭찬해줘야지. 연기를 잘해주었어."

"뭐, 앞날이 긴 경찰 인생에서도 두 번 있을 경험은 아니었지요."

다케가미는 씨익 웃었다.

"미타 요시에 역은 특히 명연기였어."

"그랬습니까?"

"우리 여자들이 얼마나 상처를 입는지 알아?"

다케가미는 그녀의 대사를 흉내 내었다.

"자네도 애인한테 언제까지고 그런 소리를 하게 내버려두면 안 되지."

도쿠나가는 괜히 기가 눌렸다.

"누구에게 들으셨습니까?"

"정보원은 비밀이라네."

"에이, 발 하나는 넓으시다니까."

다케가미는 영차, 하고 기합을 넣어 의자에서 일어섰다. 지쳤다.

다케가미보다 훨씬 사뿐히 일어선 도쿠나가가 문득 창문 쪽을 보고 외쳤다.

"헤에."

다케가미가 뒤를 돌아보았다. 도쿠나가는 손가락으로 격자를 잡고 있었다.

"나비예요. 배추흰나비네요."

어디에서 날아왔는지 격자에 하얀 날개가 앉아 있다.

"봄이니까."

도쿠나가가 격자를 살짝 두드리자 배추흰나비는 훌쩍 날아올랐다. 하얀 꽃잎처럼, 바람에 날려 멀어져간다.

취조실 바닥 가득히 떨어졌던, 무수한 날개 같은 감정들의 잔해. 가즈미의 손바닥에서 날아오른 마음의 조각. 거짓과 진실. 다케가미의 눈 속에서 그 이미지가 여린 나비의 날갯짓과 하나가 되었다. 의지할 곳 없이 고독하고, 새하얀.

"이윽고 지옥에 내려갈 때."

여린 억양을 붙여 도쿠나가가 속삭이듯 말했다.

"그곳에서 기다릴 부모와 친구에게, 나는 무엇을 가지고 가랴."

"또 무슨 인용인가?"

"예. 옛날에 한 번 읽은 건데, 시입니다. 왜 생각이 났을까."

나는 무엇을 가지고 가랴.

"무엇을 가지고 가지?"

"예? 분명……."

도쿠나가는 생각했다.

"창백하게 부서진 나비의 잔해. 그래, 맞아요. 그래서 생각이 났던 거로군요."

그것을 가지고, 부모에게.

"그리하여 건네면서 말하리라."

도쿠나가가 말을 이었다.

"일생을, 아이처럼, 쓸쓸하게 이것을 쫓았노라고."

눈을 감고 잠시 하늘을 바라본 후 도쿠나가는 창을 닫았다.

"가세."

다케가미는 도쿠나가의 어깨를 두드렸다.

"아직 일은 끝나지 않았어."

문고판으로 신작을 선보이기는 이 작품이 처음입니다. 단행본으로 쓰기에는 다소 분량이 짧고, 중편집에 넣기에는 독립성이 너무 강해 튄다는, 실로 죽도 밥도 되지 않는 이 책의 아이디어를 이런 형태로 살릴 기회를 주신 집영사문고 편집부에게 깊은 감사를 드립니다. 특히 담당이신 야마다 히로키 씨에게는 고집을 많이 부려 신세를 졌습니다. 고맙습니다.

이 책에는 몇 명의 형사가 등장하는데, 주요한 두 사람인 다케가미 형사와 치카코 형사는 각각 졸작인 『모방범』과 『크로스파이어』에서 처음 선을 보인 인물입니다. 전자와 후자는 상당히 세계 설정이 다른 작품이라 이번에 이 두 사람의 '공동 출연'은 사실 작가로서 약간의 저항감이 있었습니다. 하지만 형사임과 동시에 짧은 시간이나마 취조실 안에서 아버지, 어머니의 역할도 완수할 필요가 있는 이번 캐릭터에 역시 이 두 사람이 적임이라고 마음을 고쳐먹고 나란히 다시 등판시켰습니다.

특히 이번 작품에서는 서술 속에 진실이 아닌 기술記述이 있다는, 미스터리로서는 대단히 기본적인 규칙을 위반하는 부분이 있습니다. 이에 대해서는 작가도 물론 알고서 하는 짓이지만, 끝까지 읽으신 후에 '어, 거짓말!' 하고 화를 내는 독자도 어쩌면 있을지 모르겠습니다. 먼저 사과드리겠습니다. 죄송합니다!

마지막 부분에서 도쿠나가 형사가 부분적으로 암송하는 「나비」라는 시는 사이조 야소의 작품입니다. 이 멋진 시는 기타무라 가오루 씨가 가르쳐주셨습니다. 이 작품을 거의 다 써놓고 약간 젠체하는 경향이 있는 도쿠나가 형사의 대사를 끙끙거리며 고민할 때 기타무라 씨께 팩스를 받았는데 거기에 이 「나비」가 있었습니다. 오오, 바로 이거다! 하고 덩실덩실 춤을 추고 말았어요. 이런 기적 같은 굿 타이밍을 만나는 순간은 글쟁이에게 참을 수 없는 감격입니다. 이 작품 속에서는 대사로 쓰느라 완전한 형태로 인용하지 않았으니 조금 더 이 시를, 사이조 야소를 맛보고 싶은 분들은 부디 기타무라 씨가 《올 요미모노オール讀物》 지면에 쓰신 에세이 「시가의 잠복詩歌の待ち伏せ」도 함께 읽어주시길 바랍니다.

미야베 미유키

나비

사이조 야소

이윽고 지옥에 내려갈 때,
그곳에서 기다릴 부모와
친구에게 나는 무엇을 가지고 가랴.

아마도 나는 호주머니에서
창백하게, 부서진
나비의 잔해를 꺼내리라.
그리하여 건네면서 말하리라.

일생을

아이처럼, 쓸쓸하게

이것을 쫓았노라고.

윗글은 본문에서 마지막에 인용되는 사이조 야소의 「나비」라는 시입니다. 취조실의 '배경'이었던 도쿠나가가 마지막에 너무나 멋진 시를 읊어주어서 전문을 옮겨보았습니다. 일생을 쓸쓸하게 나비를 쫓았다는 시구에서 언뜻 인생의 허무함이 느껴지기도 하지만, 또한 동시에 오로지 앞만 보며 달릴 수 있었던 열정도 엿볼 수 있습니다. 다만 그것은 혼자만의 감정이기에, 본인 아닌 그 누구도 옳고 그르다는 판단을 해줄 수가 없습니다.

『가상가족놀이』에는 그렇게 오로지 외곬으로 자신의 '정의'를 관철하려 한 인물이 나옵니다. 정신없이 쫓았던 나비. 그러나 결국 그 끝에 있는 것은 잔해뿐이었지요.

미미 여사라는 애칭으로 불리기도 하는 미야베 미유키는 『화차』, 『모방범』, 『크로스 파이어』, 『솔로몬의 위증』 등 사회적 문제를 다룬 미스터리와 『외딴집』, 『괴수전』 등의 시대소설로 국내에서도 절대적인 인기를 자랑하는 일본 작가로, 미스터리에 국한되지 않고 판타지나 아동소설, 게임 시나리오 등에서도 다재다능한 끼를 보여주고 있습니다.

'교고쿠도 시리즈'의 작가 교고쿠 나쓰히코와 『신주쿠 상어』의 작가 오사와 아리마사와 함께 '다이교쿠구 大極宮'라는 사무실을 운영하고 있는 미야베 미유키는 본인의 말에 따르면 1년 365일 중에 360일은 컨트롤러를 쥐고 사는 게임 애호가로, 플레이스테이션 게임인 〈ICO〉의 내용에 반해 제작진에게 기획을 타진해 소설화 작업을 담당하기도 했습니다. 한번 빠지면 '초폐인'이라고 불릴 정도로 게임에 몰두할 게 뻔히 보여서 사무실 동료들이 온라인게임을 금지시켰을 정도라고 합니다. 그토록 게임을 즐기는 미야베 미유키이기 때문에 작품 속 캐릭터들의 교묘한 역할연기가 더욱 돋보였던 것 같습니다. 범인의 정체보다 심증을 굳혀가는 형사들의 수사 전개에 주목하면 더욱 즐거운 독서가 될 것입니다.

김선영

가상가족놀이

초판 1쇄 발행 2017년 2월 15일
초판 5쇄 발행 2023년 2월 1일

지은이 미야베 미유키
옮긴이 김선영
펴낸이 신경렬

상무 강용구
기획편집부 최장욱 송규인
마케팅 신동우
디자인 박현경
경영기획 김정숙 김태희
제작 유수경

펴낸곳 (주)더난콘텐츠그룹
출판등록 2011년 6월 2일 제2011-000158호
주소 04043 서울시 마포구 양화로12길 16, 7층(서교동, 더난빌딩)
전화 (02)325-2525 | **팩스** (02)325-9007
이메일 longest@thenanbiz.com | **홈페이지** www.thenanbiz.com

ISBN 979-11-5879-057-8 03830